U0460791

苐草集

董国尧　著

黑龙江人民出版社

目　录

论创作自由

创作自由问题，是文艺理论中的一个重要问题。但是，从五十年代后期开始，创作自由这个字眼却在我们社会主义文艺领域销声匿迹了。批判创作自由的人们，把“说我们的社会里没有‘创作自由’”定为修正主义者反对社会主义文艺的主要论点之一。时至今日，每当人们谈及创作自由问题，一些人还以为是在讲《天方夜谭》的故事。如果我们不是闭上眼睛，而是睁着眼睛面对三十年来文艺运动的发展实际，就不得不承认创作自由从字眼到实际上的消失，为我们的社会主义文艺事业带来了多么巨大的灾难。创作自由这个问题，关系到文学的真实性，作家创作个性和积极性的发挥，以及我们党怎样领导文学艺术这些重要问题。我们要总结三十年来社会主义文艺运动的正反两方面的经验教训，要彻底肃清极“左”的文艺路线的流毒和影响，要发展和繁荣社会主义文艺，使文艺更好地为四化服务，从理论上搞清创作自由是十分必要的。

一　马克思主义文艺理论怎样看待创作自由？

创作自由，就是作家艺术家在一定的历史和阶级条件下，按照文艺的固有规律去从事文艺创作。这个问题一向为马克思主义经典作家所注意，在他们的著作中有过明确而深刻的论述。

马克思在《评普鲁士最近的书报检查令》一文中指出：文艺创作的表现方式要多样化，“法律允许我写作，但是我不应当用自己的风格去写，而应当用另一种风格去写。我有权利表露自己的精神面貌，但首先应当给它一种指定的表现方式！……指定的表现方式只不过意味着‘强颜欢笑’而已”[①]。马克思在这里对资产阶级对创作自由的压制进行了讽刺与揭露，指出资产阶级统治下缺乏创作自由。如果有的话，只能是“指定的表现方式”，即“‘强颜欢笑’而已”。

我们知道，1905年，列宁发表了《党的组织和党的文学》这篇重要著作。在这篇文章中，列宁把无产阶级的党性原则应用到文学中来，明确地提出了党的文学口号，科学地规定了党的文学原则的基本内容。即要求文学事业成为无产阶级总的革命事业的一部分，要求文学为千千万万的劳动人民服务，要求文学事业必须接受党的领导。这篇文章还揭露和批判了资产阶级鼓吹的“创作自由”的伪善性，指出了资产阶级作家的“创作自由”只能是对出版商和钱袋的依附。过去的论述对列宁这篇著作就是这样阐述和理解的，其实是片面的。

我们认为，列宁在《党的组织和党的文学》这一重要文章里，既深刻地阐述了无产阶级文学的党性原则，批判了资产阶级文学“创作自由”的虚伪性，还阐述了无产阶级文学是最自由的文学，无产阶级作家比之资产阶级作家应当享有高出多少倍的创作自由这个重要问题。这样的理解，才是对列宁这篇重要著作的

---

① 《马克思恩格斯论艺术》(四)，人民文学出版社，1966年版，第254页。

完整的、准确的理解。否则，资产阶级的"创作自由"既是虚伪的，无产阶级又与创作自由毫无缘分，岂不荒唐？恰恰相反，列宁以无可辩驳的逻辑力量，论证了只有无产阶级文学才是最自由的文学，只有无产阶级作家在未来的社会主义社会里，才能享受高度的创作自由。

列宁在这篇文章里指出了文学应当成为无产阶级整个革命事业的一部分，是"齿轮和螺丝钉"，但作为文学的"齿轮和螺丝钉"是有其独特性质的。这就是："无可争论，文学事业最不能作机械的平均、划一、少数服从多数。无可争论，在这个事业中，绝对必须保证有个人创造性和个人爱好的广阔天地，有思想和幻想、形式和内容的广阔天地。这一切都是无可争论的，可是这一切只证明，无产阶级的党的事业的文学部分，不能同无产阶级的党的事业的其他部分刻板地等同起来。"[①]列宁在说到"党的文学以及党的文学应受党的监督"后说："每个人都可以自由地、不受任何限制地写他所愿意写的一切，说他所愿意说的一切。"[②]最后，列宁还在痛斥资产阶级作家"绝对自由"的同时，指出了自由的无产阶级文学的特征："这将是自由的文学，因为把一批又一批新生力量吸引到文学队伍中来的，不是私利贪欲，也不是名誉地位，而是社会主义思想和对劳动人民的同情。这将是自由的文学，因为它不是为饱食终日的贵妇人服务，不是为百无聊赖、胖得发愁的'几万上等人'服务，而是为千千万万劳动人民，为这些国家的精华、国家的力量、国家的未来服务。这将是自由的文学，它要用社会主义无产阶级的经验和生气勃勃的工作去丰富人类最卓越的革命思想，它要使过去的经验（从原始空想形式的

① 《列宁论文学与艺术》(一)，人民文学出版社，1960年版，第66页。
② 同上，第68页。

社会主义发展成科学社会主义)和现在的经验(工人同志们当前的斗争)之间经常发生相互作用。"[①]综括上述,列宁主要讲了两个问题:(一)无产阶级的文学是最自由的文学,因为无产阶级文学为千千万万劳动人民服务,作家摆脱了资产阶级的一切束缚,对于获得了政治自由和思想自由的无产阶级作家来说,"伊索寓言式的笔调,文学的卑躬屈膝,奴隶的语言,思想上的奴隶制"这些精神枷锁全被砸碎了!(二)指出了物质生产与精神生产的不同,承认文学的特殊性质,承认文艺创作有自己固有的规律。即文学事业和无产阶级党的事业的其他部分之间不能刻板地等同起来,作家既享有充分的政治自由,在创作上也更应当是自由的。这就是说,文学作为"齿轮和螺丝钉"是无产阶级革命事业的一部分。但承认这点,并不否定文学的特殊性,恰恰相反,正是通过文学的特殊性(包括给作家创作自由这个重要问题)使文学更好地为无产阶级革命事业服务。列宁批判了资产阶级的"创作自由",强调了无产阶级文学的党性原则,但并没有说无产阶级作家可以不要创作自由。奇怪的是,我们的文艺理论多年来却再也不讲创作自由这件事了。

过了三十七年,一九四二年毛泽东同志发表了《在延安文艺座谈会上的讲话》,解决了在中国的具体条件下,文艺工作如何更好地服从于无产阶级革命事业的一些方针、政策问题。在这篇文章里,毛泽东同志指出,给作家"以创作真正革命文艺的完全自由"[②]。还指出:"文艺家几乎没有不以为自己的作品是美的,我们的批评,也应该容许各种各色艺术品的自由竞争。"[③]进入

---

① 《列宁论文学与艺术》(一),人民文学出版社,1960年版,第69~70页。

② 《毛泽东论文艺》,第62页。

③ 《毛泽东论文艺》,第62页。

社会主义时期以后，毛泽东同志提出了著名的“百花齐放、百家争鸣”的方针，把创作自由这个问题又突出地摆到了社会主义文艺事业面前。毛泽东同志的这段话讲得多么好：“艺术上不同的形式和风格可以自由发展，科学上的不同学派可以自由讨论。利用行政力量，强制推行一种风格，一种流派，禁止另一种风格，另一种流派，我们认为会有害于艺术和科学的发展。艺术和科学中的是非问题，应当通过艺术界和科学界的自由讨论去解决，通过艺术和科学的实践去解决，而不应当采取简单的方法去解决。”①作家的创作自由是以政治自由和思想自由为前提条件的。毛泽东同志对思想自由也是极其重视的，一九五五年，他指出在人民内部允许舆论不一律的问题时说：“我们在人民内部，是允许舆论不一律的，这就是批评的自由，发表各种不同意见的自由，宣传有神论和宣传无神论（即唯物论）的自由。”②“在内部，压制自由，压制人民对党和政府的错误缺点的批评，压制学术界的自由讨论，是犯罪的行为。”③毛泽东同志的这些意见是完全正确的，如果把它真正地实行起来，我们的社会主义文艺事业必将取得更大的成绩。令人遗憾的是，由于阶级斗争扩大化理论的发展没能得到贯彻，特别是林彪、“四人帮”横行的十年中，创作自由在我们这个社会主义国家里给彻底地扼杀了。

周恩来同志给予社会主义文艺以极大的关心，针对文艺领域的极“左”的倾向，十分强调党要按照文艺规律领导文艺，发扬艺术民主，坚决反对无视文艺规律、简单粗暴、行政干涉式的领导。五十年代末和六十年代初，周恩来同志对文艺问题作过几

① 《毛泽东选集》第五卷，人民出版社，1977年4月版，第388页。
② 同上，第157页。
③ 同上，第158页。

次重要讲话。他正确地指出:“文艺同工农业生产一样，有它客观的发展规律。当然,文艺是精神生产,它是头脑的产物,更带复杂性,更难掌握。”[①]还指出:“党应领导一切,统帅一切,但不要包办一切。什么是专家的事,什么是行政的事,要分清楚,党委不要包办。”[②]反复指出,对精神生产不能划一要求;文艺形式是多样性的,不能框起来;对创作不能限时间限数量;对于作家选取什么题材不能强迫命令,允许自由选择;艺术作品好坏,要由群众同意,而不是领导同意,等等。但是周恩来同志这些正确意见的贯彻当然也受到重重阻碍,难于付诸实践。

二　驳提倡创作自由就是反对党的领导

从理论上看,在社会主义制度下对于无产阶级文艺来说,创作自由本应是题中应有之义,但事实并非完全是这么回事。文艺领域里的左倾路线,在加强党对文艺领导的名义下,打着批判资产阶级文艺路线的幌子,彻底否定了创作自由。他们的逻辑是:一提自由,就是资产阶级自由化,完全混淆了两种自由观;一提创作自由,就是反对党对文艺的领导,就是要文艺脱离社会主义政治方向;一提创作自由,就是用夸大艺术特殊性的方法来否定文艺的阶级性,如此等等,不一而足。总之,在他们看来,创作自由是与社会主义文艺水火不相容的东西。对这些错误观点,我们必须给予驳斥,澄清是非,恢复创作自由的本来面目。

首先,搞“左倾”路线的人们,特别是后来的“四人帮”根本无视资产阶级自由和无产阶级自由的本质区别。在他们看来,一谈自由就是资产阶级的,都属打倒批臭之列！真是谈自由色变。

---

① 周恩来:《关于文艺工作的三次讲话》,第25页。

② 同上,第39页。

如果有人主张，在社会主义制度下，无产阶级和劳动人民当家做主了，仍然不配谈民主自由，不应当享受民主自由，那就十足地暴露了他们的资产阶级反动立场。广大劳动人民在社会主义社会里享受民主自由，是天经地义，绝不是什么资产阶级自由化；而这种自由，在资本主义制度下，是不可能想象的。姚文元等所以害怕无产阶级和劳动人民的民主自由，那就证明了他对工人阶级和广大劳动人民的仇视和反动。

其次，他们既然否定了无产阶级和劳动人民的民主自由，也就必然否定无产阶级作家艺术家的创作自由。在社会主义社会里，为什么一谈创作自由就是反对党的领导呢?这种把党对文艺的领导和创作自由对立起来的做法，是一种形而上学的猖獗。“左倾”文艺路线对创作自由都是这么否定的，谁提倡创作自由，谁就是反对党对文艺的领导。党对文艺的正确领导，是无产阶级作家艺术家创作自由的可靠保证。这是从两个意义上说的。一是作家在党的领导下，站在无产阶级立场上，坚持用先进的马克思主义世界观去观察生活，能够对生活有本质上的认识，对许多必然王国进行科学的探索。二是无产阶级对历史上的优秀文学遗产从内容到形式能够进行批判地继承，使之变成发展无产阶级文学的一种养料，这样无产阶级文学在形式、风格、流派各个方面都能得到充分的发展。这样看来，作家、艺术家获得艺术创作自由，跟什么反对共产党的领导呀，使文艺走上反动的资本主义道路呀，都是风马牛不相及的。作家有了创作自由，党对文艺的领导就会卓有成效。所谓“党的领导‘束缚’了作家创作的‘积极性’”正是说明了某些党组织对文艺的不正当干涉。相当一个时期的基本事实是对文艺的不正当干涉过多，确实挫伤了作家的积极性，这是毋庸置疑的。林彪、“四人帮”横行时，更发展成为对社会主义文艺事业的空前摧残和对文艺工作者的史无前例的残酷迫害。

第三，至于说“片面地强调所谓‘艺术的特殊性’，想用夸大特殊性的方法来否定艺术的政治性和阶级社会中文艺的阶级性”云云，更是荒诞不稽。艺术就是有特殊性，有自己固有的规律，这说明艺术就是艺术，是用不着谁人去“夸大”的。在阶级社会里，作为意识形态的文艺总是反映一定的阶级意识的，总是为一定的阶级利益服务的，这是文艺的阶级性。我们强调艺术的特性，强调创作自由，是说要文艺的阶级性通过艺术特性表现出来，这怎么能否定文学艺术的阶级性呢？文艺要为政治服务，但文艺究竟不等于政治。姚文元等冒充马克思主义者，完全抹杀艺术的特征，推行政治即艺术的反动谬论，实质上是取消了艺术，还侈谈什么党对文艺的领导！“四人帮”从理论上到实践上反对给作家、艺术家创作自由的结果是八亿人民八个戏，几乎没有什么文艺可言，社会主义文艺被他们践踏殆尽，一片荒凉；如果说还有什么文艺的话，就是阴谋文艺——他们反动政治的传声筒。

还有一种指责，说什么作家不熟悉劳动人民的生活，不能与时代和人民相结合，所以他们才感到“不自由”。历史是真理的见证。《组织部新来的年青人》等作品的作者难道不熟悉劳动人民的生活，不与时代和人民相结合吗？不是的。正因为他们与时代和人民相结合，反映了人民的利益和意愿，勇敢地抨击了官僚主义等阻碍社会主义事业前进的反时代精神，抨击了落后的乃至反动的社会势力，发挥了文艺干预生活的作用，触动了某些人的疮疤，才遭到了粗暴的镇压，被剥夺了创作自由。正是他们坚持了文艺的社会主义方向，坚持了文艺为人民服务的根本原则。

他们要求创作自由是完全正确的，只有这种创作自由才能体现党对文艺的正确领导，体现党领导的文艺与工人阶级和广大劳动人民利益的根本一致。

三十年来，在创作自由问题上的争论，告诉我们这样一个事实：搞“左倾”路线的人的旗帜是“唯我独革”，别人嘛，都是不革命的或是反革命的。对作家只强调改造，不强调团结，管得死死的，压抑或摧残了他们生机勃勃的创作才能。作家要求创作自由，则诬蔑作家为反对党的领导。侥幸未被整倒的作家，不求有功，但求无过，毫无创造进取之心，能有什么好作品问世？谈什么文艺繁荣？至于“四人帮”树立什么“样板戏”，公然推行模仿和依傍，则是对艺术创造的无情嘲弄和对艺术生命的窒息。

三　相信作家，给作家以创作自由

总结三十年来社会主义文艺运动正反两方面的经验教训，批判极左文艺路线，肃清其流毒和影响，其中的一个重要问题是相信作家，给作家以创作自由，充分肯定作家艺术家在文艺创作中的主导作用和地位。相信什么呢？相信我们的作家，在社会主义社会里已经有了长足的进步，他们能够站在无产阶级和人民大众的立场上，为人民写作。很显然，在分工存在的情况下，所谓解放文艺的生产力，首先就应当解放作家，使作家从各式各样的束缚和压抑下解放出来。从法律上保障他们的政治自由，尊重他们，发扬他们的聪明才智，使他们的积极的创造精神迸发出来。

文艺创作是社会生活在作家艺术家头脑中反映的产物，文艺是客观与主观的结合。所以，光有客观的社会生活，没有作家主观上的创造是不会有文艺创作的。从主观创作来说，有专业文艺工作者即作家艺术家的创作，有群众性的创作即工农兵的创作。我们还记得，1958 年曾出现过一个群众的文艺运动，提倡“人人写诗，人人唱歌”的口号，据说这是群众路线，是发动群众创造文化的历史唯物主义。后来还有什么“领导出思想、群众出生活、作家出技巧”的“三结合”或几结合的花样翻新的名堂。长期以来，由于片面地强调群众创作，忽视专业作家艺术家的创造性劳动，只追求数量，不追求质量，给我们的社会主义文艺事业造成了莫大的损失。其实，早在 1942 年，毛泽东同志即指出：“我们应该尊重专门家，专门家对于我们的事业是很可宝贵的。”①陈毅同志针对这种否定作家作用的错误曾指出过：“文学作品的创作，我看，还是以作家的个人努力为主。”②文艺创作，忽视作家的主导作用，是违反艺术规律的。在文学史上，有哪一部伟大的作品不是与作家的个人创造性劳动相联系的？集体创作也是有的，那是人类社会的初期，生产力水平异常低下，未产生社会分工，只能口口相传。我们批判过胡风的“主观战斗精神”。胡风用“主观”去“拥抱”客观，不要深入生活，否认文艺的源泉是错误的。但是，否认文艺创作里的作家艺术家主观因素的参加，则是不可想象的。不要错误地认为，一强调主观，就是“主观战斗精神”，就是唯心主义。

给作家以创作自由，就要允许作家有“思想和幻想”的广阔天地。文艺创作的过程是作家对生活海洋的深刻探索和追求，文艺创作就是作家艺术家对生活的认识和评价。伟大的作家都应该是伟大的思想家。巴尔扎克、托尔斯泰、曹雪芹、鲁迅，莫不如此。我们的一些作品，为什么读来令人感到苍白无力、平庸，考其

① 《毛泽东论文艺》，人民文学出版社，1958 年版，第 68 页。

② 《陈毅在全国话剧、歌剧、儿童剧创作座谈会上的讲话》，《文艺报》，1979 年第 7 期。

原因，一是我们的作家艺术家缺少或不善于在马克思主义指导下,坚持实践是检验真理的唯一标准,对生活进行独立的思考、研究、分析和判断，这样的作品当然很少给读者以思想上的教益;一是在对文艺的领导上,对文艺的干涉过多,数不清的清规戒律的网束缚着作家,致使作家人云亦云,丧失了对生活的独立思考的能力,这样,我们的文学如何谈得上深刻的思想内容？列宁的“思想和幻想”的“广阔天地”,用中国话说就是“海阔凭鱼跃,天高任鸟飞”。生活如海洋一样的广阔,像天空一般的辽远,这些都是作家思考的领域,都是作家思想飞腾驰骋的地方。文学史上的一切传世的不朽之作,无不具备深广的思想内容,无不是作家在当时提供的条件下，冲破了各种束缚对于生活做出的独到分析、研究的结果。繁荣社会主义文艺,从质上看,就要我们的作家享受充分的思想自由,使我们的文学艺术富有深刻、精湛的思想,时时闪烁着智慧的光芒。

给作家创作自由,就要使作家艺术家有选择题材的自由,就是允许作家有写什么的自由。生活是多么丰富多彩,文学的题材也应当是多么丰富多彩。作家根据自己的生活经历、思想水平、艺术修养选取题材,最能发挥他们的独创性和才能,最能体现他们的审美理想，从而顺利地进行艺术创作。正如歌德所说的，“如果题材不适合,一切才能都会浪费掉”[①]。多年来,“左倾”思潮对文艺为无产阶级政治服务做狭隘的理解，给作家出题目做文章,而且限期交卷,被人们揶揄为“强迫结婚,限期生孩子”。这种行政干涉的结果，扼杀了作家的才能，不会创作出好的作品。林彪、“四人帮”及其一伙更是别有用心地推行什么“题材决

① 《歌德谈话录》,人民文学出版社,1928 年 9 月版,第 11 页。

定”论，什么“根本任务”论，什么“大写十三年”，所有这些都是意在破坏社会主义文艺事业。文艺创作是复杂的精神劳动，长期积累，偶然得之，这中间经历着作家感情上强烈的波涛起伏，欢乐与艰辛，正是“字字看来皆是血，十年辛苦不寻常”。作家的劳动，与按照一定的计划生产出千篇一律的产品的物质劳动确有不同。用那种“强迫结婚，限期生孩子”的办法领导文艺，对文艺创作的规律确实缺乏最必要的了解。

给作家创作自由，就要保障作家有怎么写的自由，真正做到如同毛泽东同志指出的“艺术上不同的形式和风格可以自由发展”。文学艺术作品应当具有艺术性，应当通过比较完美的艺术形式来表现革命的内容，用来鼓舞人民和教育人民。作家艺术家在艺术形式方面的自由，就是要大力倡导形式、风格、体裁的多样化。时代不同，民族不同，阶级不同，作家艺术家个性、才能、经历不同。即使同一作家的前期、后期风格也有所差异，或同一时代的作家也有不同流派的区别。规定太多，规定太死，是不符合艺术形式的多样化的规律的。在艺术形式方面一定要反对“机械的平均、划一”。在艺术表现形式方面，应当注意解决两方面的问题：一是努力向传统学习，学习中外古今一切优秀文学传统，掌握他们在艺术形式方面的成功经验；一是努力创新，研究当今中外文艺表现形式方面的情况，结合我们的社会主义文艺勇于探索，勇于创新。在探索艺术形式多样化的道路上，一切因循守旧、墨守成规、不求进步的作风都是应当克服的阻力。艺术形式的问题很重要，因为我们向来主张尽可能完美的内容和尽可能完美的形式的结合，没有感人的艺术形式的文艺作品，便失去了文艺的价值，因此也就失去了对人民的感人肺腑的教育作用。

给作家创作自由，就要保证作品有发表出版的自由。一个突出的问题是，我们的一些报刊编辑部、出版社、领导机关的检查，真是层出不穷，关卡林立，经过这么一番检查，作品的个性、独创精神、棱角，一切生动的艺术创造，都给磨光，剩下的只是平庸、毫无生气、面目可憎的东西。当年为争取出版自由的一位同志曾愤然地说过："如果办一个可以由自己做主的刊物，我可以再干十年二十年，甚至当一辈子编辑，但像目前这样，我不想干，也不能干了。"[1]这位同志并不想与党争夺对文艺的领导权，只是想把那些富有革命精神的作品发表出来。林彪、"四人帮"大兴文字狱，实行法西斯文化专制主义，视一切进步的革命的文艺作品为仇敌。"四人帮"的那个"理论权威"曾恶狠狠地说："剧本要审查、审查、再审查。你说我干涉也好，不民主也好，还是要审查。"[2]实质上，他们的"审查"就是对社会主义文艺事业的空前地、野蛮地镇压。这种流毒一定要肃清。我们的报刊出版部门，要千方百计地促进艺术生产的发展，而不应当是相反。

给作家创作自由，还要保障作家的反批评自由。作家不能处在受审、挨批的地位，没有答辩的权利。作品挨了批评，只讲一面意见，又不断上纲，于是读者以为就是定论，再不去读它了。这种情况是应当改变的。作品受了批评以后，作者也应当具有反批评的权利，通过民主讨论，取得对作品的实事求是的评价。民主的批评与讨论，作者、读者都能受到益处，有利于艺术水平的提高。要改变那种偏见，以为作品一受了批评，这作品就一定是坏书，是毒草。如果批评错了，作家应当有抗争的权利。

在过去的阶级社会里，是不会有创作自由的，如果有，只能

① 《社会主义现实主义论文集》第二集，上海文艺出版社，1959年出版，第403页。

② 《总结经验 解放思想》，《人民日报》，1979年5月14日。

属于官方文学。富于人民性的、具有民主精神的作品的出现，通常是作家经过各种曲折的斗争，冲破各种反动的书报检查制度和压迫，才取得的。在那种阶级社会里不可能有创作自由，还由于历史的和阶级的局限，即作家没有先进的世界观的指导，对社会生活不可能做本质的认识。这是最大的不自由。在社会主义社会的今天，虽然应当有创作自由，但由于还存在阶级斗争，存在官僚主义，存在家长制作风，存在错误的政治路线，也不会有充分的创作自由，这是三十年来文艺运动实践给我们的宝贵教训。在这种情形下，作家艺术家的创作自由要通过勇敢的艺术实践去争取，不要等待别人的恩赐。一九五七年那些用文艺干预生活的作家们的遭遇，小说《刘志丹》的株连案，《第二次握手》作者的身陷囹圄，天安门诗歌的创作运动等触目惊心的事实，都是生动的例证——创作自由是争取来的。我想，粉碎"四人帮"以后，在我们国家这个伟大的历史转变时期，实现了政治民主化，作家艺术家的创作自由将得到根本的保证。

（《学习与探索》1979 年第 4 期）

马克思论创作主体

创作主体是艺术规律的重要问题。艺术生产是作家艺术家这个创作主体在一定的历史条件下，运用艺术规律再现社会生活的创造性劳动。艺术生产的内容来源于客观的社会生活，这是千真万确的。但是这种社会生活是经过作家头脑的概括与加工，离开了作家艺术家作为主体的创造性劳动，将没有文学艺术创作可言。创作主体在艺术生产中的作用是一个事实问题，我们要认识它，研究它，对文艺创作无疑是一件重要的事情。忽视了创作主体的研究不能说是坚持了马克思主义的认识论。令人遗憾的是，多年来因为左的思想干扰，对这个问题在理论上的研究是不够的。学习和研究马克思关于创作主体的理论，对于发展和繁荣社会主义文艺事业具有迫切的现实意义。本文试图探讨马克思关于创作主体的思想，就正于同志们。

一

创造性的生产劳动，伴随着人类从遥远的洪荒时代走到了高度文明的现代，人类可以说一刻也没有离开过创造性的生产劳动。否则，人类不但不会从遥远的洪荒进入现代文明，更不会从现代文明走向更高一级文明的未来时代。

精神生产,艺术生产,更是一种创造性的劳动。人与自然的结合,心与物的结合,主观与客观的结合,这是艺术生产。不用说,自然的存在,物的存在,客观的存在,当然是艺术取之不尽、用之不竭的源泉。但只有这些能造成艺术吗?于是有人主张艺术是心灵的创造,否定物在艺术中的作用,这是唯心主义。艺术的创造性,正在于人的参加,心的参加,主观的参加于艺术生产之中,这就是近年来人们重视研究创作主体或艺术主体的道理。

艺术生产的创造性来源于作家艺术家,即创作主体的积极性,主动性。缺少这种创作的积极性与主动性,便不会有最低意义的艺术活动或艺术生产。原始人在岩石上画一只质朴的野牛,村女在山上忘情地唱一曲动听的山歌,劳动者唱几句响亮的号子,都是从心里发出的音响,都是一种艺术创造的积极性或主动性的显示。

人的劳动具有目的性。艺术劳动,艺术生产更是具有目的性,艺术创作的积极性、主动性应当在艺术劳动的目的性中去寻求。

马克思在《资本论》中关于人的劳动曾写道:“我们要考察的是专属于人的劳动。蜘蛛的活动与织工活动相似,蜜蜂建筑蜂房的本领使人间的许多建筑师感到惭愧。但是,最蹩脚的建筑师从一开始就比最灵巧的蜜蜂高明的地方,是他在用蜂蜡建筑蜂房以前,已经在自己的头脑中把它建成了。劳动过程结束时得到的结果,在这个过程开始时就已经在劳动者的表象中存在着,即已经观念地存在着。他不仅使自然物发生形式变化,同时还在自然物中实现自己的目的,这个目的是他所知道的,是作为规律决定着他的活动的方式和方法的,他必须使他的意志服从这个目的。但是这种服从不是孤立的行为。除了从事劳动的那些器官紧张以外，在整个劳动时间内还需要有作为注意力表现出来有目的的意志，而且，劳动的内容及其方式和方法越是不能吸引劳动者，劳动者越是不能把劳动当作他自己体力和智力的活动来享受,就越需要这种意志。”[①]这个论述对于艺术生产同样是适合的,具有重要意义。

有两点值得人们注意。

第一,人通过劳动改变了自然物的形式,以满足自己吃、穿、住等方面的物质需要,这种作为手段的劳动和人的需要的统一,就是劳动的合目的性，即人“还在自然物中实现自己的目的”。付出的劳动越多,需求越得到满足,则人的创造性与主动性就越能得到发挥。离开了劳动的合目的性,人将失去从事劳动的积极性和奋斗精神。同样,艺术生产也要讲求合目的性。艺术生产的目的性，是作家所知道的，是作为规律决定着艺术生产的担负者——作家艺术家的活动方式和方法的，是贯彻艺术生产活动始终的。艺术生产作为一种精神活动,是以它的产品来满足人们的精神需要的。如果在艺术生产中,作为创作主体的作家艺术家不能实现他们自己的目的，那么他们便失去了艺术创作的积极性和主动精神。所以,创作主体的问题,重要的一点是要研究艺术家的独创精神和积极主动精神,毫无疑问,这是艺术生产中的首要问题。

而如何发挥作家艺术家的积极性、主动的创造精神,则有一个艺术自由或创作自由的问题。自由是对必然的认识,是对必然的克服，人类社会的进程就是不断地从必然的王国走向自由的王国。所以,自由不是自由化;不是超时空,超历史,超阶级。马

① 《马克思恩格斯全集》第23卷,人民出版社,1972年第1版,第202页。

克思恩格斯在《共产党宣言》里预言未来人的自由发展:“代替那存在着阶级和阶级对立的资产阶级旧社会的，将是这样一个联合体，在那里，每个人的自由发展是一切人的自由发展的条件。”①在《资本论》里,还设想在社会主义社会里,“有一个自由人联合体,他们用公共的生产资料进行劳动,并自觉地把他们许多个人劳动力当作一个社会劳动力来使用”②。关于艺术劳动的自由性质,马克思说过:“其实,自由的劳动,如作曲家的劳动,同时又是一种非常严肃的事情,是一种高度紧张的努力。”③人的自由的发展,自由的联合体,作曲家的自由劳动,这是说人在物质生产或艺术生产中具有自由性质,或者说,人通过物质方面的劳动或艺术方面的劳动得到了自由的发展。自由是包含在劳动之中的。劳动之中表现的自由,就是“人在自然物中实现自己的目的”。艺术创作的自由问题,就是创作主体在艺术生产中的目的的实现。艺术生产没有这种目的实现,便不会有主体因素转化到客体上去,即不可能有艺术作品的产生。艺术生产的自由性质，与艺术生产者即创作主体在艺术产品中实现自己的目的是一致的。艺术生产的积极性、创造精神,就是艺术劳动目的的实现,也就是艺术自由的实现过程。所以,艺术自由或创作自由问题,应当引起人们的注意,这是发挥创作主体在艺术生产中的能力作用问题,关系到艺术生产的发展与繁荣。一般地说,艺术的繁荣,都是经济高涨的结果,这是说经济是文艺发展的最后的决定因素。但是,马克思、恩格斯还指出了物质生产发展同艺术生产的不平衡关系,此中的原因是多方面的,而其中的一个原因是

---

① 《马克思恩格斯选集》,第1卷,第273页。

② 《马克思恩格斯全集》,第23卷,第95页。

③ 《马克思 恩格斯 列宁 斯大林论共产主义社会》,第51页。

创作主体即作家艺术家之间的差异。人类社会进入阶级社会以后，障碍自由的历史的因素增多了。在艺术领域，一流的作家之所以永世不朽，那些未入流的作家艺术家之所以被历史的长河所淹没，文学史上的这种事实是值得研究的。我以为，一流的作家艺术家能够克服困难，做出“高度紧张的努力”，获得了较多的自由，在艺术生产中实现了自己的目的，而那些被遗忘了的作家艺术家，则是站在必然王国的前面，踌躇不前，而终于未能在历史上留下他们一点点的痕迹。

第二，劳动的合目的性是作为规律决定着劳动者活动的方式和方法的，劳动的内容、方式和方法越是不能吸引劳动者，则劳动者越没有兴趣，目的的实现也就不可能。艺术劳动亦复如此。艺术生产的内容、方式和方法如果与作家艺术家的目的不相符合，即这些都不是他们熟悉的，那么他们就没有主动的创造精神，没有艺术劳动目的的实现，最后也就没有艺术生产，以及艺术的发展与繁荣。艺术生产的这个特点也是为文学艺术发展的历史所证明了的。没有哪种例证，即在强制下或在他人的意志支配下，会创造出杰出的文学艺术作品。文学艺术史的发展与繁荣时期，不是依照什么人的主观愿望出现的，不管什么情形，什么恶劣的社会条件，如果不是唤醒了沉睡在作家艺术家身心里的创造精神，是不会有伟大的作家和伟大的文学作品彪炳于文学史册的。试想，谁能强制屈原、司马迁、李白、杜甫、曹雪芹、鲁迅、郭沫若这些作家写出那些光照千古的不朽著作？时代、历史都是条件。没有这些伟大的作家，没有这些伟大作家自己乐于表现的内容、方式和方法，没有这些伟大作家艺术家主体作用，即艺术目的的实现，时代和历史都不会变成艺术的。这似乎是很简单的道理，但是，对于刚刚过去的那些企图在一个早晨神话般地出现一个跃进的文学繁荣的人来说，实在具有一种振聋发聩的效用。他们不懂劳动过程,更不懂艺术劳动的过程和特点,他们应当在神话般的奇迹未能出现的失败中吸取足够的教训了。

劳动的目的性,艺术劳动的目的性,作为规律支配着劳动过程或艺术劳动过程。创造的精神，不可遏制的激情，劳动的内容,方式和方法,都要从劳动的目的性去寻求。劳动的目的性在自然物中实现的程度越大,则人获得的自由越多,越有积极性与创造精神,人的体力与智力越能得到发挥,劳动产品也就越能满足人的需要。这是为人类的物质生产历史和艺术生产历史所证明了的。

二

马克思认为,人作为主体具有社会性和实践性的特征。人首先是自然的,感性的存在物。但是,不只是自然的存在物,同时也是社会历史的存在物。人改造外部世界取得自己所需要的产品,同时也改造人自身的自然,这就是劳动目的的实现。主体的能动性表现与劳动目的的实现是同一的。

创作主体也具有社会性和实践性的特征。创作主体能动性的发挥,即艺术劳动目的的实现,艺术生产的完成过程。

艺术生产实践，即创作主体把客观化了的主观转化为新的客观——艺术产品。“任何生产都是个人的物化”①。艺术生产也是作家艺术家个人的物化。认识能力、审美能力、表现能力是创作主体把主观转化为客观即艺术品的主要条件或内容。艺术产品实际上是创作主体各种能力的物化,凝聚化,固定化。艺术家

---

① 《马克思恩格斯全集》第46卷上,人民出版社,1979年第1版,第176页。

这个审美主体，总是要千方百计地把对客观世界的生动感受艺术地再现出来。艺术生产过程,即艺术目的的实现,艺术家劳动的物化。因此,艺术生产是离不开艺术家的“自我”,艺术品总是与艺术家的“自画像”有某些相似之处。

我们可以简单地说,艺术生产的过程,或艺术生产的构成,需要一定的表现对象,一定的表现手段和掌握一定的表现技巧,作家艺术家通过发挥自己的体力与智力,努力实现“自我”。这只是简单地说，因为艺术生产比起物质生产是更为复杂的精神劳动。人们对于艺术生产规律的认识和掌握,比起对于物质生产规律的认识和掌握是远为逊色的。

艺术实践中表现出创作主体的能动性，就是作家艺术家的一种创造能力。艺术生产力包括两个方面的内容，一是表现对象,即客观存在;一是作家艺术家的主观因素,即创作主体。创作主体在艺术生产中,表现为体力和智力的耗费,以及能动地表现自己;在表观对象上努力实现自己的目的。所以,作家艺术家在艺术生产中成为使用实践力量的人,是最为活跃的力量。无视创作主体在艺术生产中的作用,就是无视艺术创作;更不用说那些最富于创造性的,最好的艺术生产了。可见,创作主体在艺术生产中的地位是确定了的,具有不可移易的性质。

创作主体在艺术生产中的作用可以从以下几方面去理解:

艺术生产的开始,以至于整个创作过程,表现为一种动力的贯彻始终,即所谓艺术动力学问题。艺术目的的追求和实现则成为艺术生产内在动力的源泉。艺术生产是受物质生产方式制约的,和一定的社会生产力相联系,和一定的历史条件相联系,这种客观的历史的物质条件则构成艺术生产的外部动力。只有外部动力与内部动力相统一的时候,才有可能实现艺术生产,艺术生产的可能性才能变成现实性。作家艺术家在什么样的动机下去从事艺术生产，除了接受历史的、时代的、潮流的、必然的力量影响之外，还要在其自身去寻求创造的动力。作家艺术家之所以应时代之运命，努力地去从事艺术生产，总要从他自身方面去考虑。司马迁说“《诗三百篇》，大抵圣贤发愤之所为作也”确是一种深刻的美学见解。这只是艺术动力表现的一种形式。作家艺术家的出身、经历、遭遇和创作联系在一起，成为一种持续不断的动力。如果没有艺术动力，没有主体表现出来的内在动力，艺术生产将是不可能的事情。

艺术生产的过程，是作家艺术家创造能力的实现过程。艺术生产同物质生产一样，也是一种劳动，是作家艺术家的体力与智力的耗费。当然，艺术劳动主要是智力的耗费，而在艺术生产中的一些种类，诸如舞蹈、歌唱、戏剧等也是较大的体力耗费或支出。创造能力的大小显然和艺术生产是相关的。创造力主要来自艺术实践，即实践能力表现为创造能力。艺术家的创造能力也有天赋因素在内。马克思论密尔顿时说：“密尔顿出于同春蚕吐丝一样的必要创作《失乐园》。那是他的天性的能动表现。”[①]对于作家艺术家来说，艺术生产的过程，则是他们作为创作主体潜在能力的解放。作家艺术家的创作能力具有一种独特的性质，在某种意义上说，没有这种独特性质的创造能力，是不能从事任何艺术生产的。

创作主体对于创作个性的形成的意义更是显而易见的。所谓创作个性问题，就是作家艺术家在艺术生产中，努力实现自我，在表现对象上实现自己的目的。说真实是艺术的生命，恐怕

① 《马克思恩格斯全集》第26卷第1册，人民出版社，1979年第1版，第432页。

未必得当。科学不讲真实吗？真实不是科学的生命吗？对于艺术来说，创作个性或艺术个性和真实比较起来，是更为重要的东西。因为创作个性，体现了艺术的特征，是艺术的本质属性之一。艺术之所以感人，之所以惊天地而泣鬼神，艺术之所以为艺术，是和艺术个性相联系的。没有艺术个性，能有艺术作品吗？如果有，也只能是千篇一律，是艺术的公式化概念化，从而就在根本意义上取消了艺术。人有精神生活，懂得美，并按照美的规律创造一切。作家艺术家的审美理想则结晶为艺术个性。所以，讲创作主体对艺术个性形成的作用，主要是讲作家艺术家审美理想的作用。

创作主体对艺术生产的作用，还表现在对艺术作品的质量具有终极的意义。综合地看：艺术动力的强弱，艺术创造力的高低，艺术个性的鲜明与否，都与艺术质量有直接关系。作家艺术家的世界观情况，政治立场如何，伦理道德观念，这些与艺术作品的思想性的关系至为紧密。作家艺术家的艺术修养如何，对前代艺术遗产的借鉴情况，艺术经验的积累情况，对于艺术美的创造的关系也是重要的。有一个时期，人们对艺术修养、艺术经验显示出一种轻视，实在是幼稚。“读书破万卷，下笔如有神”，确是艺术创作的金玉良言。假如，一个画家轻视经验的作用，只好像原始人那样，在石壁岩洞上画最简单的原始图画了。所以，艺术质量的提高，需要把作家艺术家主观方面具有的对于艺术生产有用的因素，转化到艺术品上，物化到艺术品上，把流动着的诸种有益于艺术生产的因素，凝聚在艺术产品上。

三

历史巨人或文艺巨人的出观，一是时代的呼唤，这是物的前提；一是巨人主体的条件，只有这两者的结合，时代的物的条件才能转化为精神产品。创作主体各种因素的构成情形，我们可以从恩格斯关于文艺复兴时期伟大人物的论述中得到明确的认识。

欧洲文艺复兴时期，曾经出现了一大批卓越的人物，恩格斯论到这些伟大人物时，一方面肯定了时代的历史的客观因素即造就这些伟大人物的历史条件，同时也明确指出了，这些伟大人物之所以成为伟大人物，在他们主观方面也是具备了一些为平常人所不具备的条件或因素。当然，这些主观方面的条件也是在社会实践中造成的。恩格斯写道："这是一次人类从来没有经历过的最伟大的、进步的变革，是一个需要巨人而且产生了巨人——在思维能力、热情和性格方面，在多才多艺和学识渊博方面的巨人的时代。给现代资产阶级统治打下基础的人物，决不受资产阶级的局限。相反地，成为时代特征的冒险精神，或多或少地推动了这些人物。那时，差不多没有一个著名人物不曾作过长途的旅行，不会说四五种语言，不在几个专业上放射出光芒。……但他们的特征是他们几乎全部处在时代运动中，在实际斗争中生活和活动着，站在这一方面或那一方面进行斗争，一些人用舌和笔，一些人用剑，一些人则两者并用。因此就有了使他们成为完人的那种性格上的完整和坚强。书斋里的学者是例外：他们不是第二流或第三流的人物，就是唯恐烧着自己手指的小心翼翼的庸人。"①恩格斯举出了列奥纳多·达·芬奇等一系列的学者和艺术家的伟大名字，这些伟大人物在思维能力、热情、性格、多才多艺和学识渊博、勇敢精神等方面部是突出的。这些伟大人物在主观方面所具备的条件，也应当是一切作家艺术家孜孜以求的。作家艺术家作为艺术生产力主观因素的承担

① 《自然辩证法·导言》，《马克思恩格斯选集》第3卷，人民出版社，1979年第1版，第445~446页。

者，必须着意地培养和发展这些有益于创作的主观因素，才有助于艺术生产力的提高。

思维能力。这是人的智力的一个重要方面。恩格斯引述十九世纪一位学者的话说："在我们看来，思维是能的一种形式，是脑的一种职能。"[①]在马克思主义看来，思维是高度发展的物质，它的存在是与人脑的机能、特点相一致的，是人脑这一物质的运动形式。思维能力是人们能动地认识客观事物的力量。理论科学注意逻辑思维，艺术创作注重形象思维。理论科学需要想象的帮助，艺术创作也离不开抽象推理。思维能力对艺术生产具有重要意义，为历来的艺术理论家所重视。如我国古代著名文学理论家刘勰在《文心雕龙》中专写一章《神思》，论述艺术思维问题。其实，思维能力就是艺术创造能力，艺术生产能力。思维是"能"，即力量。思维能力状况如何，是作家艺术家实行艺术生产的一个重要条件。不具备一定比较强的思维能力而能够从事艺术生产是难以想象的事情。作家艺术家对生活的认识与评价，在艺术上的探索，都是通过思维运动转化为艺术作品的。我们常常折服于伟大作家艺术家的思维能力，就是这个道理。艺术家主观因素的发扬，要借助于思维能力才能实现。毛泽东同志总结中外文艺史和自己艺术实践的体会，指出诗（即一切的艺术生产）要用形象思维，是对马克思主义美学的重要贡献。思维能力靠实践，不可能把思维和思维着的物质区别开，对于艺术家来说，如何在艺术实践中，有意识地独特地发展和完善自己的艺术思维能力是非常重要的。

热情。这是人们进行创造性劳动的一种必要的心理素质。这

① 《社会主义从空想到科学的发展·英文版导言》，《马克思恩格斯选集》第3卷，人民出版社，1972年，第388页。

种心理素质的养成对于科学家和艺术家都是重要的。热情对于人类是不可缺少的，这是人区别于动物的又一特点。马克思在《1844年经济学哲学手稿》里说:“因此,人作为对象性的、感性的存在物,是一个受动的存在物;因为它感到自己是受动的,所以是一有激情的存在物。激情、热情是人强烈追求自己的对象的本质力量。”[①]“激情”、“热情”又译为“情欲”[②]。马克思说人是“受动的”,已和费尔巴哈有所不同:它把社会实践即人为了掌握和改造外部世界而进行的有意识的和有目的的活动包括进去了。所以,激情、热情作为人的一种属性,是与人的改造外部世界的实践活动相一致的,因此也是一种力量。艺术生产的过程伴随着作家艺术家的情感活动过程。激情作为艺术家内在的一种本质力量表现在努力追求自己的对象,这也是人的本质属性之一。马克思、恩格斯肯定激情作为人的本质力量之一种,是观察了和总结了人类的体力劳动和脑力劳动的结果。比如,为马克思、恩格斯高度赞扬过的现实主义作家巴尔扎克说过:“我搜罗了许多事实,又以热情为元素,将这些事实如实地摹写出来。”[③]黑格尔对情感的作用也是充分肯定的。他说“没有情欲世界上任何伟大的事业都不会成功”,“情欲是精力的主观的方面,因而也是它的形式的方面”。列宁对这个思想的评价是“接近历史唯物主义”[④]。所以,热情作为人的本质力量,是占有对象,在对象中实现自己的目的的一个手段,没有了这一主观上的条件,人类的物质生产和精神生产都将是困难的。强烈的情感活动贯彻艺术创作的始终,在创作过程中形成一种推动力,凝聚在艺术作品中,使读者受

---

① 《马克思恩格斯全集》第42卷,人民出版社,1979年第1版,第169页。
② 见刘丕坤译本,第122页。
③ 《人间喜剧·前言》,见《文艺理论译丛》,第2期,第128页。
④ 《哲学笔记》,第344页。

到感动，从而造成艺术作品区别于科学理论的一种动人力量。

性格。文如其人，风格就是人，指出人的性格与文章的风格相通的观点，中外古今学者皆然。作家艺术家的性格，包括气质、禀赋等对艺术个性的形成，关系极为密切。所谓性格，正如马克思早年论述的："我只有构成我的精神个体形式。'风格就是人'。"[①]"可是，同一个对象在不同的个人身上就会获得不同的反映，并使自己的各个不同方面变成同样多不同的精神性质；如果我们撇开一切主观的东西即上述情况不谈，难道对象本身的性质不应当对探讨发生一些即使是最微小的影响吗？"[②]同一客观对象，在不同的"精神个体性形式"那里得到不同的反映，表现为"不同的精神性质"。所以，人的以及艺术家的性格是丰富多彩的，反映在艺术作品的风格上也是丰富多彩的。风格是服从艺术规律的，它不能由官方规定，而应当百花齐放地自由发展，玫瑰花和紫罗兰都要发出各自的芳香。因此，作家艺术家不可能不在艺术作品里留下深刻的主观方面的性格特征的痕迹。恩格斯指出文艺复兴时期那些伟大科学家、艺术家性格对其成长的重要性，马克思引述法国批评家布封"风格就是人"的论述，这都充分说明了他们对性格这种主观的东西在艺术生产中的作用的正确评价。

多才多艺和知识渊博。对于一个从事物质生产的人，如果不具备一定的技能技巧，不具备一定的知识，是不能很好地实现物质生产的。技能技巧和教育程度（知识渊博）是物质生产力主观方面不可缺少的因素之一。对于艺术生产力也是如此，这是文艺史所证明了的。如果人们不注意技能技巧的传播，不注重知识的积累，人类恐怕只能停留在刀耕火种，架木为巢，茹毛饮血的原

① 《马克思恩格斯论艺术》第4册，人民文学出版社，1966年第1版，第254页。

② 《马克思恩格斯论艺术》第4册，人民文学出版社，1966年第1版，第255~256页。

始社会了。物质生产，精神生产，对于前代有益的经验都要有所承传，一步登天的事情是没有的。文艺复兴时期那些伟大的艺术家的多才多艺令人叹服，其他民族的伟大艺术家也表现出这种特征。我国的屈原、司马迁、李白、杜甫、曹雪芹、鲁迅等等，都具有多才多艺和知识渊博的特点。艺术生产是一种积累，只有在不断增多的积累的基础上，又善于推陈出新，艺术才可能向前发展。艺术家如果不懂得自觉地去继承前人的优秀遗产，并在艺术实践中加以革新、创造，很难产生出优秀作品。马克思、恩格斯对巴尔扎克作品显示出的巨大的丰富的社会内容曾给予了高度的评价，认为通过巴尔扎克的作品可学到比史学家、经济学家和统计学家那里全部的东西都要多的知识，马克思论证过继承对于人类的重要意义："人们创造自己的历史，但是他们并不能随心所欲地创造，并不是在他们自己选定的条件下创造，而是在直接碰到的、既定的、从过去继承下来的条件下创造。"[①]恩格斯也说过这样的名言："我们有理由说：没有古代的奴隶制，就没有现代的社会主义。"[②]艺术生产力需要多才多艺和知识渊博，这也是一个带有规律性的问题，一切伟大的作家艺术家都应当努力地、自觉地去实践它。

勇敢精神。文艺复兴时期那些伟大的历史人物所具有的勇敢精神，也是他们创造伟大事业的又一个重要的心理素质。对于作家艺术家来说，这种勇敢精神也是不可缺少的。勇敢精神会产生一种巨大的力量，鼓舞人去战胜难以想象的困难，摆脱世俗罗网的羁绊，面对纷纭复杂的现实，而去不懈地追求真理。恩格斯称赞玛·哈克奈斯的小说《城市姑娘》"除了现实主义的真实性之外"，就是"表现了真正艺术家的勇气"。在恩格斯看来，艺术

① 《马克思恩格斯选集》第1卷，人民出版社，1972年第1版，第605~606页。

② 《反杜林论》，1971年版，第178页。

家的勇气也是现实主义的内涵之一。艺术家应当具备艺术勇气，也是文艺史上的一个规律性现象。歌德也表示过同样的意见："在每一个艺术家身上都有一颗勇敢的种子。没有它，就不能设想会有才华。"[①]勇敢精神，对于艺术家是如此重要，使作家勇于实践，善于探求，越过平庸之辈，不畏惧燃烧自己的手指，而进入第一流艺术家的行列。大智兼大勇，智与勇相辅相成，是谓大智大勇。一切伟大的作家艺术家都应有意识地在创作实践中培养艺术勇气这种优秀的品质。

四

总之，人的劳动不同于蜘蛛的劳动，蜜蜂的劳动，具有显著的目的性。艺术劳动、艺术生产当然也要服从这个规律。

如果艺术生产不具有目的性，作为主体的作家艺术家不是与其表现对象相拥合，以至于把对象变成艺术，那么艺术美，以及艺术本身都是无从谈起的。"不有屈原，岂见《离骚》"确是指出了创作主体对于艺术创作的特殊作用，即《离骚》只有与屈原这个具体的独特的作家相联系在一起，屈原才成为屈原，《离骚》才成为《离骚》。曹雪芹只有与《红楼梦》联系在一起，曹雪芹才成为曹雪芹，《红楼梦》才成为《红楼梦》。否则，什么都不是。马克思早年提出"劳动创造了美"，"人也按照美的规律来塑造物体"，"人的本质的的客观地展开的丰富性，主体的、人的感性的丰富性，如有音乐感的耳朵、能感受形式美的眼睛……"等思想，都是意在强调创作主体在艺术生产中的作用。人以自己的需要与目的去进行生产，达到占有自然的目的，在这个过程中，人的本质力量在对象中得到了肯定，自然人化了，人对象化了，人

① 《歌德文艺语录》，转引自《语文学习》，1980年，第2期。

在自然面前呈现出一种主动精神。所以，艺术生产，离开了创作主体的作用，是难以想象的。

劳动的目的性，人的目的性，是马克思恩格斯的一贯的观点。1876 年恩格斯在《劳动在从猿到人转变过程中的作用》中指出："但是人离开动物越远，他们对自然的作用就愈带有经过思考的、有计划的、向着一定的和事先知道的目标前进的特征。"[①]过了十年，1886 年恩格斯在《路德维希·费尔巴哈与德国古典哲学的终结》里更指出人类的历史是有目的的追求："在历史领域内进行活动的，全是具有意识的、经过思考或凭激情行动的、追求某种目的的人；任何事情的发生都不是没有自觉的意图、没有预期的目的的。"[②]1857~1858 年马克思在《政治经济学批判导言》里讲生产与消费的关系时，认为生产活动之先，要在观念上有一个"内心意象"，即"主观形式上的生产对象"："生产在外部提供消费的对象是显而易见的，那么同样显而易见的是，消费在观念上提出生产的对象，作为内心的意象、作为需要、作为动力和目的。消费创造出还是在主观形式上的生产对象。没有需要，就没有生产。"[③]对于艺术生产来说，在生产之先或生产过程之中，如果没有"内心的意象"、"需要"、"动力"，也就是没有艺术创作主体的参加，确是不会有艺术生产的。

艺术是有目的的，不管此中出现怎样的复杂的、暂时人们尚说不清的情形，那种艺术创作的"非自觉性"理论都是与此背道而驰的。

（收入《马列文论研究》第 9 集）

① 《马克思恩格斯选集》第 3 卷，人民出版社，1972 年第 1 版，第 516 页。
② 《马克思恩格斯选集》第 4 卷，人民出版社，1972 年第 1 版，第 243 页。
③ 《马克思恩格斯选集》第 2 卷，人民出版社，1972 年第 1 版，第 94 页。

现实主义和文学的理性原则

——非理性主义漫议

现实主义作家植根于坚实的生活，按照生活的本来面目再现生活，反映生活的真实，从而使读者能够从本质上或规律上认识生活。马克思谈到十九世纪中叶英国现实主义文学时说:“现代英国一派出色的小说家，以他们那明白晓畅和令人感动的描写，向世界揭示了政治的和社会的真理。比起政治家、政论家合起来所作的还多。”①列宁论托尔斯泰写道:“如果我们看到的是一位真正伟大的艺术家，那么他就一定会在自己的作品中至少反映出革命的某些本质的方面。”②马克思和列宁论到的“出色小说家”和“真正伟大的艺术家”的作品都具有真实性即真理性，而这种真理性的获得是作家艺术家在正确世界观的指导下对生活坚持理性思考的结果。因此，坚持现实主义的真实性原则，就要坚持正确的世界观对文学创作的指导作用即文学的理

① 《马克思恩格斯论艺术》，人民文学出版社，1966年第1版，第402页。

② 《列夫·托尔斯泰是俄国革命的镜子》，《列宁论文学与艺术》，第281页。

性原则的作用。失去了文学的理性原则，也就是失去了文学的巨大的社会作用。但是，非理性主义作为西方现代派文学的重要美学主张，近年来在我国文学界流传开来。这种理论主张文学创作的非自觉性，主张写人们的下意识、潜意识，排斥文学的理性因素，否定文学的目的性，认为马克思主义对文学创作的指导作用无关紧要，等等。这种主张对社会主义文学事业的发展是有害的，需要认真地对待这个问题。

一

非理性主义在理论上的表现之一是提倡文学创作的所谓“非自觉性”，排斥文学的理性因素，否定文学艺术的认识作用。如有的同志说：“从实际上说，我们读一本小说，吟一首诗，看一部电影，听一段戏曲，常常很难说是为了认识和认识了什么？”[①]这种理论实在令人惊异。我们也可以反问：我们读一篇小说，或吟一首诗不是为了认识什么，又是为了什么呢？或者说，世界上为什么要有文学艺术呢？文学艺术有什么必要存在呢？

俗话说：种瓜得瓜，种豆得豆。这是说，生产者在种瓜和种豆之前，目的性是很明确的，那是为了获得瓜和豆。马克思在《资本论》里曾指出，蜜蜂建筑蜂房的本领曾使许多建筑家感到惭愧，但是最蹩脚的建筑师也要比最灵巧的蜜蜂高明，因为建筑师在建筑以前，已经在自己的头脑中把房屋建成了。建筑师的预想往往与劳动的结果相符。这说明建筑师的劳动目的明确，并且在劳动中得以实现。物质生产的目的性是非常明显的。那么，艺术生产呢？其实，艺术生产或文学创作的目的性也是十分明确的，

① 《美学论集》，第559页。

人们完全是在一定的思想意识影响或指导下从事艺术生产的。这就是通常说的世界观对文学创作的作用，亦即文学的理性原则的作用。所以，不能不承认这样的现实，自觉的意识贯穿于艺术生产的始终。所谓创作中的灵感爆发，所谓“非自觉性”，是有这些现象的，但这绝非艺术生产的全部，绝非主导艺术生产的全部，如果它还有些作用的话，也是极其有限的，只是在个别细节表现出来。因此，人的实践活动即物质生产和艺术生产的鲜明特征之一是有明确的目的性，这种目的性，反映了人向未来的追求，向真理的探索。这种目的性的实现的过程，就是认识规律和利用规律的过程。对于艺术生产来说，规律性也就是文学的真实性即真理性。这样看，把人类的艺术生产或文学创作描写成“非自觉性”的产物，那是不符合人类的实践活动的。从物质领域到精神领域，不可能想象，也找不出哪怕一件事实，说明人类的活动是不具有目的性的。

我们读《红楼梦》，为宝、黛的悲欢离合故事所吸引，所感动，所流泪，不是因为认识了那种社会的不合理吗？难道只是为了读《红楼梦》而读《红楼梦》吗？音乐家创作《黄河大合唱》，革命人民高唱这样的歌曲，难道不是为了唤起崇高的民族尊严，在它的动员之下，集合在黄河之滨，团结得如磐石一样，去同民族敌人做殊死的斗争吗？当拿破仑胜利地向欧洲进军的时候，人们兴奋，同情革命党人，希望波拿巴建立起新的社会制度，为人类主要是为资产阶级奠定幸福的基石，于是贝多芬创作出了一系列的《英雄交响曲》等雄壮威武的乐章。难道人们只是为了听取《英雄交响曲》、《热情奏鸣曲》而不是为了别的吗？卑斯麦的话是对的：“倘我常常听到他（指《热情奏鸣曲》），我的勇气将永远不竭。”[①]所以说，艺术生产的目的性，艺术作品对人们产生的认识作用，是一个不容人们忽视的客观事实。

普列汉诺夫说过：“人最初是从功利观点来观察事物和现象，只是后来才站到审美的观点上来看待它们。”[②]艺术生产的目的性，恰恰体现了人对艺术的这种功利观点，而只有如此，作为理性的文学才能具有认识价值。马克思、恩格斯一向重视现实主义文学的认识价值，崇扬现实主义文学包含的巨大的历史内容。马克思的《资本论》涉及许多的文学现象，仅第一卷论述和引证的文艺家，指出姓名的三十六人，未提姓名的四人，共征引作品四十余种，七十七次。马克思引证莎士比亚《雅典的泰门》关于“金子！黄黄的，发光的，宝贵的金子”一段，印证货币的本质。恩格斯指出巴尔扎克对现实社会关系具有深刻的理解，对各色各样的贪婪做了透彻的研究，对法国社会生活做了史诗一般的描述，称赞巴尔扎克是比过去、现在和未来的一切左拉都要伟大得多的现实主义大师，他在《人间喜剧》里给人们提供了一部法国社会特别是巴黎上层社会的卓越的现实主义历史。因此，恩格斯在巴尔扎克的作品里学到了比在所有职业的历史学家、经济学家和统计学家那里学到的全部东西还要多。[③]巴尔扎克作品的巨大历史内容和由此而产生的认识价值，被恩格斯称为“现实主义的最伟大的胜利之一”。马克思和恩格斯的这些观点并没有过时，还能引导人们正确地认识和评价文学现象。总之，创作的非自觉性，非自觉的文学，无目的的文学，无利害的文学，是不曾存在过的。所谓创作的“非自觉性”理论即非理性主义，是与

① 《贝多芬传略》，《人才》，1983年第1期。

② 《没有地址的信 艺术与社会生活》，第106页。

③ 《致玛·哈克奈斯》，1833年。

现实主义文学的本质规定大相异趣的。

当然，文学艺术是一种认识和把握现实的特殊的社会意识形态，它具有美感作用，讲究生动的形象性，讲究动人的感染力量，以致使人们在欣赏文学艺术作品时，不禁为它的形式美而打动内心。这种情形是会出现的。但是，它要与艺术的目的性、理性原则相一致。艺术的美感形式，是与艺术的目的性、理性原则同时存在、同时发生的，美感形式又要服从于艺术内容。离开了艺术的巨大思想内容，还有什么艺术的美感形式呢？“并非人为美而存在，乃是美为人而存在的”①。我们强调文学艺术的目的性、认识作用，丝毫不是排斥或轻视文学艺术的美感作用，以至于取消艺术特征，把文学艺术等同于科学作品。艺术是上层建筑，是社会意识形态的特殊形式，是为一定的经济基础所制约，又反转过来对经济基础起作用，对社会的发展起作用。所以，艺术是不会脱离经济基础的，企图把艺术同经济基础分开并且对立起来，那是违背马克思主义艺术理论的。西方现代主义艺术理论认为，理性与逻辑似乎是与艺术对立而有害于艺术的，其实是不可信的。

二

诚然，艺术生产是一种复杂的精神劳动，艺术家在创作中头脑是怎样工作的，有些什么规律和特点，这是需要人们继续为之探索的。近年重视创作心理的研究，重视艺术生产的一个方面即作家艺术家的心理素质在艺术创作中的作用，有值得肯定的理由。文学创作是在艺术规律的影响下，主客观的辩证结合。过去

① 《鲁迅全集》第4卷，第207~208页。

对创作中的心理素质的研究有轻视或否定的事实,那是错误的。所以,加强创作心理的研究,揭示心理素质在文学创作中的种种事实及其规律,还是应当进一步加深研究的。从马克思主义哲学看,心理是脑的机能,是客观现实的反映。心理的实质,心理现象的最后源泉是客观世界。但是,有的同志根据弗洛伊德的精神分析学说断言:"对于艺术创造, 其心理条件常常是无意识的愿望。""确实,在艺术创作过程中,艺术家能意识到他在干什么,但他不知道会干出什么。就像一个女人,她知道自己怀了孕,但她不知道是男是女,是美还是丑,是正常还是畸形。这就是说,艺术创作过程的因素是无意识,是无法加以控制的。"[①]徐敬亚在他的关于"崛起"的文章中也一再宣扬西方现代派文学"主张表现和挖掘艺术家的直觉和潜意识。关于女人生男生女这样一类的问题,那是自然科学问题,自然科学家当会去努力解决。而把艺术生产归结为无意识,认为艺术生产是不能控制的,如上所述,是与马克思主义相对立的,是不能为人接受的。强调无意识对文学创作的重要作用,是非理性主义在理论上的又一表现。这种理论的实质, 得出文学艺术的最后根源是脱离客观物质世界的主观心理,那乃是文学的歧路。

无意识,即未认识到的意识这种心理现象的事实是存在的。按照辩证唯物主义的理解,无意识这种心理现象的发生,也是人脑的机能,是客观现实在人的主观上的反映,即无意识要接受环境和客观现实的制约和决定。但是,弗洛伊德讲的无意识,却如天马行空,来去无踪,不接受环境和客观存在的决定,不接受物质条件的决定而孑然独立。弗洛伊德关于无意识的理论,很大程

① 《美学》第4期,第174页,第179页。

度上是主观的臆测，还不能用事实证明给人看。无意识在人类的生活中也发生作用，但是，我们应当清醒地看到，那个作用是极其有限的；把它解释为人类行为的最终的具有决定意义的所谓心理能量、心理状态或心理过程，则是不符合事实的。在弗洛伊德那里，心理现象与外部世界是隔绝的，心理现象不为客观现实所制约，从而否定了外部世界对心理现象的主导的、决定的作用，因此，他的心理分析学说的唯心主义性质是很明显的。

我以为，不在于举出一些例证，让人相信无意识或梦幻之类对于文学创作之重要，而重要的是要回答人们什么才是对文学具有最终的决定意义的东西。大量的无可辩驳的文学史的事实向人们揭示，艺术创作是作家艺术家在自觉意识指导下，对强大的客观存在的生活的摄取和艺术加工制作，是他们在生活的沃野上辛勤耕耘的结果。靠着虚无缥缈的、模糊不清的无意识而能获得伟大的艺术成绩，是极为罕见的，几乎是没有的。“披阅十载，增删五次”，呕心沥血，苦吟疾书，是艺术生产的必由之路。作家艺术家在创作中差不多是耗尽了全部的聪明才智，从题材选取，主题确定，人物塑造，细节描绘，语言运用，可以说，没有一处不是经过深思熟虑的。强大的无所不在的客观生活，对于艺术创作是最根本的，艺术创作若离开了它，就是无米之炊。是生活教育了作家艺术家，这样写或那样写。从艺术生产的动力（动机），艺术作品的内容，艺术的生动形式各方面来看，生活对于艺术生产都是第一位的，正如巴尔扎克所说：“法国社会将要作历史家，我只能当它的书记，编制恶习和德行的清单，搜集情欲的主要事实，刻画性格，选择社会上主要事件，结合几个性质相同的性格的特点揉成典型人物，这样我也许可以写出许多历史家忘记了写的那部历史，就是说风俗史。”①

强调社会生活对艺术创作的最终的决定性意义，并不否定作家艺术家在艺术创作中的作用。毛泽东同志坚持马克思主义的反映论原则，指出：“作为观念形态的文艺作品，都是一定的社会生活在人类头脑中的反映的产物。革命的文艺，则是人民生活在革命作家头脑中的反映的产物。”这是一个科学的结论。毛泽东同志对文学创作肯定了两点，并揭示了他们之间的辩证关系。一是文学艺术的源泉来自社会生活，这是社会存在；这种社会存在自己当然不会变成文艺作品，只有经过作家头脑的艺术性加工创造，才能造成文艺作品，这头脑是文学创作不可缺少的。所谓头脑的加工创造，就是作家的世界观、艺术观、心理素质与社会生活的结合，即作家的自觉的思想意识和审美理想在艺术创作中的实现。生活给了头脑以不尽的原料，头脑又给了来自生活的原料以艺术加工，这才会有文学创作。这与只求诸于内心性欲升华的无意识有什么共同之处呢？

三

艺术创作及其产品无论怎样复杂，文艺作品作为一种精神产品对于读者来说，都是诗与哲学的结合，它不但给人以美感，而且还给人以深刻的思考。现实主义艺术更是如此。真实性是现实主义的重要内涵，但真实性与理性原则是一致的，没有理性原则何谈现实主义的真实性。读巴尔扎克、托尔斯泰、曹雪芹、鲁迅这些伟大现实主义作家的作品，不仅在精神上得到美的享受，更主要的是让读者认识社会生活，给读者以真理性的认识。这不

① 《〈人间喜剧〉前言》，《西方文论选》下册，上海译文出版社，1979年第1版，第164页。

是千真万确的吗？情感、直感、形象思维在文学创作中具有重要作用，这是毋庸置疑的，把情感规律规定为艺术创作的重要规律，也不无道理。但是，不能因此忽视甚至排斥理性原则在艺术创作中的作用，如果是这样，将没有最低意义的文学艺术可言。尽人皆知，新时期以来的文学艺术创作取得了极其巨大的成绩，我以为其中重要的一条是，这些作品富于理性原则，帮助人们思考，描绘人们认识真理的道路。《人到中年》为中年知识分子大声呼吁，成功地塑造了为建设社会主义祖国而献身的一代中年知识分子的艺术形象，作者的思想是多么敏锐，思考又是多么深邃！这一时代性的重大主题，随着时间的向前推移，越来越显示出它的重大意义。如果作家不是理性的，不是善于思考的，而任凭去写什么无意识、潜意识、梦幻之类，可以断言，全然不会有如《人到中年》这样一批具有时代精神风貌的、启人心智的作品问世。近年来，文坛上出现了粗制滥造的、平庸无聊的、甚至是瞎编胡扯的作品，说明了这样的作家已经离开了生活的常青之树，离开了文学的理性原则。所以，要坚持革命现实主义，就要坚持文学的理性原则，只有如此，才能保证文学艺术具有高度的思想性和社会意义，作家艺术家才能实现其人类灵魂工程师的伟大使命。但是，令人遗憾的是有的理论文章和作家对文学的理性原则表现出一种淡漠，甚至厌恶的情绪，这是令人担心的。有的文章指出："我们的文艺理论总是喜欢强调创作必须首先有一个明确的指导思想，主题要明确，等等。我很不赞成。我主张作家艺术家按着自己的直觉、天性、情感去创作……"[①]有的作家说："作者的理论框框多了，倒常常造成思想束缚形象，造成概念化

① 《美学论集》，第576页。

与图解化。"[①]徐敬亚在他的文章中，也排斥现实主义文学中的"理智与法则"，并要"向现实和理智挑战"。这里的问题是，作家艺术家在创作过程中，要不要理性指导，世界观在创作中还有没有作用，坚持理性指导对艺术创作就必然是公式化、图解化吗？我以为，这些问题都是应当予以澄清的。

艺术生产是自觉意识指导下的、有目的的精神生产劳动，从而造成了它的丰富的思想内容，以致成为人们艺术地认识生活的一种手段。所以，文学的理性原则，世界观对艺术生产的指导作用，是文学艺术的内在因素，不是什么人从外面硬加上去的。而作家艺术家的世界观状况如何，是正确的或不正确的，直接影响着作品的内容正确与否，即真理性程度，因此，世界观对艺术创作不是可有可无的。现实主义作家必须坚持正确的世界观对文学创作指导作用这个重要原则。现实主义作家都自觉地坚持正确的世界观，把自己的文学创作紧密地和社会历史结合起来，力求使自己的创作启迪人们的心智，推动历史的前进。高尔基说过："有很多例子表明，一个艺术家往往是自己的阶级和时代的客观的历史家。"(《论文学》,《谈谈我怎样写作》)当代作家王蒙说："我反对非理性主义，我肯定并深深体会到世界观对创作的指导作用。"[②]因此，创作过程的始终，都需要有明确的思想即世界观作为指导，没有世界观指导的艺术创作是没有的。而创作过程中的主题思想、情节结构、人物形象的不断变化、修改、加深拓宽，更加说明了作家艺术家对生活积极思考的结果，而丝毫不能据此断定思想理论指导的无能或无用。

有的理论家举出中国文学史的一些现象，做出不符合实际

① 《上海文学》,1982年,第11期。
② 《读书》,1982年,第12期。

的解释和评价，企图论证思想理论的指导作用即理性原则是可有可无的，这是值得商榷的。比方，对于《乐记》的评价："《乐记》突出的恰好是艺术的情感性。"[①]这样的评价不符合《乐记》这部伟大艺术理论的实际。《乐记》论述的对象是富于表现性的音乐、舞蹈等，重视了情感作用的探讨，但是，《乐记》作者对于理性作用也没有忽视。《乐记》："礼乐刑政，其极一也，所以同民心而出治道也。""声音之道，与政通矣。""是故不知声者，不可与言音；不知音者，不可与言乐。知乐则几于礼矣。"这些论述清楚地向人们指出，"乐"与社会生活相联系，反映了一定的社会思想，所以，它与"礼、刑、政"等上层建筑有相同的作用。"乐"不但诉诸人们的感情，更诉诸人们的理智。所以，《乐记》不但重视探讨艺术的情感性原则，同时也重视艺术的理性原则。

理论对创作的指导作用，并非是要求作家在作品中写哲学讲义。文学艺术的公式化概念化与理论对文学创作的指导作用是两码事，不容混淆。鲁迅和茅盾都努力学习和掌握马克思主义理论，并且在创作实践中自觉地坚持革命理论。但是，他们的大量的文学作品，如《阿Q正传》、《子夜》，这是公式化、概念化的吗？鲁迅和茅盾那些名著，向人们证明坚持理论对创作的指导作用，并不就等于艺术的公式主义或教条主义。文学创作成功的主客观因素是多方面的，生活贫乏、艺术功力不足难道不也是造成艺术的公式主义的重要原因吗？

西方的理论家们喋喋不休，说反映论是把艺术过程"庸俗化"了[②]，国内也不乏应者，这似乎是一种国际现象。但是，我们的时代是改革的时代，是科学的时代，是理性的时代。人造卫星

① 《美学论集》，第564页。

② 《外国文艺思潮》第2集A·齐西文章，陕西人民出版社，1983年第1版。

上天，一部分农民先富起来，社会的信息化，微型机的普遍推广……这些都不是靠无意识所能办到的。科学和理性则是时代的特征，我们呼唤诗与哲学的结合，呼唤文学的理性原则，这样的文学才能完成时代的使命。这样的文学在社会主义精神文明的建设中才能起到应有的作用，为社会的前进做出应有的贡献。

纵观“五四”以来的中国现代文学运动，革命现实主义为作家艺术家们所接受并在创作实践中给予丰富和发展，这不仅证明了现实主义文学的强大生命力，同时也说明了人民和时代需要革命现实主义的理性原则，用它来帮助人民认识生活并推动社会前进。

（《学习与探索》1984 年，第 6 期）

现实主义和文学的主观性

——关于现实主义的一点理解

一　从现实主义的概念谈起

现实主义作为一种创作方法，应当有一个什么样的概念呢？这似乎不是一个问题。但是，只要对目前关于现实主义的一些概念加以仔细的审视，就会发现并不是没有值得人们怀疑的地方。我认为，这是一个值得探讨的问题。这些关于现实主义概念的论述的弊病是没有确定作家艺术家在现实主义理论中的地位，而这是不符合实际的。试看下面的一些关于现实主义的论述：

"现实主义的基本原则要求按照生活本来的样子来描写，也就是要真实地描写现实生活。"①

"现实主义的作品据以反映生活、构成形象的原则的共同特点，是按照生活的本来面目再现生活。现实主义的作品却偏重于描绘客观的现实生活的精确的图画，描写那些在生活中已经存

① 蔡仪主编：《文学概论》，第246~247页。

在或按照生活的规律可能存在的事物，而不是代之以作家自己的愿望。”①

“现实主义提倡客观地观察现实生活，按照生活的本来样式或精确细腻地描写现实，真实地表现典型环境中的典型人物”。②

有的论者还强调现实主义的所谓“客观态度”：“现实主义原则的客观真实的首要表现，是作家的客观态度，它使作家在创作过程中注重对生活做到精密细致地观察，表现人物关系时，作者尊重生活的逻辑，并不超出真实生活事件本身的意义去追求某种理想性的东西。”③

也有的论者把现实主义比做“明镜”：“如果把文学比做镜子，那么确切地说，现实主义是一面生活的明镜，它明察秋毫，洞幽烛隐，穷形毕相，妍媸毕露。”④

对上引现实主义概念做一点分析。

蔡仪、叶以群等文学理论教材和《辞海》关于现实主义的阐释，都在强调“按照生活本来的样子”来描写生活。这似乎是现实主义最要害的地方。那么，什么才算是“生活本来的样子”呢？文学有没有“按照生活本来的样子”来描写的事实呢？文学是作家艺术家对生活的认识和评价，写进文学作品中的生活已经是渗透了作家的主观评价和理想，被作家艺术家头脑改造了的、重新组合了的现实生活。在这个意义上说，文学中的形象，文学反映的现实生活，向来就不是什么“生活本来的样子”。凡是写进了文学作品中的人物形象，社会生活，没有一个是按照所谓生活本来

① 叶以群主编：《文学的基本原理》，第257~258页。
② 《辞海·文学分册》。
③ 《现实主义创作原则的特点》，《马列文论研究》第一集，第41页。
④ 《关于浪漫主义的评价问题》载《文艺研究》，1984年，第5期。

的样子写的。因此，用“按照生活本来的样子”来概括现实主义创作方法，有些不够全面或不尽恰当。

把现实主义定义为“按照生活本来的样子”来描写还嫌不够，不明确，于是又进一步强调作家的所谓“客观态度”，以至于把现实主义比作“生活的明镜”，且能“明察秋毫”。什么叫“客观态度”呢？什么叫“生活明镜”呢？实在令人费解。只能这样去理解，作家艺术家就是一架照相机；即使是照相机，使用的人不同，其效果也是不同的。照相机是能“明察秋毫”的，但也不可避免地抹上使用者的主观色彩。其实，文学创作的事实，并不存在什么“客观态度”；反之，一切的文学创作，当然包括现实主义文学在内，向来都渗透着作家艺术家主观方面的政治观点、美学理想、思想感情、性格气质等因素。怎么可能想象离开了这些作家艺术家主观方面的因素，而能有现实主义文学？那是不可能的。文学和生活的关系，决然不能等同于镜子和被反映事物的关系。前者是一种能动的反映，后者是一种机械的显现。

强调现实主义“按照生活的本来样子”描写生活，强调作家的“客观态度”，甚而把现实主义比作“生活的明镜”，这些说法之所以会产生弊端，是因为它们过于地强调生活对于文学的作用，而抹杀了作家艺术家在现实主义文学创作中的能动作用。这是用机械唯物主义解释现实主义理论。什么样的生活进入文学，作家艺术家对进入文学的生活给予什么样的主观评价，在思想上和艺术上有些什么样的创新，这个主动权完全操在作家艺术家的手里。郑板桥的名言：“江馆清秋，晨起看竹，烟光日影露气，皆浮动于疏枝密叶之间，胸中勃勃遂有画意。其实胸中之竹，并不是眼中之竹也。因而磨墨展纸，落笔倏作变相，手中之竹又不是胸中之竹也。”[①]郑板桥提出的“眼中之竹”、“胸中之竹”和“手中之竹”的问题，生动地说明了文学艺术创作中作家艺术家和生活之间的辩证关系。摇曳在晨光中的竹是“眼中之竹”，是绘画（文学）要描绘的客观存在的对象；经过作家艺术家的观察揣摩，即主观上的改造功夫，那“眼中之竹”变成了胸中即观念中之竹，但这已经不是或不等于眼中之竹，即已经不是现实中竹子本来的样子了；待到把“胸中之竹”画到纸上变成“手中之竹”，这二者又不尽相同。所以，“手中之竹”决非如“明镜”一样地将“眼中之竹”摄入而造成文学艺术作品。郑板桥还说过“有成竹无成竹，其实只是一个道理”[②]的话。他提倡“胸无成竹”，似乎与“胸有成竹”是矛盾的，其实是统一的。他是在强调画家在艺术创作中的主观作用，即不要照搬客观事物，要有所取舍，有所概括和集中，也就是要有自己的感受，自己的美学兴趣，一句话，自己的独创性。只有如此，“眼中之竹”方能变成“手中之竹”，“一枝一叶总关情”。[③]郑板桥是多么理解作家艺术家的主观作用啊。

社会存在决定社会意识，文学是生活的反映，这是现实主义作家艺术家应当遵循的，是没有问题的。但是，现实主义作家艺术家绝非只是采取一种“客观态度”，把作品变成一种显现生活的“明镜”，这样是不会完成文学的使命的。不依作家艺术家主观意志为转移的客观存在的自然形态的“眼中之竹”只能成为文学作品的可能性，为文学创作准备了可资加工的物质材料，这材料最终是否成为文学作品，则需要作家艺术家主观上做一种艰

---

① 《郑板桥集》，第154页。
② 同上。
③ 同上，第156页。

苦的努力，才能把“眼中之竹”变成艺术作品的“手中之竹”。在一些文学理论教科书或研究论文中，论及现实主义时也讲过作家的艺术加工与概括作用，其实讲得很不够；在理论上，如能明确地指出现实主义创作方法的主观性或能动性，当是对现实主义理论的符合实际的概括。

巴尔扎克讲过：“法兰西社会是真正的历史家，我不过是它的书记罢了。”但是，他同时又说过：“我搜罗了许多事实，又以热情作为元素，将这些事实如实地描摹出来。”法兰西的极为丰富的社会生活为巴尔扎克创作《人间喜剧》提供了无比多彩的材料，但是，若没有巴尔扎克发自内心的“热情作为元素”，以及他的文学天才，惊人的毅力，对于现实生活明察秋毫的观察能力，塑造典型人物的表现能力，没有这一切主观方面的综合，巴尔扎克怎么能写出不朽的《人间喜剧》来？高尔基也讲过对人类生活“作真实的、赤裸裸的描写”，难道高尔基没有在文学道路上的艰苦跋涉，卓有成效的探索与实践，没有浪游俄罗斯的痛苦经历，他会写出那些深刻地反映俄国社会生活的文学作品吗？所谓“真实的、赤裸裸的描写”是高尔基对于人生的饱和着作者痛苦经历的主观反映，这并不是什么纯然的“客观态度”。

是否可以这样去理解：现实主义创作方法由客观性和主观性两方面构成，只有两者的结合，才能产生现实主义文学。我们在理论上，应当科学地阐明现实主义的主观性问题，而不要使人误解，只有浪漫主义等创作方法才需要主观性。前面引述的关于现实主义的概念，强调了生活对于现实主义文学的第一位作用，强调生活决定文学的一面，但却未涉及作家艺术家对于生活的能动作用。因此，现实主义作为一种创作方法，一方面要指出它的忠实于现实生活，真实地再现生活的特征；一方面也要指出或研究作家艺术家在真实地反映现实生活时的主观能动作用，只有讲了这两方面，才是现实主义比较全面的概念。打个比方，生活只是含有丰富营养的土壤，作家艺术家是一粒种子，当种子进入土壤并且发挥种子的主体作用，吸收了土壤中的养料，才能有茁壮的现实主义文学成长起来。

二　马恩现实主义理论的内涵问题

我们知道，马克思恩格斯依据辩证唯物主义和历史唯物主义的原理，考察和研究了欧洲的现实主义文学，对现实主义理论做出了杰出的贡献。把他们的现实主义理论归结为文艺的真实性，文艺的倾向性，文艺的典型等等，这些当然是重要的。但是，不只这些。马克思恩格斯除了规定上述各项现实主义内容之外，还论述了作家艺术家作为创作主体在现实主义理论中的地位与作用。现实主义要求作家忠实地描写现实生活，揭示生活的某些本质方面或真理性。但是，怎样才能达到现实主义文学的这个目的呢?具有最终意义的是作家艺术家主观能动性的发挥问题。因此，研究马克思恩格斯关于现实主义的理论，也应当包括研究作家艺术家的主观作用问题。

马克思恩格斯对作家艺术家在文学创作中的主观作用，一向是很重视的。1876 年恩格斯写作《自然辩证法·导言》时，曾经科学地阐述了文艺复兴时期出现的科学家、艺术家在他们创造性的科学事业和文学事业中的主观作用问题。他指出，在这次人类从未经历过的最伟大的进步的社会变革中，那些历史巨人，如列奥纳多·达·芬奇等“在思维能力，热情和性格方面，在多才多艺和学识渊博方面”，在“成为完人的那种性格上的完整和坚强”方面，都达到了不同寻常的程度，或者说，他们之所以成为历史巨人,之所以为人类做出了杰出的贡献,在主观方面,跟一般人是存在着很大的差别的。这些历史巨人在其主观因素方面表现出来的一些特征，难道不是现实主义作家如巴尔扎克等所具备的吗？那些历史巨人的主观因素应当包括在现实主义理论之中。恩格斯在给哈克奈斯和马克思次女劳拉的信中,分别称赞了哈克奈斯和巴尔扎克的艺术家勇气，而艺术勇气是一种很重要的心理素质,对于现实主义作家也是不可缺少的主观因素。下面,从马克思恩格斯的有关哲学和经济学思想中,探索和印证他们关于现实主义的主观性问题。

研究作家艺术家的主观因素在现实主义创作方法中的作用,就是从文学创作的主客观关系中,从作家艺术家的主观方面去理解现实主义的特质。马克思在《关于费尔巴哈的提纲》里指出:“从前的一切唯物主义——包括费尔巴哈的唯物主义——的主要缺点是:对事物、现实、感性,只是从客体的或者直观的形式去理解,而不是把它们当作人的感性活动,当作实践去理解,不是从主观方面去理解。”[①]文学艺术创作(包括现实主义文学在内)也是一种人类的实践活动,“从主观方面去理解”,这种实践活动包含着作家艺术家的主观因素在内。在写作提纲的前一年,即 1844 年,马克思在巴黎手稿中,提出“人化的自然界”和“人的对象化”问题,也是在研究生产劳动中的主客观关系。这里讲的“人化”、“对象化”，是指人在生产劳动中，通过主体的实践活动,把主体的本质力量体现在客体中,从而使客体成为人的本质力量的显现或确证,成为人的创造物和人的现实性。如果依此去观察现实主义文学创作，作品作为作家的创造物是作家艺术家

① 《马克思恩格斯选集》第 1 卷,人民出版社,1972 年第 1 版,第 16 页。

本质力量的体现,是作家艺术家的“对象化”。所谓“按照生活本来的样子”已经是作家艺术家“人化”“对象化”之后的,即被作家艺术头脑改造过的客观现实。所以,“从主观方面去理解”,从“人化”“对象化”去理解文学创作,从来不存在“生活本来的样子”问题。事实上正是这样,在文学创作的实践活动中,作家艺术家主观方面的思维能力、热情、性格、多才多艺、学识渊博等都“对象化”在文学的表现对象上。如果我们承认文学创作是一种实践活动,还在强调现实主义作家的“客观态度”,把现实主义文学比作“明镜”,那就势必取消或否定作家艺术家的能动性,以至否定文学的主观性。没有一个现实主义作家,在文学创作中不是爱憎分明,以热情作为元素,发扬最大的主观能动性,而纯然的“客观态度”是没有过的。法国作家莫泊桑说过:“一个现实主义者,如果他是个艺术家的话,不会把生活的平凡照相表现给我们,而会把比现实本身更完全、更动人、更确切的图景表现给我们。”①巴尔扎克讲过“生命的灌注”问题:“艺术家的使命就是把生命灌注到他所塑造的这个人体里去,把描绘变成现实。”②歌德也讲过作家艺术家主观因素的作用:“它(指艺术)是一种精神创作,其中部分和整体都是从同一个精神熔炉中熔铸出来的,是由一种生命气息吹嘘过的。所以它的作者不是在拼凑三合板,不是只凭偶然的幻想,而是由他的精灵去控制,听它的命令行事。”③“生命灌注”、“生命气息的吹嘘”这些说法生动地形象地论证了作家艺术家在文学创作中的能动作用,哪里有什么“客观态度”呢?现实主义怎么会变成生活的什么“明镜”

① 北京师范大学:《文学理论学习参考资料》下册,第475页。
② 《欧洲近代文学思潮简编》,第211页。
③ 《歌德谈话录》,人民文学出版社,1978年第1版,第247页。

呢？黑格尔也指出过艺术创作中的“心灵洗礼”作用，即要使一个作品，成为美的艺术作品，“只有从心灵生发的，仍继续在心灵土壤中长着的，受过心灵洗礼的东西，只有符合心灵的创造品，才是艺术作品。”[①]这些艺术家和美学家论到的“生命灌注”、“生命气息吹嘘”、“心灵洗礼”，都是在强调作家艺术家在文学创作中主观因素的作用，与马克思“从主观方面去理解”的思想是一致的。

在马克思看来，感性的自然界是人类实践活动的普遍的物质条件。没有这个物质条件，人就什么创造也没有。“人并没有创造物质本身。甚至人创造物质的这种或那种生产能力，也只是在物质本身预先存在的条件下才能进行。”[②]这样看，作家艺术家的实践活动的对象化在什么条件下，都不仅仅是主体能力的外化，外射，它同时也是物质条件及其规律的表现，文学作品作为一种人类实践活动的产物，总是作家艺术家的创造性劳动与客观现实的结合。用歌德的话来讲，艺术家对于自然即客观现实生活，既是自然的奴隶，又是自然的主宰。作家艺术家作为创作活动中的主体，既是受动的又是能动的；强调作家艺术家的主观作用，就是强调作家艺术家的能动性。

马克思把艺术当作一种精神生产，当作一种精神劳动，这就肯定了作家艺术家在实践活动中的主动精神和创造精神。

人的劳动是有意识有目的的实践活动，作家艺术家的精神劳动更是如此。马克思论到专属人的劳动的特点时指出：“劳动过程结束时得到的结果，在这个过程开始时就已经在劳动者的表象中存在着，即已经观念地存在着。他不仅使自然物发生形式

---

① 《美学》第一卷，商务印书馆，1979 年第 1 版，第 36~37 页。

② 《马克思恩格斯全集》第 2 卷，人民出版社，1972 年第 1 版，第 58 页。

变化,同时他还在自然物中实现自己的目的。这个目的是他所知道的,是作为规律决定着他的方式和方法的,他必须使他的意志服从这个目的,但是这种服从不是孤立的行为。除了从事劳动的那些器官紧张之外,在整个劳动时间内还需要有作为注意力表现出来的意志,而且,劳动的内容及其方式和方法越是不能吸引劳动者,劳动者越是不能把劳动当作自己体力和智力的活动来享受,就越需要这种意志。"[①]这段话使我们从人类劳动的特点去理解和认识文学的主观性或现实主义理论中作家艺术家的主观作用是极为重要的。

人们通过劳动改变自然物的形态,使之合于自己的需要,在改变自然物的过程中也就实现了自己的目的。劳动作为手段和人的需要的结合,这是劳动的合目的性。作家艺术家通过自己的精神劳动,把客观现实改造、加工为文学作品,自己的意识和目的也在创作中得以实现,并且物化在作品之中。作家艺术家的目的性也是贯彻创作过程始终的,没有这种目的性的贯彻,是不会有文学艺术的创作活动的。现实主义文学更是具有明确的目的性。这种目的在作品中的实现,使作品具有认识价值,文学的强大认识作用才能实现。在巴黎手稿里,马克思讲:"而人则懂得按照任何物种的尺度来进行生产,并且随时随地都能用内在固有的尺度来衡量对象;所以,人也按照美的规律来塑造物体。"[②]作家艺术家在作品中实现自己的目的,同时也包含审美意识在内。如果作家艺术家的审美意识不在作品中以得实现,作品的美学意义将无从谈起。关于人类自觉地创造历史问题,恩格斯也发表过类似的观点,即"在历史领域内进行活动的,全是具有意识

① 《马克思恩格斯全集》第23卷,人民出版社,1972年第1版,第202页。
② 《1844年经济学——哲学手稿》,人民出版社,1979年第1版,第50~51页。

的、经过深思熟虑或凭激情行动的、追求某种目的的人；任何事情的发生都不是没有自觉的意图，没有预期的目的的。”①

马克思提到劳动的内容及其方式方法对劳动者的吸引力问题。劳动者要把劳动当作自己的体力和智力活动来享受，劳动的主动性与积极性以及独创性才能产生。文学创作之所以是复杂的精神劳动，文学作品之所以能为人们所需要，主要依靠作家艺术家发挥其积极的主动精神和独创性所致。要提供一种条件，使作家艺术家要表现的内容及其方式方法，是他们所乐于接受的，认为是一种享受。作家艺术家的这种精神状态，对文学创作具有极其重要的意义。究其实质，作家艺术家的主动精神和独创性的发挥，就是创作自由问题。在阶级对立的社会里，劳动者的生产劳动是被动的，他们对其劳动内容及其方式方法毫无乐趣可言，当然谈不上劳动者对其劳动的享受问题。在未来的合理的共产主义社会里，这种压抑人的创造精神的劳动是要消除的。马克思讲“内在的尺度”，用“内在的尺度”去衡量对象，实际上是指人作为实践的主体的自由自觉创造性问题。他还说过：“创造是一个很难从人民意识中排除的观念。”②所以，如何发挥作家和艺术家的主动精神和创造精神，是现实主义理论的一个重要问题。

马克思是不忌讳自由问题的，他预言过，代替阶级对立社会的，“将是一个这样的联合体，在那里，每个人的自由发展是一切人自由发展的条件”。③在《资本论》第 1 卷里还设想过，在社会主义社会里应“有一个自由人的联合体”④他还谈到“增加自由时间问题”：“增加自由时间，即增加使个人得到充分发展的

① 《马克思恩格斯选集》第 4 卷，人民出版社，1976 年第 1 版，第 243 页。
② 《马克思恩格斯全集》第 42 卷，人民出版社，1979 年第 1 版，第 129 页。
③ 《马克思恩格斯选集》第 1 卷，人民出版社，1976 年第 1 版，第 273 页。
④ 《马克思恩格斯全集》第 23 卷，人民出版社，1972 年第 1 版，第 95 页。

时间，而个人的充分发展又作为最大的生产力反作用于劳动生产力”①，人们获得越来越多的“自由时间”，即有可能从事多种多样的科学、艺术、体育等社会活动，从而人们的创造才能会有机会得到发挥。因此，艺术自由或创作自由问题，也应当是现实主义理论的题中应有之义。

总之，我们从比较广阔的方面去观察马克思恩格斯的现实主义理论，“从主观方面”去理解现实主义，则不应把现实主义局限于文艺的真实性，文艺的倾向性、文艺的典型性这些内容；其实，他们关于现实主义的理论的内涵是很广博的，而这需要我们进一步地去加以研究和探讨。

三　研究文学主观性的重要意义

文学创作作为一种实践活动，是作家艺术家在一定的社会历史条件下，作家艺术家这个创作主体对作为客体的现实生活的不断摄入，不断地同化，并做出艺术地反映的过程，所以，没有文学的主观性因素，客体的现实生活永远也不会变成文学作品。而现实主义文学作为文学长河中两大主要潮流之一，也是要符合这个规律的。作家艺术家的主观性又表现出极大的差异，比如牛与羊都以草为食物，但其结果牛仍然是牛，羊仍然是羊，这是因为牛与羊的内在条件不同。从这种意义上看，研究文学的主观性，研究作家艺术家主观因素在现实主义理论之中的地位与作用，对于繁荣社会主义文艺具有深刻的现实意义。

当今，中国人民正在进行四化建设，城乡正在进行经济改革，历史要求人民发扬高度的主动精神和创造精神。改革之所以产生活力，主要的是人民的创造历史的主动精神得到了空前的发扬。社会主义文学建设亦复如此。作家艺术家是艺术生产的主

① 《马克思恩格斯全集》第46卷，下册，人民出版社，1980年第1版，第225页。

导力量,文艺改革也就是要发扬作家艺术家的积极性和创造性,进一步迸发出“活力”,从而使艺术生产力大大地发展起来。长期以来,我们的文学理论比较重视文学与现实生活关系的研究,重视生活对于文学的决定作用的研究,而对能动地反映现实生活的作家艺术家的主体作用,对文学的主观性,则研究的很少,甚而有些忽视,或者不恰当地给予排斥。而这是不符合马克思主义的,如前所述,马克思主义并不否定文学的主观性。即使有时对于文学的主观性为人引起注意,也不能给予马克思主义的科学的解释。如毛泽东同志提出了著名的“双百”方针和作诗要用形象思维的问题,对这样重要的问题,只是从方针上、从局部上加以论述,而未能从全局上,从系统方面给予阐发。其实,毛泽东同志企图从主观方面来解释文学现象,阐述文学创作过程的特点和规律。“双百”方针的核心,是创作自由,是肯定作家艺术家的主观能动作用。形象思维则是作家艺术家重要的创作能力。这些问题仍然值得深入探讨。因此,研究作家艺术家的主观作用问题应当引起人们的极大重视。

文学的主观性,就是作家艺术家主观作用问题。研究或探讨文学的主观性,并不是要否定社会存在的现实生活对于文学的第一性意义,作家艺术家与现实生活是矛盾的统一,而不是势不两立的。强调文学的主观性,也不是要提倡文学是“心灵”或“天才”的产物,文学是“自我表现”的唯心主义观点。从根本上说,文学不是“心灵”的产物,但文学创作却离不开作家艺术家的“心灵”,就像鱼离不开水一样。作家艺术家的“心灵”作用,与“明镜”说,与“客观态度”说,是不能同日而语的。研究文学的主观性,并不与马克思主义关于文学的本质的论述相违背,而是符合他们的理论实质的。

文学的主观性即作家艺术家主观因素对文学发展的重要意义，为历来的文学理论家所关注，并给予极高的评价。如刘勰论屈原时说过："不有屈原，岂见《离骚》？"[①]这话的深刻意就在于它揭示了作家艺术家对其作品的形成具有决定性作用这个真理。我们知道，屈原的伟大人格造就了他的伟大作品。屈原品行高洁，可以"与日月争光"；他才华横溢，"可谓妙才"；他的成就辉煌，能"气往轹古，辞来切今，惊彩绝艳，难与并能"；他的精神是永恒的，可称作"金相玉质，百世无匹，名重罔极，永不刊灭者矣"。只有这样的具体的富有个性特征的屈原，才能创造出流芳千古的《离骚》来。《离骚》之所以属于屈原，是屈原的血肉精英所造就的，而这是不能为其他任何作家所替代的。文学史上有过层出不穷的模仿、伪作，但它们终究不曾鱼目混珠。没有曹雪芹，就没有《红楼梦》；没有鲁迅，就没有他的杂文。这确是一个朴素的真理。刘熙载指出赋(艺术)是"相摩相荡"的结果："在外者物色，在我者生意，二者相摩相荡而赋出焉。若于自家生意无相人处，则物色只成闲事，志士遑问及乎？"[②]文学的表现对象"物色"是客观的，如果没有作家艺术家去与之"相摩相荡"，没有了作家艺术家的"生意"，"物色"终成"闲事"，对文学没有什么意义。"相摩相荡"说明了作家艺术家主观活动的重要，很是形象。

我国四化建设的新时期，为社会主义文艺的繁荣提供了鼓励和保护创作的明朗健康政治局面，而改革中的丰富多彩的现实生活又为文艺提供了永不枯竭的源泉。有了这种社会条件，我们的文艺是否能出现伟大的作家和伟大的作品，就要靠作家艺

① 《文心雕龙·辨骚》。
② 《艺概》，第98页。

术家主观上的艰苦努力。我想，作家艺术家在下面几个方面应当提高自己。

（一）在深入生活的问题上，对于深入生活的重要意义，作家艺术家的认识都是一致的，没有人反对深入生活。但是，比照文学史上那些伟大的作家与生活的关系，今天的作家与他们是有些差异的。今天的作家是为了写作而深入生活，熟悉生活的，而那些伟大的作家，生活对于他们来说就是他们自身，他们与生活浑然一体，你中有我，我中有你。巴尔扎克有过破产的经历，鲁迅有过从小康走向破落的困境，巴金有过封建大家庭的压抑，高尔基有过辛酸的流浪生涯。这些作家留下的作品描写的生活画面是那样生动逼真，具有永久性的典范意义。今天的作家，在深入生活的问题上如何向伟大作家学习呢？

（二）在创作才能上，今天的作家也应作极大的努力。那些伟大作家都是学识渊博，多才多艺，能运用多种艺术形式和体裁去反映生活。如巴尔扎克刻画人物的多种手段，塑造典型人物的本领，真是无与伦比。

（三）过去那些伟大作家都具有完人性格的坚强，光明磊落，他们的性格与其作品的风格是一致的。李白的豪放、杜甫的沉郁、鲁迅的冷峻、郭沫若火山爆发式，这些属于性格方面的特征都物化在作品上，形成独特鲜明的个性。

（四）文艺复兴时期出现的历史巨人，都具有时代的冒险精神，不畏惧燃烧自己的手指，而勇于向第一流作家行列进取。屈原“九死未悔”。巴尔扎克和哈克奈斯的艺术勇气，都得到恩格斯的热烈称赞。新时期的一些作家也借助艺术勇气获得成功，如谌容写《人到中年》。艺术勇气，是一种伟大的精神力量。这也是作家艺术家在主观上要加强修养的。作家艺术家在主观上应当努力的方面很多,这里只是略举几项而已。总之,作家艺术家主观方面的一切能力,通过创作实践,都要移入作为客体的现实生活,并与现实生活相结合,而以美的形式存在于文学作品之中。

研究文学的主观性,作家艺术家在主观上做出巨大的努力,可期望新时期的文坛上涌现出文学巨匠。作为实践的人,是一切创造的根本。正如列宁指出的:“世界不满足人,人决心以自己的行动来改变世界。”①

(《文艺评论》1985 年,第 4 期)

① 《列宁全集》第 38 卷,第 229 页。

注意研究艺术生产力问题

——《1844 年经济学—哲学手稿》学习札记

《1844 年经济学—哲学手稿》在马克思主义发展史上具有重要地位，是研究马克思主义的重要文献。它问世之后，如此地引起了人们的热烈研究，就足以说明它的价值了。手稿对理解和研究艺术生产问题也是不可忽视的。本文拟就手稿与艺术生产的几个问题谈一点个人的认识，就正于同志们。

一　艺术生产与物质生产的一致性，社会生产力与艺术生产力

人类的物质生产决定精神生产，物质生活决定精神生活，物质生产力的情况及其发展规律，也为研究精神生产或艺术生产提供了一定的借鉴作用。人们对物质生产力的了解已经有了相当的水平，但是对艺术生产，对艺术生产力的了解还是相当贫乏的。物质生产力已经有了比较严密的科学体系，而艺术生产力则仅仅是借用物质生产力的说法而已，至于它的科学内涵是什么，还需要人们去进行艰难的探索。手稿对于建立艺术生产力的科

学体系，对于进一步研究艺术规律，是十分重要的。

手稿在讲到私有财产的运动是人的“实现或现实”之后指出：“宗教、家庭、国家、法、道德、科学、艺术等等，都不过是生产的一些特殊方式，并且受生产的普遍规律的支配。”[①] 这个观点与后来马克思恩格斯关于经济基础决定上层建筑的思想是一致的，就是说，从人类社会发展的总的进程上看，社会生产的规律要制约宗教、国家、艺术等等上层建筑各个方面，但是，他们之间又不是等同的，上层建筑各个方面只是生产的“特殊方式”而已，他们之间的关系具有辩证的性质。我们一方面要认识生产的普遍规律对上层建筑的制约性，比如，艺术生产也是“人的实现或现实”，一方面要认识上层建筑（包括艺术在内）的“特殊方式”，以便掌握艺术生产的规律。

人在自然物面前是作为自然力而出现的。人要进行生产，就离不开劳动本身，即人通过劳动支出体力与智力。马克思在《资本论》里指出：“劳动首先是人和自然之间的过程，是人以自身的活动来引起、调整和控制人和自然之间的物质变换的过程。”“为了在对自身生活有用的形式上占有自然物质，人就使他身上的自然力——臂和腿、头和手运动起来。”[②]“我们把劳动力或劳动能力，理解为人的身体即活的人体中存在的、每当人生产某种使用价值时就运用的体力和智力的总和。”[③]生产力，就是劳动生产力，即人在物质生产中，要付出的体力与智力，这是物质生产的一个重要性质。生产工具当然是生产力构成的一个要素，但是，它归根到底是由人制造出来，并由人去发动的，即人的劳动能力的物化。马克思这里强调劳动力是人的“体力和智力的总

① 《马克思恩格斯全集》第42卷，人民出版社，1979年第1版，第121页。
② 《马克思恩格斯全集》第23卷，人民出版社，1972年第1版，第201~202页。
③ 同上，第190页。

和”,即强调人是生产的主体,人的主体作用是任何别的东西所不能代替的。如果用这个性质去看艺术生产,那么,艺术生产的过程,就是艺术生产力的实现,即艺术家智力的支出(对于某些艺术门类,如音乐、舞蹈等,也是体力的支出),即艺术的生产能力的实现。换句话说,研究艺术生产力的问题,就是要研究人作为创作主体在艺术生产中的地位与作用问题。

所以,物质生产或艺术生产,都是人的体力与智力的耗费。艺术生产(或其他种类的精神生产)主要是艺术家(或其他的精神产品生产者)的智力或体力的耗费。没有智力的耗费,是不会有艺术生产的,正如马克思在《哥达纲领批判》里指出的:“劳动本身不过是一种自然力的表现,即人的劳动力的表现。”

分工的出现,私有制的出现,异化劳动的存在,人的体力受到损害,精神和智力受到摧残,在劳动生产中体力和智力并不能得到自由地发挥,这就压抑了人的创造精神,影响了物质生产与艺术生产。“劳动对工人来说是外在的东西,也就是说,不属于他的本质的东西;因此,他在自己的劳动中不是肯定自己,而是否定自己,不是感到幸福,而是感到不幸,不是自由地发挥自己的体力和智力,而是使自己的肉体受折磨、精神遭摧残”①。私有制是对劳动人民才能的压制,所以,资本主义在本质上与艺术是敌对的。空想社会主义者欧文虽然给工人安排了较好的生活条件,还“远远不足以使人的性格与智慧得到全面的合理的发展,更不用说自由发挥其才能了”②。只有在未来的共产主义社会里,异化劳动克服了,人的体力与智力的自由发挥才有可能,从而也为艺术生产开拓了更加广阔的道路。

① 《马克思恩格斯全集》第42卷,人民出版社,1979年第1版,第93页。

② 《马克思恩格斯选集》第3卷,人民出版社,1972年第1版,第414页。

如果说劳动力就是生产力，就是劳动能力，那么，艺术生产力也就是艺术生产能力；若提高艺术生产，就要千方百计地提高艺术家的能力。

二　人化的自然，人的主动精神

人的体力与智力的自由发挥，关键在于合理的社会即未来的共产主义社会的产生，在于人的解放，人性的复归。社会主义作为共产主义的低级阶段，推翻了资本主义制度，生产力得到了进一步的发展，在广大人民群众中实行了高度的社会主义民主，为人的体力与智力的发挥提供了比之资本主义无可比拟的优越的社会条件，从而也为艺术生产力的提高与发展创造了较好的社会基础。

人猿揖别以后，人在改造自然的斗争中，表现出巨大的主动精神。人与动物的区别，就在于人以自身的自然力与其他自然物的对立，在这种对立中，人支配自然，改造自然，人的本质力量也得到了实现。人在改造自然的实践过程中，在劳动实践中，实现了自我创造，实现了自己。也正因为人在劳动过程中实现自己，人的体力和智力才能得到发挥，人实现自己的程度越深，则越能自由地发挥其体力与智力。

马克思认为，人的生命活动与动物相比，是有意识的、自由自觉的活动。动物的生产是本能的，片面的，而人通过劳动实践创造对象世界，改造自然界，实现了自己。他指出："动物只是按照它所属的那个种的尺度和需要来建造，而人却懂得按照任何一个种的尺度来进行生产，并且懂得怎样处处都把内在的尺度运用到对象上去；因此，人也按照美的规律来建造。"[①]这段话，

① 《马克思恩格斯全集》第42卷，人民出版社，1979年第1版，第97页。

高度地赞扬了人的主动精神和创造精神。人之所以能在劳动中实现自己,就在于能认识“物种的尺度”即客观事物的规律,并按照客观事物的规律去改造自然界,使之符合人的需要,这就是把“内在的尺度运用到对象上去”。人既属于自然界,又能在劳动中认识自然界,把自然界改造成对象世界,使自己在自然物面前变成创造的主体,与自然物区分开来,从而显示了人的本质力量。

“人也按照美的规律来建造”,这是指物质生产,也是指精神生产,包括艺术生产在内。人在劳动中创造了美,发现了美,按照美的规律去生产生活，这就是自由自觉的人的生命活动的本质。马克思肯定了美及其规律的存在。艺术生产也要服从美的规律,即没有美及其规律的制约,也就没有艺术。原始人的工具,既是从功利出发,又考虑到美的需要,反映了他们的审美意识。

人能够“把内在的尺度处处运用到对象上去”,就是通过劳动实践,对自然界进行认识和改造,从而满足人类生活的需要。“把内在的尺度处处运用到对象上去”，这是人类的实践过程，是人类从动物界走出并与动物界分离的过程，也是人的历史的形成过程。正如马克思所说:“因为,不仅五官感觉,而且所谓精神感觉、实践感觉(意志、爱等等),一句话,人的感觉、感觉的人性,都只是由于它的对象的存在,由于人化的自然界,才产生出来的。五官感觉的形成是以往全部世界历史的产物。”[①]这是历史唯物主义的观点。人在劳动实践中,改造了自然界,从而使人与被人改造了的自然界同时存在,使自然界成为人的自然界,创造了一个对象世界,这就“成为人自己的本质力量的现实”,“人的本质对象化”。人化的自然,亦即自然的人化。人化的自然,就

① 《马克思恩格斯全集》第42卷,人民出版社,1979年第1版,第126页。

是讲的人类的生产实践活动对自然的改造，使自然界服从人的需要与目的。实践是主观见之于客观的特殊的客观活动，是主观的意识和目的的实现，使思想转化为现实的存在，也是客观的主观化，从而使自然界的客观打上了人的印记，人的本质力量得以显示。马克思在1857年~1858年的《经济学手稿》里指出，一个健康的人需要一定分量的劳动，“当然，劳动的分量本身是由外界的情况决定的，即由所要达到的目的和为达到这种目的而用劳动去克服的种种困难决定的。但是，这种克服困难的做法本身，就是自由的实现，其次，这种外在的目的从表面看起来只是一种外在的自然必要性，它被看作是个人本身提出来的目的，即自我实现、主观的客观化，因而这是真正的自由，这种自由的表现也就是劳动，——这一点，亚当·斯密也是没有料想到的。”①这是说，人通过劳动实践，克服了种种困难，使主观的意识、目的客观化，把主体方面的精神因素转化为客观的物质实体，即自我实现，亦即自然界的人化，从而人也就获得了自由。同时，也只有在这种劳动实践中，人的智力与体力得到自由发挥，劳动遂成为生活的乐事，而不是生活的沉重负担。当然，这些都是在合理的社会制度下才能实现的，即在没有阶级对抗的共产主义社会才能彻底实现的。

艺术生产的最后完成，也要经过主观客观化的过程，也可以说是作家艺术家的自我实现。自然界，社会生活为作家艺术家所认识，作家艺术家又把这种主观的认识客观化（即转化）为艺术作品。马克思指出：“从理论的领域说来，植物、动物、石头、空气、光等等，一方面作为自然科学的对象，一方面作为艺术的对

① 《马克思 恩格斯 列宁 斯大林论共产主义社会》，人民出版社，1958年第1版，第51页。

象，都是人的意识的一部分，是人的精神的无机界，是人必须事先进行加工以便享用和消化的精神食粮；同样，从实践领域说来，这些东西也是人的生活和人的活动的一部分。”①这段话告诉我们，客观存在着的、自然界的植物、动物、阳光之类，是自然科学的研究对象，也是艺术的表现对象，它们“是人的意识的一部分”即指经过科学家和艺术家的充分认识而后成为人们主观世界的一部分；下一步的工作则是科学家或艺术家把已被认识到的自然界存在的事物“事先进行加工”而成为自然科学或艺术作品。“事先进行加工”，就是主观客观化，亦即“把内在的尺度运用到对象上去”的过程。这个“事先”的“加工”，当然并不神秘，因为那是科学家或艺术家长期劳动的实现，现实化。

马克思在《资本论》里指出劳动过程的简单要素之一是“有目的的活动或劳动本身”②，恩格斯也一再指出人在社会领域里“全是具有意识的、经过思虑或凭激情行动的、追求某种目的的人，任何事情的发生都不是没有自觉的意图，没有预期的目的的”③。艺术生产更是作家艺术家的目的的追求和实现，没有目的的追求，对于人类是不可能的，对于艺术生产也是不可能的。自然的人化，或人化的自然，或“把内在的尺度运用到对象上去”，都是人对目的的追求。有人在提倡艺术创作的所谓“非自觉”性，实在是难以令人理解。

三　人的感觉的解放，人的眼睛变成了人的

艺术生产是创作主体对于表现对象的艺术再现。创作主体

① 《马克思 恩格斯全集》第42卷，人民出版社，1979年第1版，第95页。
② 《马克思 恩格斯全集》第23卷，人民出版社，1972年第1版，第202页。
③ 《马克思 恩格斯选集》第4卷，人民出版社，1979年第1版，第243页。

对表现对象即客体的正确认识与把握，是艺术生产的基础。艺术是一种认识活动，感觉是人类认识的基础。手稿对感觉问题的论述，对艺术生产也是极为重要的。

手稿指出，人通过感觉认识自然界，不仅如此，而且还指出感觉不单是生物进化的结果，更重要的是感觉和人类社会的历史紧紧地联系在一起，即同人类的劳动实践，以及为劳动实践决定的社会生活的复杂性联系在一起。只有感觉成了人的感觉之后，人才能按照美的规律进行建造，艺术生产也才有可能变成现实。

马克思指出人的感觉的社会性，即对社会的依赖性："所以社会的人的感觉不同于非社会的人的感觉。只是由于人的本质的客观地展开的丰富性，主体的、人的感性的丰富性，如有音乐感的耳朵、能感受形式美的眼睛，总之，那些能成为人的享受的感觉，即确证自己是人的本质力量的感觉，才一部分发展起来，一部分产生出来。……五官感觉的形成是以往全部世界历史的产物。"[①]人在劳动实践中，改造了自然界，也改造了人自身。在对象性世界的创造中，形成了为人的社会历史所制约的人的感觉。艺术活动的条件是，作为主体的人的本质的丰富性的展开，耳朵才能感受音乐，眼睛才能感受形式美，感觉才能成为人的享受的感觉。"人也按照美的规律来建造"，如果没有人的感觉作为认识的基础，那是不可能实现的。人的感觉变成了人的，这是人的自我确证、人的本质力量的显示。

人的感觉具有社会历史性，依赖于人的劳动实践，是客观的物质世界在人的头脑中的主观映象。人的一切知识、对客观世界的认识，都要通过感觉来获取。物，客观存在的自然界是第一性

① 《马克思 恩格斯全集》第42卷，人民出版社，1979年第1版，第126页。

的，感觉是第二性的，这是唯物主义的感觉论。正如列宁指出的，不通过感觉，我们就不知道物质的任何形式，也不能知道运动的任何形式。这和那种把感觉视为唯一的现实，把世界说成是感觉的复合的唯心主义感觉论是截然不同的。强调人的感觉的社会历史性，对于艺术生产说来，就是强调作为创作主体的作家艺术家要把自己对客观世界的认识建立在唯物主义的感觉论上，强调物的第一性，感觉的第二性，保证艺术的内容来源于客观世界，而不会把艺术变成心造的幻影。

同时，人的感觉的丰富性，人的感觉之所以不同于非社会的人的感觉，人的感觉越来越精细，越来越能认识和辨别周围世界的差别性，和人类通过劳动实践后自然界不断人化从而造成了一个对象性的世界不无关系。“一方面为了使人的感觉成为人的，另一方面为了创造同人的本质和自然界的本质的全部丰富性相适应的人的感觉，无论从理论方面还是从实践方面来说，人的本质的对象化都是必要的。”[①]私有制的存在，异化劳动的存在，使“任何一种感觉不仅不再以人的方式存在，而且不再以非人的方式因而甚至不再以动物的方式存在”[②]，这就是说，一个忍饥挨饿的人并不存在人的食物形式，忧心忡忡的穷人连最美的景色都没有什么感觉，矿物商人只看到矿物的商业价值，而看不到矿物的美和特性。

人的感觉的解放是私有制的废除。马克思指出：“私有财产的扬弃，是人的一切感觉和特性的彻底解放；但这种扬弃之所以是这种解放，正是因为这些感觉和特性无论在主体上还是在客体上都变成人的。眼睛变成了人的眼睛，正象眼睛的对象变成了

① 《马克思 恩格斯全集》第42卷，人民出版社，1979年第1版，第126页。
② 《马克思 恩格斯全集》第42卷，人民出版社，1979年第1版，第134页。

社会的、人的、由人并为了人创造出来的对象一样。因此，感觉通过自己的实践直接变成了理论家。”[①]这是说，在阶级社会里，人的感觉与阶级、与私有制是有关系的，即私有制、阶级的存在是人的感觉之所以变成非人的感觉的根源。所以，欲使感觉变成人的感觉，成为人的知识的源泉，就要消灭私有制。

人类的感觉不是超越历史的，不是生物学的，而是与一定的历史条件和阶级条件联系在一起的。手稿关于感觉的论述，使我们认识到，必须把艺术创作置于唯物主义的感觉论之上，这是使艺术变成认识的重要一环。感觉当然不能完成认识的任务。思维和感觉是相互渗透、相互联系的。人的感觉也有分析、综合、比较的作用，这就是感觉、知觉向思维的转化，从感觉得到的材料的加工，就是思维，这就是马克思指出的“感觉通过自己的实践直接变成了理论家”。

手稿告诉我们，研究艺术规律，首当其冲的，是要研究作为创作主体的作家艺术家的情况，而这是发展艺术生产、提高艺术生产力的不容忽视的一环。人是“主要生产力”。[②]而担负艺术生产的作家艺术家当然是艺术生产中的主要生产力。而对这个问题过去很少研究，今后应当给予足够的重视。

（收入《马克思手稿中的美学问题》）

---

① 《马克思 恩格斯全集》第 42 卷，人民出版社，1979 年第 1 版，第 124 页。

② 《马克思恩格斯全集》第 46 卷，上册，人民出版社，1979 年第 1 版，第 410 页。

探讨艺术生产力的发展规律

——从“双百”到“诗要用形象思维”

建国以后,毛泽东同志提出了发展科学文化的“百花齐放、百家争鸣”的方针和“诗要用形象思维”的理论,对于解放艺术生产力,发展艺术生产力,具有重要的理论意义。这些问题的提出,深刻地揭示了艺术发展的规律,具有客观性质,是对马克思主义美学的发展,值得进一步探讨。

一

毛泽东同志提出发展文艺与科学要贯彻“百花齐放,百家争鸣”的方针,这问题的实质或其基本精神就是,解放艺术生产力,使社会主义文艺在竞争中得到自由的发展。“双百”方针道出了文艺自由或创作自由这一客观规律。这个思想已经反映在我国的《宪法》之中。邓小平同志在第四次文代会《祝辞》中也明确指出:“在艺术创作上提倡不同形式和风格的自由发展,在艺术理论上提倡不同观点和学派的自由讨论。”

毛泽东同志为什么提出”双百”方针,它的根据是什么呢?我以为有三条，一是对马列主义文艺理论的继承，一是对中国文学史经验的思索与考察，一是历史的要求。

“双百”方针的提出，直接源于列宁的《党的组织和党的文学》。列宁的这篇文章，论述了无产阶级文学的党性原则，指出文学应当为千千万万劳动人民服务，而建设自由的文学作为党性的内容，也为列宁详加论述。列宁批评了资产阶级的绝对自由的谬论，揭露了资产阶级文学自由的虚伪性。但是，列宁也肯定了文学创作的自由问题。他指出“文学事业最不能作机械的平均、划一，少数服从多数”，文学事业应“绝对必须保证有个人创造性和个人爱好的广阔天地，有思想和幻想、形式和内容的广阔天地”，指出“每个人都可以自由地、不受任何限制地写他所愿意写的一切，说他所愿意说的一切”。列宁既规定了无产阶级文学在无产阶级革命事业中的地位，又论述了文学艺术的特征，尊重文学的规律，指出建设自由文学的问题，使文学按其固有的规律发展。毛泽东同志指出的“艺术上不同的形式和风格可以自由发展”，是列宁建设自由文学思想的应用与发展。

“双百”方针的提出，也是毛泽东同志对文学史经验的考察与思索的结果。毛泽东同志一直重视马列主义普遍原理与中国革命实际的相结合，重视吸收民族文化中的精华，使马列主义具有民族形式与民族特点。文学的发展与繁荣，与一定的生产水平，与一定的历史条件相关，但也与文学本身发展的状况、与作家的状况具有密切关系。中国文学史上曾几度出现文学的高度发展与繁荣，是“双百”方针提出的历史依据。春秋战国时期，诸子蜂起，百家争鸣，学派林立，反映社会各阶级各阶层的思想与利益的学术理论，在竞争中得到了自由的发展。这时期产生的《诗经》、《楚辞》、历史散文和哲理散文，为中国文学史留下了早期的优秀文学作品，对后世的思想与文化发生了巨大的影响。李唐王朝，国力强大，是中国封建经济的一个繁荣时期。唐代统治者对文化发展采取了比较开放的政策，儒释道各家思想在唐代都有一定的地位。以诗歌为代表的唐代文学也得到了高度的发展，成为中国文学史上的一个不可企及的黄金时期，如鲁迅所说："我以为一切好诗，到唐已被作完。"为我们留下了值得永远学习的典范。明清两代统治者都推行文化专制主义，禁锢思想，迫害进步知识分子，但是文化的发展，文学的发展，还是冲破阻力，不断向前。这时期小说艺术经历了六朝志怪、唐代传奇，宋代话本的种种形式而得到了长足的进步，出现了以《红楼梦》为代表的、集中地反映了中国古代文学发展成就的辉煌巨著。一方面是具有明确目的的为统治阶级服务的反动文学，一方面是体现了历史发展方向的、一定程度上反映了人民利益的进步文学。近代西方资本主义社会，作家艺术家不可避免地要依赖资本家的钱袋，依赖资本家的收买和豢养，文艺家的自由不能不受金钱和权力的支配。但是，资产阶级在历史上毕竟具有进步作用，它并且是以全社会的代表出现在历史舞台上，正因为如此，资本主义社会里的一些有识之士，一些坚持独立思考的知识分子和作家，冷静地观察社会，利用资本主义社会的所谓自由，写出一些比较客观地反映社会真实生活的进步作品，托尔斯泰正是在这种意义上被列宁称为"清醒的现实主义"。列宁的"两种文化学说"，正是这些历史经验的总结。所以，毛泽东同志提出"双百"方针是充分地研究历史，观察文学艺术发展的情形，而做出的合乎历史实际的结论。

"双百"方针的提出，也是历史的要求。建国初期，毛泽东同志曾多次预言，随着经济建设高潮的到来，必将出现一个文化建设的高潮。也可以说,对于社会主义的物质文明和精神文明的建设,历来为毛泽东同志所重视。早在 1940 年,毛泽东同志在《新民主主义论》里就论定了新民主主义文化在民主革命中的地位与作用。但是,采取什么样的方针发展社会主义的文化事业和文学艺术,无论是《新民主主义论》还是《在延安文艺座谈会上的讲话》,都是论得不够的。《讲话》虽然也提到"我们鼓励革命的文艺家积极地亲近工农兵,给他们以到群众中去的完全自由","文艺家几乎没有不以为自己的作品是美的,我们的批评,应该容许各色艺术品的自由竞争"的观点,并未展开,但它却孕育了后来的"百花齐放、百家争鸣"的思想。革命就是解放生产力,中国人民民主革命的胜利,也为科学文化的发展准备了条件,为艺术生产力的发展准备了条件。毛泽东同志提出"双百"方针,实质就是解放艺术生产力,使文艺按其固有的规律去发展。

从哲学上看,自由的问题,历来为各派的哲学家所重视。朴素唯物主义者、机械唯物论者强调必然性,贬低以致否定自由;唯意志论者否定客观规律,主张绝对自由;二元论和折衷主义者把自由和必然绝对地对立起来,认为客观物质世界受规律支配,而人的活动受自由意志支配,自由和必然二者互不相干。马克思主义哲学认为,人们既然要服从自然界和社会规律的支配,又承认人们的认识自由,二者是对立统一的,并且强调自自的重要意义。毛泽东同志写作《实践论》,就是讲人们通过实践,认识客观规律,获得自由,从而去能动地改造世界,不断地从必然王国走向自由王国。文学的自由性质,或艺术自由,就是通过文学艺术的创作实践,不断地掌握艺术规律,利用艺术规律,促进艺术走向发展与繁荣。

文学自由发展的前提是思想方面的自由，即允许人们在一定的社会既成条件下，去自由地探索真理，而自由地探索真理的权利，是解放智力，发展智慧的条件。毛泽东同志对“放”有一个解释：“放，就是放手让大家讲意见，使人们敢于说话，敢于批评，敢于争论；不怕错误的争论，不怕有毒素的东西；发展多种意见之间的相互争论和相互批评，既容许批评的自由，也容许批评批评者的自由；对于错误的意见，不是屈服，而是说服，以理服人。”“我们采取放的方针，因为这是有利于我们国家巩固和文化发展的方针。”这是很有气魄的。这是解放思想，探索真理，是人民当家做主，在政治上决定自己的命运、参与国家大事的先决条件。文学艺术要真实地再现社会生活，反映社会生活及其本质，发扬真理，鼓励人们为社会进步，为追求人类美好事物而奋斗，作家艺术家首先就应当对生活进行独立思考，具有真知灼见，这样才能使作品具有较高的思想性，富有教育意义。不然的话，作品不会具有先进的思想，很难起到教育人民的作用。

在社会主义社会里，实行放的方针，就是发扬人民在旧社会被压抑了的无穷的创造力量，而每一次进步的社会变革，都应当是人民智力的解放。恩格斯在总结意大利文艺复兴时期出现的前所未有的文艺繁荣时指出，是因为中世纪教会精神的崩溃，出现了明快的自由思想。“教会的独裁精神被摧毁了，德意志诸民族大部分直截了当地抛弃了它，接受了新教，同时，在罗曼语诸民族那里，一种从阿拉伯人那里吸收过来并从新发现的希腊哲学那里得到营养的明快的自由思想；愈来愈根深蒂固，为十八世纪的唯物主义作了准备。”[①]文艺复兴时期自然科学、社会科

---

① 《自然辩证法》，第7页。

学、文学艺术的繁荣，都是科学家与艺术家的思想解放，自由探讨真理的结果。反动的封建教会势力是顽固的，只有花出血的代价，冲决他们设置的罗网，而获得思想自由的权利，借以造成科学与艺术前所未见的发展与繁荣。毛泽东同志主张“放”的方针，就是发扬高度社会主义政治民主，提倡独立思考，从而发扬真理，最大限度地发展人民的聪明才智，而对科学家与艺术家来说尤其应当如此。

“艺术上不同的形式和风格可以自由发展”，即艺术的形式（也包含内容）有其自身的发展规律，适应这种规律就是文学艺术的自由发展。精神生产，文艺创作，都讲究个性化，有了个性化，才能有百花齐放。百花齐放，是以文学艺术的独创精神，鲜明的艺术个性为基础的。文艺创作，决不能如同工厂按统一规格、有时间限制地去生产同一产品，去划一，去整齐。所以，“双百”方针的提出，是充分考虑了艺术个性化的特征的。

艺术的形式、风格、流派、内容的发展，有其历史的必然性，不是什么政治力量所能决定的。比如中国文学史上出现的现象，周诗、楚辞、汉赋、唐诗、宋词、元曲、明清小说，这个顺序能否逆转呢？不能。这就是它的规律。作家艺术家为什么这样写，而不那样写，为什么喜欢这种风格，而摈弃那种风格，都是可以自由选择的，是不能用强力干涉的。风格、流派的自由发展，这也是个规律。作家艺术家的任务就在于不违背艺术规律，充分发挥自己的艺术才能，促进文学艺术的百花齐放的局面的形成。自由的发展，就是一种竞争，在竞争中鲜花代替杂草，真善美代替假恶丑。文学发展史的事实也告诉人们，在竞争中当然有假恶丑出现，即泥沙俱下的情形，但是，假恶丑终于要为历史的长河所淘汰，冲刷净尽。

文学艺术自由发展的另一个特征是，文学艺术的是非长短应当采取自由讨论的方法去解决，通过艺术实践去解决。艺术的自由讨论，就是在遵循艺术规律的基础上，发展科学的文艺批评，解决艺术的是非问题。比如新诗的发展，以民歌为主，抑或以新诗为主，又如何吸收古典诗歌的长处，都是应当在自由讨论的基础上，最后通过艺术实践去解决，而不用行政命令的办法。自由地讨论艺术问题，忌带主观性。比较客观地尊重文学艺术发展的实际，克服主观代替客观，政治代替艺术的毛病。以理服人，不是以力服人，实在是解决艺术生产问题应当遵循的必由之路。自由讨论，是文学艺术自由发展的不可缺少的因素。

文学的自由发展，不是为所欲为，不是唯意志论，更不是资产阶级自由化。自由是对必然的认识。离开自然的必然，离开社会的必然，离开文学艺术本身的必然，当然没有什么自由可言。艺术规律，与物质生产规律，与社会的发展规律是一致的，并且后者对前者具有制约性。但是，他们二者又不是等同的，即文学艺术又有自己的独特性，通过这独特性受制于物质生产的规律与社会发展的规律。坚持文艺为人民服务，为社会主义服务，而不是为了一己私利，也不是为了名誉地位，我们的社会主义文学艺术事业将成为列宁所希望的那样的自由的文学。

毛泽东同志还指出："'百花齐放，百家争鸣'这两个口号，就字面看，是没有阶级性的，无产阶级可以利用它们，资产阶级也可以利用它们，其他的人们也可以利用它们。"这正说明了"双百"方针具有的客观性质，是文学艺术和科学发展的可靠保证。无产阶级与历史上各个剥削阶级不同的是，在建立社会主义社会之后，能自觉地利用这一规律，使文艺摆脱金钱和权力的驱使，为艺术生产力的发展创造更加广阔的天地，使文艺更好地为广大人民服务，为社会主义服务。

二

1978年发表了毛泽东同志1965年给陈毅同志谈诗的一封信，在信里毛泽东同志指出“诗要用形象思维”，这是继“双百”方针之后，他对如何发展社会主义文艺的继续思索与结论。毛泽东同志借鉴中国古代文学和理论的优秀传统，又结合自己的创作实践，指出诗即一切艺术生产要用形象思维，确实抓到了发展艺术生产力的又一个重要问题，即艺术的发展与繁荣和作家艺术家的主观状况是有重要关系的。比方，作家艺术家是需要能力的，而形象思维能力则是作家艺术家的一种基本能力。舍此，没有作家艺术家，从而也就没有文艺创作。所以，解放艺术生产力，发展艺术生产力，则更要注重作家艺术家主观情况的改善，使之适于艺术生产力的发展与提高。

毛泽东同志关于形象思维的信发表以后，我国文艺界引起了极大的震动。他肯定了形象思维，于是报刊上又形成了一次形象思维讨论的热潮，从而加深了形象思维理论的探讨。但是，形象思维是什么，它有些什么特点，在艺术创作中占据怎样的地位，毛泽东同志在信里并未直接回答。我们对于信的本身尚需进一步去认识。从信的内容看，前一部分，毛泽东同志与陈毅同志谈改诗的技术，并指出“律诗要讲平仄，不讲平仄，即非律诗”。毛泽东同志强调律诗要讲平仄，说明他对文艺形式、技术及其特征的尊重，即承认艺术的特征。下面一部分，由律诗的技术问题，联系到中国文学史的丰富经验，概括出“诗要用形象思维”的理论，同时指出“比、兴两法是不能不用的”，又对唐、宋诗之争加以评论，指出“宋多数不懂诗是要用形象思维的，一反唐人规律，所以味同嚼蜡”。通观毛泽东同志论形象思维的信，使我们知道，毛泽东同志对于形象思维问题主要讲了这么几点：即（一）注重艺术技巧或技术，作律诗要讲平仄；（二）作诗“不能如散文那样直说，所以比、兴两法是不能不用的”；（三）批评宋人不懂形象思维。关键是对唐诗、宋诗特点的认识和评价。唐诗主情，以风神情韵见长，宋诗主理，以思理意趣取胜，这是众所公认的。这样的结果，一是唐诗注重比兴，生动感人；二是宋诗说理枯燥，味同嚼蜡。这就使我们认识到，唐代诗歌注重比兴，注重形象思维，这是那些伟大的诗人们的艺术创造的结晶，是艺术家们富有成效的形象思维能力的结果。把生活变成艺术，需要作家艺术家的创造能力，其实主要的就是形象思维的能力。毛泽东同志指出作诗不同于作文那样直说，就是说，诗的创作要依靠形象思维，作诗者要具备作诗的能力或本事，比如，陈毅作律诗则要懂得平仄，毛泽东同志填词则要懂得词学，懂得填词的技巧，而不能像宋人那样，把诗做得味同嚼蜡。所以，毛泽东同志讲形象思维，也是指作家艺术家认识生活和表现生活的能力，即艺术创作的能力，而这对于作家艺术家是非常重要的。形象思维问题，既要从思维方式或思维特点方面去研究，也要把它当作一种能力去研究。

事实上，毛泽东同志也是从能力、才能方面去评价中国古代作家的。毛泽东同志对唐代杰出诗人的创作才能给予了高度的赞扬。他评价唐初诗人王勃“高才博学”，对王勃、贾谊、王通、李贺这些著名的诗人、作家，盛赞他们是“美俊天才”，对他们过早地死去感到惋惜。[①]艺术创作需要一定的能力，一定的才能，毛

① 《社会科学战线》，1981年第4期，忻中《毛主席读书生活纪实》。

泽东同志对这个问题的回答是肯定的。重视能力、才能、才力、才情等在艺术生产中的作用，也是中国古代文艺理论的优秀传统。毛泽东同志关于“诗要用形象思维”的理论，同“双百”方针一样，也大量吸收了中国古代文艺理论的滋养，具有深厚的历史渊源。

毛泽东同志肯定形象思维，说明他对艺术掌握世界这种方式的深刻理解。在马克思主义看来，人们掌握世界的方式是多种多样的，即科学的或理论的，宗教的，实践——精神的，艺术的。科学的任务在于揭示事物的本质，内部规律，这需要抽象力，即把具体的客观事物上升为概念形式，成为理论形态。而艺术对客观世界的认识或掌握，在于它的动人心魄的形象性，这形象当然不是生活的原型或自然形态的东西，而是经过了作家艺术家头脑的加工，融进了作家艺术家作家创作主体的审美理想，个性特征，体现了作家艺术家对生活的评价。艺术形象来源于客观现实，然而又不等同于客观现实，而是一种创造性的精神劳动的产物。艺术的真理寓于形象之中。这是艺术掌握世界的特征。但是，如上面分析的，毛泽东同志把律诗的平仄、诗的比兴手法、唐诗的动人形象性联系在一起，这些问题又是在与陈毅同志商讨改诗亦即如何做好诗的情形下讲的，他对唐代诗人才能作出了很高的评价，因此，我们可以说，毛泽东同志在这里强调了作家艺术家做为精神财富的生产者应具备一定的能力，或才能。毛泽东同志提出形象思维问题，给我们一个新的启示，即发展艺术生产力，从艺术家主观方面看，就是要增强和提高艺术创造能力，比如形象思维能力。而这是非常重要的。

形象思维，作为人类思维形式的一个种类，是利用形象、离不开形象的思维。它的核心是思维。思维是人脑这种特殊物质的固有属性,是脑的运动形式。恩格斯强调理论思维对一个民族能否站在科学最高峰具有重要意义，并且指出要开发和锻炼理论思维这种人类的“天赋能力”。因此,在论到文艺复兴时期那些伟大人物时,恩格斯把思维能力列为他们的一个重要条件。毛泽东同志强调诗要用形象思维，同恩格斯强调那些伟大人物具有不同凡响的思维能力的精神是一致的，即都把思维作为一种能力,看作伟大的历史人物(包括艺术家在内)取得卓越成功的主观因素之一。毛泽东同志指出艺术创作需要形象思维能力,是他的美学思想的一个重要之点,是很可宝贵的。

毛泽东同志重视能力问题，说明他充分估计到心理科学对艺术生产的作用,估计到作家艺术家作为创作主体的心理素质,在艺术生产中不可离异的情形。艺术创作的才能,或天才,包括高度发达的审美水平,形象思维能力,巨大的创作激情,坚韧不拔的性格,探索的艺术勇气,积极的社会实践,等等。形象思维能力是文学艺术创造能力的重要部分，它决定艺术作品的思想深度与感动人的程度。形象思维的问题,说到底是作家艺术家发挥脑的职能而达到认识真理的目的。所以,形象思维能力的高低是区别作家艺术家个性心理品质的重要一环。毛泽东同志提出“双百”方针,则是充分发挥劳动人民在社会主义制度下的科学才能和艺术才能的可靠社会保证。在“双百”方针的条件下,作家艺术家的形象思维能力则能更好地得到创造性的发展。“双百”方针的贯彻,在于作家艺术家能够在社会主义自由文学的创作中自由地运用与发展形象思维的能力。作家艺术家的头脑怎样工作,怎样进行形象思维,是应当在现代先进的科学技术条件下，得到进一步的解决，正如钱学森同志指出的:“经典认识论没有概括关于人脑活动的细节知识,也因而没有新的、将要发展的思维科学的基础，停留在思辩阶段，局限性比较大。”[1]指出形象思维在艺术生产中的作用，是毛泽东同志对马列主义文艺理论的发展。

三

毛泽东同志关于“百花齐放、百家争鸣”和“诗要用形象思维”的理论对于发展社会主义社会的艺术生产力的关系极为重要。它标志着毛泽东同志美学思想的深入发展。《讲话》是比较强调从客观上看待文学艺术现象的，强调文艺对社会生活的依赖性，强调文艺对政治的服从性，而“双百”方针和“诗要用形象思维”则是从主观方面去看待文学艺术现象，强调作家艺术家即创作主体在艺术生产中的作用，强调作家艺术家的创造精神和主动精神，而这是发展艺术生产力应当注意的问题。人在生产劳动中体现了他的改造世界的主动精神和伟大力量，艺术生产是一种精神劳动，创造精神财富，具有使用价值，因此，在艺术生产中应尽量发挥作家艺术家的主动精神和创造力量。加强艺术生产中的创作主体的作用的研究，是解放艺术生产力，发展艺术生产力的一个不可忽视的重要方面。

社会主义比起资本主义具有无比的优越性。社会主义的建立为社会生产力的发展创造了无限广阔的天地。当然，社会主义也为艺术生产开拓了极为远大的前程，为人的体力和智力的发挥创造了比较合适的条件。“双百”方针和“诗要用形象思维”提出的，其实质就是解放出潜藏在作家艺术家身上的创造力量。

（《齐齐哈尔师范学院学报》1984 年，第 2 期）

---

① 《哲学研究》，1982 年第 3 期，《现代科学的结构》。

风格杂谈

俗话说，一母生九子，九子各不一。这个事实告诉人们，子女虽同一父母所生，但是他们的先天的自然特征，以及后天的习惯、脾气、秉性却存在着明显的差别。再说花。桃花的浓艳，兰花的淡雅，荷花的清新，菊花的高洁，……它们的种类之多，差别之大，这也是尽人皆知的自然现象。植物的叶又怎么样呢？植物学的研究向人们指出，自然界不存在两片相同的叶片，即使同一植株上，也绝难找出两片相同的叶片来。一片小小的叶子竟然也有如此鲜明的个性！看来生物都是富有个性特征的，也可以说他们的风格各不相同吧。文艺创作是一种复杂的创造性的精神劳动，作家艺术家把来自客观的社会生活经过头脑的艺术加工，创作出文艺作品来。在这个加工过程中，作家艺术家主观方面的因素，诸如才能、气质、生活经历、艺术修养等，都在艺术作品里得到艺术再现而变成了作品的精华与血肉，使文艺作品呈现出鲜明的艺术特色和个性特征。文艺作品的这种艺术特色和个性特征的总和，就是所说的风格。文学艺术的风格确实是一个客观存在，对于创作或欣赏都是不可忽略的。比如，打开收音机，不论大人或小孩，都会一下子听出：这是刘兰芳的声音。因为我们熟悉刘兰芳的风格:吐字清楚,声音圆润,响亮而富于变化,在那抑扬顿挫的优美音质里,惟妙惟肖地塑造出各种各样的人物形象。这是为刘兰芳所独有而不能混同于别人的艺术特色。再如,把评剧女腔提高到一个新水平的新凤霞。她扮演的刘巧儿,步履轻盈,动作亲切,明朗欢快,具有强烈的翻身感,把评剧的悲调改革为喜调,唱出了新中国翻身妇女的无限喜悦。新凤霞演《刘巧儿》出名,动人心弦的《刘巧儿》风靡全国,以致使新凤霞、刘巧儿之间难于分辨。这就是新凤霞的风格。我们读唐诗,李白的豪放,杜甫的沉郁,白居易的平易,他们各自的艺术特色与个性特征都是不能互相取代的。这说明他们各自都形成了自己独特的艺术风格,而为人们所认识或承认。一般地说来,文学艺术的成功、流传,都是和优美而富有独创性的风格分不开的。试想,李白、杜甫、白居易、刘兰芳、新凤霞以及中外古今一切卓有成就的文学艺术家,如果离开了他们特异的、并能唤起人们美感的艺术风格,他们的存在还有什么意义呢！当然更不会流传。

文学艺术风格形成的原因很多。国家的、民族的、历史的、地理的以及作家艺术家本人的身世、心理素质、思维方式、才能禀赋,还有题材选择、体裁运用等等,都是风格形成的因素。但是,重要的是人,即作家艺术家本身的条件。这是造成风格的决定性因素。马克思称引法国批评家布封的话:“风格就是人。”给了我们理解和把握风格问题的一把钥匙。

风格问题,反映了作为精神生产之一种的文学艺术的一个重要属性。所以,对风格的忽视或否定,往往是对文艺的忽视与否定。研究风格问题,首要的是研究文艺的个性化,也就是研究作家艺术家主观因素方面的差异,研究作家艺术家这个创造了风格的主体的异同。马克思说:“真理是普遍的,它不属于我一个人,而为大家所有;真理占有我而不是我占有真理。我只有构成我的精神个体性的形式。‘风格就是人’。”马克思这里讲的“我只有构成我的精神个体性的形式”,就是说的作家艺术家对生活的反映,对丰富的社会生活原料的艺术加工,要在一定的历史的、阶级的条件下,按照美的原则,充分地体现出自己的精神风貌和个性特征,把自己美好的气质,丰富的经历,情趣爱好,独特的思维方式,艺术技巧等等,熔铸和编织在艺术作品里,从而使作品显示出极鲜明的艺术特色,同时文学艺术的风格也得以形成。所以,风格形成的关键正在于作家艺术家对生活的把握与反映是否符合精神生产的规律,是否符合艺术的规律,是否富有个性特征。风格问题,集中地体现了作家艺术家的美学理想、艺术成就,是作家艺术家“精神个体性形式”形成的标志,所以,要讲究风格,要重视风格。

强调作家艺术家主观因素对风格形成的作用,是否意味着一定历史时期、一定社会生活的变动、一定的文学思潮等因素对风格的作用可有可无呢?当然不是的。我们说,这些来自客观的社会方面的或文学艺术自身发展过程中的因素对风格的形成是起作用与影响的,但这种作用也只有经过作家艺术家头脑的加工才成,没有这个加工过程,即主观方面的吸收与融合过程,那些来自客观的社会方面的因素是很难在风格形成中起作用的。如果不承认作家艺术家主观方面的加工、吸收、融合的作用,只承认客观方面的作用,势必造成风格实际上的消失。比如,鲁迅与郭沫若都经过了从旧民主主义革命到新民主主义革命的历史阶段,都前后留学过日本,都学过医学,都经历过欧美现代文学的熏陶,后来又都从事新文学运动,来自客观的社会方面的影响与作用可说是基本上相同。但是,他们在文学上的成就却各具特色,风格迥异,泾渭分明。这是尽人皆知的。鲁迅的深沉,观察的精细,语言的犀利,杂文的运用,对于真理的严峻探索精神，所有这些都是属于鲁迅的。而郭沫若更富于理想的追求,对黑暗的咀咒,火山爆发式的热情,势不可挡,势如长江大河,这些都是属于郭沫若的。他们都是大时代的产物,成为我国现代文学史上的双子星座,光焰万丈,辉照千古。但是,因为他们主观方面的差异,对现实的反映方式的差异,在风格上便形成了极大的不同。总之,一切来自历史的、民族的、阶级的等等方面的因素,都要经过作家艺术家头脑的加工、吸收、制作过程。马克思称引的“风格就是人”,或中国话说的“文如其人”,都是在强调创造风格的主体——作家艺术家的作用这个道理。所以,在文艺创作上,要充分照顾到作家艺术家主观条件的差异,注意他们的气质禀赋,他们的经历,他们的美学趣味,按照艺术生产的特点与规律,调动这些主观因素在文艺创作中的作用,以造成优美的、特异的风格的形成。让这些东西发挥应有的作用,而不是有意地或无意地抑制它,戕害它。欣赏与批评也是如此。如果我们注意到风格的客观存在,则能更好地理解文艺作品,体味到不同风格作品所流露出来的不同的芳香，而不会有意地或无意地抑此扬彼,破坏了健康的欣赏口味与习惯。读者欣赏趣味的百花齐放,则能推动文学艺术风格的多样化的发展。

马克思主义经典作家对风格问题一直给予相当的注意。列宁在《党的组织和党的文学》一文里指出:“在这个事业中,绝对必须保证有个人创造性和个人爱好的广阔天地,有思想和幻想、形式和内容的广阔天地。” 毛泽东同志也指出:“艺术上不同的形式和风格,可以自由发展。”这些意见都是极为深刻的。

文学艺术的风格并不神秘，它固然是作家艺术家成熟的标志，但是，每一个从事文艺创作的人，并且努力追求进步，他必然要超越模仿或依傍的阶段，而形成自己的艺术特色，以其独特的风格在文坛上找到自己适当的位置。我们既然认识到风格的重要，就应当设置条件，让作家艺术家发挥自己的独创精神，努力去造就各自的风格。

“未来仅仅属于拥有风格的人”，法国作家雨果的话说得多么深刻呵。

（《黑龙江艺术》1982 年，第 7 期）

作家与“理论”

这题目就有点不通。作家是以创作为己任的，怎么写成《作家与“理论”》呢？原来是读了一位作家的反批评文章得来的一点启示。他不是文艺理论科班出身，写作也从来没按什么理论去指导过，于是“十分怕理论，怕讲话，怕别人递条子探讨理论使我发窘”①，云云。我想，这作家“怕理论”之说，有些糊涂，有廓清之必要。

理论，而使作家“怕”，就说明它不是什么好东西，作家光“怕”不行，主要是要批判它，要像那位作家一样著文“招惹它”，而要做到不受它的扰乱、影响。比如，“四人帮”那一套东西，诬陷作家，毁灭文艺，作家见而生畏，吃尽了这种“理论”的苦头。因为它不正确，不科学，终于垮台了。

那种正确的理论，科学的理论，作家是乐于接受的，并能用它来指导创作。说作家不按照什么理论的指导去写作，是不符合文艺发展史的。中国无产阶级革命文学的发生发展就是在明确的理论即马列主义及其文艺理论指导下而成长壮大的。这是有

① 《江城》，一九八三年第四期，张笑天文章。

目共睹的。那些资产阶级作家,有时喊为艺术而艺术,其实只是标榜而已。所谓现代主义文学,真是五花八门,他们哪一个作家是没有理论做指导呢?或帕格森,或尼采,或弗洛伊德。没有理论做指导的作家是没有的。

一个社会主义作家,应当自觉地去学习政治理论,用以指导创作。比如,文艺为人民服务,为社会主义服务,这就是一种理论,作家是应当掌握并付诸实践的。文艺工作者需要深入生活,密切文艺同人民的联系,从生活海洋之中吸取不竭的营养,也是一种理论,作家也应当掌握并努力遵循它。所以,理论(哲学的、政治的、文艺的)之于社会主义作家是须臾不可缺少的。说作家不要理论做指导而能从事创作,不是幼稚,便是欺人自欺之谈。

三中全会之后,文艺理论工作对社会主义文艺的发展起了很好的作用。一是,拨乱反正,清除“左”的影响和流毒,帮助文艺走上了正确的、繁荣昌盛的道路。“左”的指导方针,它的根系很深,不能说已经肃清干净,今后这方面的任务还是很重要的。一是,中国与世界相隔绝的历史结束了,恢复了同广大世界的正常关系,资产阶级的思想方式也极力向社会主义渗透,已使我们的文艺受到资本主义思想文化的腐蚀,近年来确实出现了少数格调低级、庸俗不堪的作品,甚至在创作上和理论上,还表现出某种脱离社会主义、脱离党的领导的资产阶级自由化的倾向。对于这种右的东西,理论界也给予了批判和斗争。对于“左”,对于“右”,都不能熟视无睹,都要掌握理论武器,进行必要的、有成效的斗争。这种马克思列宁主义的理论,能够引导创作走向正确的方向,对发展社会主义文艺有益无害,作家何怕之有?一个社会主义作家厌恶科学理论的指导,实在不是什么好现象。

有关创作方面的具体理论,是很细致的,也可能在争论之中，而又不涉及社会主义文艺的方向问题，这对作家来说，有较大的选择自由。这种无关全局，未确定的创作方面的理论，作家当然不必唯理论之命是从。

作家“怕理论”之说，也反映了当前作家与评论家之间关系不够协调的事实。从发展社会主义文艺的全局着眼，是应当引起人们注意，努力解决这个问题的。首先，评论家的理论，应当是科学的，实事求是的，于创作有益，否则，作家不但不买账，并且还要“怕”。理论工作要改进，否则难以适应文艺发展的需要。其次，理论工作改进了，不是“四人帮”式的“棒杀”理论，于创作有益处，创作家应当欢迎，并自觉地接受理论的指导。第三，理论也不光是理论家的创造发明，作家更有充分的条件，总结自己的经验，参与理论的创造工作。这是有前车之鉴的，如鲁迅、郭沫若、茅盾这些文学大师，在理论上都有建树，为我们留下了丰富的理论财富。理论家与创作家共同努力，把理论工作搞好，使理论与创作适应起来，作家对于理论则没有害怕之理。

（《文艺评论报》，1983 年 10 月 15 日）

“表现自我”断想

一

文学要“表现自我”，我想，这是不成为问题的问题。

文学几乎是与“自我”有扯不断的姻缘。在某种程度上说，没有“自我”及其表现，则不会有动人的文学艺术。

作家的“自我”经历，总是文学表现的内容。比如巴尔扎克，他的坷坎的遭遇与他写作的具有深广社会内容的《人间喜剧》是相通的。一八二五年至一八二七年，巴尔扎克为了摆脱经济困境，投身于资本主义社会的激烈竞争之中。他先后做过出版商开过印刷厂，甚至梦想开采从古罗马时代起即废弃了的银矿。他终于失败了，结果是债台高筑。他不得不躲藏起来，以逃避高利贷者的逼索。巴尔扎克的这些经历，使他亲身体验到了资本主义社会人与人之间的冷冰冰的利己主义，赤裸裸的金钱关系，为他的文学创作奠定了坚实可靠的生活基础。曹雪芹家境的衰落，他的穷愁潦倒，不尽的悲辛，使他对封建社会末世具有痛切的感触，十年辛苦，写成不朽的巨著《红楼梦》。高尔基在俄罗斯社会底层的流浪生活，使他有可能触摸到俄国革命的时代脉搏，发出海燕般的喊叫，欢呼革命风暴的到来。鲁迅的小说创作，巴金的“激流三部曲”，不也是与他们的经历息息相关的吗？作家以自身经历写成文学作品，当然不就等于自叙传，而是要根据艺术规律，进行艺术概括的。利用自己的经历写成文艺作品，如果是把经历原封不动拿来，塞给读者，而没有经过艺术加工，那么读者是不会接受的。因为那不是文学艺术。

文学还要讲个性特征，讲审美理想。作家写什么，不写什么，爱好什么，厌恶什么，这样写，而不那样写，也是作家“自我”的体现。正如列宁指出的，在文学这个领域，“最不能作机械的平均、划一，少数服从多数”，“绝对必须保证有个人创造性和个人爱好的广阔天地，有思想和幻想、形式和内容的广阔天地”。文学创作具有自由的性质，千姿百态，争芳吐艳，富于个性特征。正是毛泽东同志提倡的“百花齐放”。李白的豪放、杜甫的沉郁，鲁迅的观察深刻、郭沫若的火山爆发式的热情，……作家的经历不同，思想、气质、禀性的差异，审美理想的不同，在文学作品里都要得到“自我表现”的。没有这样的“自我表现”，便没有文学的个性特征，便没有文学的美。

马克思说：“我们把劳动力或劳动能力，理解为人的身体即活的人体中存在的、每当人生产某种使用价值时就运用的体力和智力的总和。”[①]作家也是劳动力，即艺术劳动力。他们创作文学作品，是能力即体力与智力的支出。体力和智力表现在不同作家的身上，是不会相同的，这实质上是作家的创作能力的差异。所以，创造能力的表现，也是一种“表现自我”。

这么看，“表现自我”并不就是唯我主义，唯心主义。小说、戏剧、诗歌、叙事诗、抒情诗，都需要“自我表现”或“表现自我”。

① 《资本论》。

也不尽然。

二

有人主张文学不但要“表现自我”，而且要“不屑于作时代精神的号筒”，“不屑于表现自我感情以外的丰功伟绩”，以至于回避去写“那些英勇的斗争和忘我的劳动的场景”，等等。这就不对了。

“表现自我”，不是作茧自缚，不是钻进蜗牛壳，与大千世界，广袤天地相隔绝。

作家或者他创作的作品，是时代之子；而优秀作家或者他创作的优秀作品，更是时代之骄子。作家和时代的关系只能如此。作家与时代的关系不是对立的，而是时代决定，或制约作家及其创作。文学作品一旦产生又反转过来影响时代，这种意义或者是前进的，或者是后退的，影响时代后退的作品在历史的长河中，只能随波逐流，沉没下去。“在黑格尔的历史哲学中，和在他的自然哲学中一样，也是儿子生出母亲，精神产生自然界，基督教产生非基督教，结果产生起源”。马克思主义经典作家对黑格尔唯心主义哲学的批判，不也是对于主张文学“不屑于作时代精神的号筒”的很好的批驳吗？母亲产生儿子，自然界产生精神，这是千真万确的，不能移易的。时代和作家的关系也是如此，那是颠倒不得的。

我们说，文学与自我不能没有关系，文学也是表现自我的，但这个“自我”，是属于时代的，属于历史的，属于一定的社会存在的。“自我”不在天上，不在蚕茧里，不在蜗牛壳里，而是牢牢地植根于社会现实之中。

文学应当反映时代精神，中外古今的进步文学都是如此。在马列主义指导下，旨在为人民大众服务的作家，更应自觉地站在时代潮流的前头，努力反映伟大的时代，借以鼓舞人民前进，使文艺起到推动历史前进的作用。

表现时代精神，是马克思主义美学的重要原则。时代精神是一定历史时期的体现历史进步的先进思想和革命精神，是广大人民要求推动历史前进的感情、愿望、意志和理想，体现历史进步的客观趋势。巴尔扎克、托尔斯泰、鲁迅、郭沫若他们的作品都体现了时代的精神。托尔斯泰被列宁誉为“俄国革命的镜子”。当代作家的许许多多作品也体现了时代的精神。高晓声说：“不许表现自我，是说不通的。但是，你在表现自己的时候呢，应该想到你自己是属于一定阶层的，你决逃不掉的。”对于革命作家来说，表现自己和表现群众是一致的，而表现群众就是表现历史前进的时代精神。

匈牙利的伟大诗人裴多菲在战死前写的《除夕》中讴歌了时代精神：“我的七弦琴，你勇猛地歌唱吧！唱出你那最后的歌曲，让你的歌声永不消失！让他回旋在未来的世纪里，让它回旋在时代的高山之顶！”是的，一切革命的作家，都应当表现时代精神，让“它回旋在时代的高山之顶”。

文学要表现自我，而“自我”产生于时代的伟大母体，“自我”与时代如同胎儿和母体，是分割不开的。

我们生活在建设“四化”的伟大时代里，“四化”是人民的希望和幸福之所在，诗人、作家尽情地唱出伟大的时代精神，描写孕育史诗的伟大时代，而不是回避它，则是分内的事情，是责无旁贷的。

三

表现自我,表现时代,表现群众,三者是一致的。我们肯定"自我",就是肯定了"自我"与时代、与群众的必然联系。这是一。文学到底是有主观性的,诗歌以及诗歌中的抒情诗更是如此。个性,风格,流派,都与"自我"有关,或者说是"自我"的外化,转化。说文学是心灵的创造,是不无道理的。这是二。

在艺术生产中,作家的主观性作用是不可忽视的。没有了主观性的作用,没有艺术家对来自生活矿藏的原始材料的加工,就没有文学创作,这充分地说明了主观性在艺术生产中的不可替代的地位。扼杀了主观性,就是扼杀了文学创作。

但是,这个主观性的发挥也是有一定限度的。主观性不是天马行空,不是随心所欲。主观性的发挥不能是唯我主义,不能背离时代的大框框,不能背离群众的大框框。

所以,文学的表现自我,文学创作中主观性的正确发挥,与表现时代精神,表现人民群众的切身利益,与贯彻文学的党性原则是统一的,是一块完整的铸铁,而不能各自分裂。"表现自我"与时代分离,与人民群众分离,势必走向歧路,走向唯我主义。

(《林苑》1982年,第3期)

"金相玉质,百世无匹"

一个作家在他去世之后，千百年来还能得到人民的热爱与纪念,在中外文学史上也是少见的。屈原就是历史上少数的为人民永久纪念的伟大作家中的一个。历代的评论家都给了屈原以极多极高的赞誉。屈原的品行高洁,司马迁盛赞他可以"与日月争光";屈原才华横溢,班孟坚称他"虽非明智之器,可谓妙才";屈原的文学成就辉煌,刘勰则称之为"能气往轹古,辞来切今,惊彩绝艳,难与并能";屈原的精神是永恒的,王逸的评价是"金相玉质,百世无匹,名重罔极,永不刊灭者矣"。屈原确像一颗永不熄灭的星,永远地照耀着我们民族文学的发展前程。恩格斯论到欧洲文艺复兴时期出现的历史巨人时，曾指出历史巨人的主观条件与客观条件以及两者的结合,才能产生历史巨人。在实践中的斗争精神,冒险精神,思维能力,性格,多才多艺与知识渊博,都是屈原所具备的,又加之战国时代的社会巨大变革,这些条件的综合就使屈原成为屈原。屈原的人格与屈原的作品是一致的,是互为表里的,所谓"人以诗名,诗尤以人名"、"人外无诗,诗外无人"(龚自珍),就是这个意思吧。

屈原为了政治理想的实现，百折不回，最后竟以一死殉了他的伟大理想，结局是悲剧性的，但却造成了他人格的巨大升华与飞跃，终于完成了“金相玉质”的美好品质。伟大的斗争生活与斗争实践，一方面造成了屈原的伟大的独特的性格，一方面形成了他创作的不竭的源泉与动力。没有理想，没有追求，没有斗争，便失去了生活的动力，对于作家，便失去了创作的动力。本来，楚国和秦国都是强大的，都有统一六国的可能，但是，楚国的统治集团昏聩无能，排斥贤能，小人当道，当然不能完成统一中国的大业。屈原在政治斗争中，主张改革，刷新政治，对楚国对人民，都是竭忠尽力的，但是遭到旧贵族集团强大势力的反对，终于不能成功，而两次被流放边地。国家的命运，人民的艰辛，和屈原的命运是交织在一起的。他的诗歌创作则成了他斗争的手段，成了他不屈不挠的斗争生活的继续，成了他的富有魅力的生活的永不凋谢的花朵而流芳百世，很少有人与之匹配。他的长篇政治抒情诗《离骚》作于流放汉北时期（公元前 305 年~公元前 300 年）。奇特的哲学诗《天问》是流放江南时期（公元前 296 年~公元前 277 年）所作。《九章》中的《哀郢》《涉江》等也大都是流放时期的作品。不可能想象，没有这些充满历史内容的丰富的斗争生活与斗争实践，会有屈原那些瑰丽神奇的诗篇问世。丰富的斗争生活使屈原的作品具有感人至深的真实情感和现实主义精神。在《离骚》中，他称赞尧、舜、禹、汤、文、武的功绩，揭露羿、启、浞浇、桀、纣之流的腐败，对腐朽事物进行了无情的讽刺与诅咒，表现了他对美好的政治理想的追求。屈原在诗中还描写了楚国旧贵族集团的昏乱，“变白为黑兮，倒上以为下；凤凰在笯兮，鸡鹜翔舞”，昏庸腐朽当政，贤达才能被谗陷，楚国还有什么光明的前途呢？所以，屈原的诗深刻地反映了现实社会生活，让人民清醒地认识现实，并为美好的政治理想做不懈的斗争。严肃地而不是敷衍地，整个身心而不是三心二意地投入到时代的斗争中去，在斗争中吸取创作的诗情、动力和养料，对于艺术创作来说具有根本性的意义，正如恩格斯指出的："但他们（指文艺复兴时期出现的历史巨人）的特征是他们几乎全都处在时代运动中，在实践斗争中生活着和活动着，站在这一方面或那一方面进行斗争，一些人用舌和笔，一些人用剑，一些人则两者并用。因此就有了使他们成为完人的那种性格上的完整和坚强。书斋里的学者是例外：他们不是第二流或第三流的人物，就是唯恐烧着自己手指的小心翼翼的庸人。"[①]王逸的"金相玉质"与恩格斯这里的"完人性格"是相通的，但有质的差别，即恩格斯的"完人性格"思想是建立在牢固的历史唯物主义基础之上的，王逸只是猜到了一些具有真理性的意思。作家艺术家在斗争中磨炼自己的"金相玉质"般的"完人性格"对于创作显示出重要意义，这是重要的创作规律。

屈原的作品想象丰富，构思奇特，热情奔放，语言生动，具有完美的艺术形式，以至于成了一种永久的楷模，所谓"百世无匹"并非阿谀之辞。丰富的斗争生活对于艺术作品只是一种可能性，可能性变成现实性的艺术作品需要条件，这条件就是作家艺术家主观方面的情况。屈原在主观方面的条件即艺术才能，有两点是可以称道的，即他的形象思维能力和渊博知识。形象思维能力是艺术才能中的重要一项。屈原有着一切伟大艺术家那样的丰富的想象力，这种想象力能够调动一切事物，诸如美人香草、

① 《自然辩证法·导言》。

神话传说、历史故事，天上人间，来塑造出鲜明生动的艺术形象，真实地反映现实生活。借助这些具有巨大的美感力量的艺术形象，抒发诗人的忧国忧民的情思。屈原用形象思维的方法，把神话、历史、现实编织成动人的艺术形象。刘勰对屈原的奇妙的形象思维能力是不够理解的，曾责难屈原诗中的形象思维特征为"诡异之辞"、"谲怪之谈"、"异乎经典"是不正确的。屈原"博闻强志"，知识多么渊博！他的作品中涉及的历史知识、现实知识随处可见。即使对自然科学知识屈原也用心学习并加以钻研。他写的哲学诗《天问》，提出了一百七十多个疑问，从盘古开天地始，问到天体构造，地形地势，神话传说，历史事实……表现了他对自然方面和社会方面真理的勇敢探索精神。用郭沫若的话说，《天问》表现了屈原的"大本领"。艺术才能，就是艺术本领。没有大本领，则不会成就为大作家。在渊博知识方面，屈原以后，又有谁能与之匹比呢？试想一下，中外文学史上那些大作家，在社会、自然、哲学各方面都有相当深广的知识，并且有所建树。这也是一个规律性的现象。如果屈原作品中，去掉那些知识因素，还能成为屈原的作品吗？

屈原的"金相玉质"，就是屈原的"内美"。屈原重视"内美"的培养，就是使自己具有高尚的灵魂。他常常哀叹自己内在的美好品质不为人所理解："纷吾既有此内美兮，又重之以修能"（《离骚》），"文质疏内兮，众不知余之异采"（《怀沙》）。屈原强调内在的品行敦厚纯正，情质诚实，芳华自从中出，芳气郁郁远丞，居住虽蔽，其名闻必章著。"芳与泽其杂糅兮，羌芳华自中出。纷郁郁其远 蒸兮，满内而外扬"（《思美人》）。追求真理的坚定精神，也是屈原"内美"的一个重要方面。屈原青年时写过

《桔颂》，热情讴歌橘树的坚贞品质。其实，橘树的“独立不迁”、“深固难徙”的优美品格，正是屈原性格的写照。屈原为了理想的实现可以赴汤蹈火，甚而献出宝贵的生命也在所不辞。“亦心之所善兮，虽九死其犹未悔”。“虽体解吾犹未变兮，岂余心之可惩”(《离骚》)。这种“九死未悔”的伟大牺牲精神，对于艺术创作，对于科学探索，都是十分必要的。

(《黑龙江艺术》1984 年，第 9 期)

文学商品化刍议

——对于一种文学发展理论的考察

人们还依稀记得，改革十年以来的中国文学取得了多么显赫的成绩。一个轰动连着一个轰动，令人目不暇接。但是，文学需要发展，需要提高，需要有划时代的作品问世，轰动效应并不等于文学的繁荣。于是人们来谈文学的困境。文学确有困境，又是多方面的，要做全面的分析研究。这里仅就文学与商品的关系，即文学的商品化问题——文学困境之一种，略陈己见。

当今，有两种规律支配着中国当代文学的发展，一是文学创作规律，一是商品生产规律。中国文学如何正确地对待这两种规律与其前途关系极为密切。

文学作品是商品，即文学具有商品性质是尽人皆知的，作家创作文学作品，通过书商交换到读者手中，书商赚了钱，作家也得到了一些稿酬，使文学作品变成了商品。鲁迅最后十年定居上海，没有固定的职业收入，更没有敌人诬蔑的什么卢布资助，全靠写杂文去换取稿费，养家糊口。这是说，文学作品同样具有使用价值和价值的两重性。但是，鲁迅要经常变换笔名，否则，杂文便交换不出去，得不到稿费。这说明，文学创作，或包括一切的精神生产在内，又不是服从一般的商品生产规律，或者说，文学创作主要的不是服从商品生产规律，而是服从文学创作本身规律。要使人们注意到一个事实，即物质产品与精神产品是不同的。文学作品不是女人的化妆盒，不是男士的漂亮皮鞋，只满足于消费者的好用或不好用就完了。文学作品作为精神产品之一种，要讲真善美，要有深广的社会内容和优美的艺术形式。比如，鲁迅的杂文作为商品交换到消费者那里去，读者消费了这些杂文之后，得到的是灵魂的震撼，艺术美的享受，对社会进程的深刻理解，所谓愉悦也就包含在其中了。文学作品不是一次被消费掉，那些优秀的文学作品流传开去，永远为人们喜爱。

问题是文学的商品化，即一般的商品生产规律对文学创作究竟起什么作用？有人提出："把文艺的经济效益和娱乐性放在突出地位，要求在此前提下去追求思想性和艺术性，而不能颠倒这种关系。""我们今天进行的从观念到体制的文艺改革，只能服从和遵循艺术商品化的一般规律来进行，否则就不会有出路，不会有真正的艺术竞争和艺术繁荣。"①经济效益能否放在文艺或文学创作的突出地位？一是商品生产规律，一是文学创作规律，究竟谁对文学发展更具有根本意义？这是值得深入研究的。

在文学创作中提倡把经济效益放在首位，文学即成了经济的手段，就是商品对文学的浸淫及蚌蚀，文学则变成了非文学。

首先，作家失去了自由自在的人格，自觉不自觉地为物所驱使，成了书商的附庸。作家的创造能力不再属于自己，因为经济的原因，在实际上已转移给书商，作家与书商之间已成为一种雇

① 《文艺三大效益评议》，载《文艺理论研究》，1989 年，第 2 期。

佣关系,“原来的货币所有者成了资本家，昂首前行，劳动者所有者成了他的工人,尾随于后。一个笑容满面,雄心勃勃;一个战战兢兢,畏缩不前,像在市场上出卖了自己的皮一样,只有一个前途——让人家来鞣”[1]。这是马克思对资本主义社会工人出卖了劳动力之后与其雇主关系的生动描写。当然,在社会主义条件下，作家与书商的关系与资本主义条件下工人与雇主的关系在性质上是不同的。但是,人们应当清醒地认识到,在社会主义条件下,在文艺生产过程中,只要经济效益的利剑高悬,作家的命运也好不了多少,即使不让人家来鞣,也失去其独立存在的意义了。

诚然,马克思肯定过资产阶级把脑力劳动变成雇佣劳动者:“一切所谓最高尚的劳动——脑力劳动、艺术劳动等都变成了交易的对象,并因此失去了从前的荣誉。全体牧师、医生,律师,从而宗教法律等,都只是根据他们的商业价值来估价了,这是多么巨大的进步呵。”在资本家看来,对艺术劳动的评价标准只是于资本创造有利与否。实际上,资产阶级用金钱关系代替作家或艺术家对封建贵族的依附关系，作家艺术家不再是封建贵族的掌上玩物,这对作家艺术家来说是一种解放,对历史发展是一种进步。那么,在社会主义条件下,作家艺术家围绕着经济杠杆转,有无进步意义,则是显而易见的。当全民经商之风吹遍神州大地的时候,有的作家弃文经商,去拆船,去办公司,如此下去,不是使文学名存实亡吗？因此,在社会主义制度下,作家为经济杠杆所左右,则毫无进步可言。

其次,强调文学的经济效益,强调文学的娱乐性,就有可能

---

① 《马克思恩格斯全集》第23卷,人民出版社,1973年出版,第200页。

戕害了文学思维。文学的本质有种种界说,笔者无意去探讨它。只是应当指出,文学作为一种思维,是一种认识,是人们掌握世界、接近真理的一种特殊方式。文学有娱乐性,人们不必去怀疑它,但这种娱乐性的基础是思想性与艺术性,离开了文学的思想性、艺术性去强调娱乐性,去强调经济效益,将不可能使文学收到寓教于乐的社会效益。

世界多么广阔,文学思维也应该多么广阔。作家的责任是通过自己创造性的劳动,把读者引向更加广阔的世界,增进读者对人生的了解,使读者的精神历程与世界历史的进程相一致,精神文化发展与物质文化发展相谐调。如:秦大河、金庆民征服南极,水危机,臭氧层破坏,保护大熊猫,世界的和平与发展中中国经济的大起大落,人的理性,人的善良,人与动物的区别,人对动物性的摆脱,生活之广阔无垠如长江大河、太空宇宙,与此相比,“书摊文学”思维不是显得太狭隘了吗?我们的文学要越过民族、国家的界限,走向世界,参与人类文化缔造的伟大工程。中国文学史记载着屈原、李白、杜甫、曹雪芹这些伟大的名字,一颗明星接着一颗明星在中国文学长河上空跃起。历史发展到20世纪90年代,人们也祈盼着中国文坛上跃起一颗又一颗的明星,蕴藏着伟大创造力的中国作家奋起去完成这样的历史使命是责无旁贷的。

当然,通俗文学的存在价值不容否定,因为中国有两亿多文盲,每年有几百万儿童少年从学校走失,以及八亿农民的欣赏习惯,等等,造成了通俗文学存在的必然性,合理性。试想,一个鱼贩子冬天卖了一天鱼,冻得嘶嘶哈哈,寻求点感官刺激,晚上看点武打,是可以理解的。但是,通俗文学的写作要提高水平,要胜过金庸,超过琼瑶。金庸和琼瑶是俗文学的高手,但他们的书有思想,俗而不俗,这样的作品当是读者所欢迎的。在商品向文学靠近并迫使文学商品化的时候,作家则负有沉重的道义责任创作出区别于书摊文学的文学作品,引导读者去领略更为广阔的、庄严的世界与人生。

再次,文学是自由的,如果将经济效益摆在首位,眼睛盯着钱袋,文学自会失去其自由的特性。列宁说过,在文学事业中,“绝对必须保证有个人创造性和个人爱好的广阔天地,有思想和幻想、形式和内容的广阔天地。”邓小平同志指出,“文艺这种复杂的精神劳动,非常需要文艺家发挥个人的创造精神。写什么和怎么写,只能由文艺家在艺术实践中去探索和逐步求得解决。在这方面,不要横加干涉。”因此,文学具有自由的性质是不容置疑的。从文学史上看,文学的确是一种自由的精神创造,外力的干涉往往是不起什么作用的。如,不朽的作家曹雪芹虽然贫病交加,依然拼力写作《红楼梦》,直至耗尽了生命,方志敏在敌人的监狱里著作《可爱的中国》,鲁迅置敌人的通缉于度外,不停止地写作匕首般的杂文。但是,马克思主义认为,自由本身包含着限制,自由是有条件的、相对的。曹雪芹、方志敏、鲁迅等的社会环境对他们的文学自由创作是一种限制,但是,经过创作主体的调节,人与环境谐和,实现了自由的文学创作。如果文艺创造首先要看市场行情,要讲价钱,这就构成了对文学自由的限制,作家艺术家不能正确地对待它,便谈不上文学的自由。前一时期,一些艺术团体,走穴成风,溃不成军,一些二三流作家,亦更名换姓,为利所趋,与书商订合同,用力去写书摊文学。金钱成了文学创作的上帝。作为创作主体作家艺术家不能进行符合历史方向的调节,文学实际上失去了其自由性质,堕落为赚钱的工具。自由的文学创作包含着限制,作家艺术家若不能突破这种限制,消化这种限制,为客观的物境所干扰,则文学必将失去其庄严的形象。因此,“服从和遵循艺术商品化一般规律”这种理论主张,并不是文学的出路,也不会给文学创作带来什么真正的繁荣。

马克思在《剩余价值理论》里曾提出“资本主义生产就同某些精神生产部门如艺术和诗歌相敌对”[①]的观点,对于我们理解文学商品化的本质具有重要意义。其实,当资产阶级在它取得了统治的一切地方,“把医生、律师、教士、诗人和学者变成了他出钱招雇的雇佣劳动者”的时候,就束缚了艺术的自由发展,资本主义生产就与艺术、诗歌等精神生产部门构成敌对。这是因为,“有教养的资产者及其代言人非常愚蠢,竟用对钱袋的影响来衡量每一种活动的意义。另一方面,他们又很有教养,连那些同财富的生产毫不相干的职能和活动,也加以承认,而且他们之所以加以承认,是因为这些活动会‘间接地’使他们的财富增加等等,总之会执行一种对财富‘有用的’职能”[②]。这就是说,资本家把“艺术生产”当成了生产利润的特殊部门,诸如电影、电视、报刊、广播等各种行业都在“执行一种对财富‘有用的’职能”。资本家关心的只是资本的增殖,而对文学艺术的美学意义社会内容则是毫不关心的。在社会主义商品经济的条件下,情形也有相通之处,在物质生产领域,为什么伪劣商品不绝,一些商人、企业家丧尽天良?因为这些商人企业家追求利润第一,顾客利益其次。在精神生产领域亦复如此。一些黄色书刊的出版,或一些千奇百怪书刊的发行,都是追求利润这条铁的规律在起作用,至于读者的健康的美的要求,书商们全然不顾。在全社

① 《马克思恩格斯全集》第26卷(Ⅰ),人民出版社,1973年出版,第296页。
② 《马克思恩格斯全集》第26卷(Ⅰ),人民出版社,1973年出版,第300页。

会，动用国家的行政力量扫荡黄色书刊，当然是必要的，也确实起到了相当的作用。但是，还要警惕它卷土重来。这里的关键问题是，要有一种正确的理论来指导文艺或文学的发展。

总之，商人对于光泽耀眼的黄金，只晓得黄金卖多少钱，至于对黄金的美丽光泽，则毫无兴趣。文学是一种商品，但这是一种特殊的精神产品，不同于一般的物质产品。它主要的功能是发挥它的社会效益和审美效益，经济效益是其次的，这才是一个正常的秩序，而不能颠倒。简而言之，文学的目的，首先不是为了赚钱，为了收到多大的经济效益。人们不仅从理论上，更从近年来文学创作出版发行的实践经验中认识到，一旦把经济效益放在突出的地位，黄书、坏书便泛滥成灾，人们应当记取这个严重的教训。

社会主义现代化的伟大事业，不但要尽力提高物质生产力，增加社会的物质财富，提高人们的物质生活水平，而且也要进行精神文明建设，培养和造就一代社会主义新人。从地球上产生人类的那一天起，人类在创造物质世界的同时，也相应地创造了精神世界，这是一个完整的人类创造工程。在这个伟大的创造工程中，人类是有理性，是有道德，具有审美能力的，从而使自己越来越完美，越来越脱离动物世界。文学艺术的产生及其作用就是要服从于人类伟大的创造工程，这就是文学的规律，文学的目的。

文学作品是商品，要讲投入产出，要受价值规律的制约，要受市场的调节。这涉及艺术与经济两个领域的关系问题，艺术生产与物质生产的关系，艺术投资如何取得最佳的社会效果等问题，需要进行专门的研究。但是，在文学艺术生产领域，不能为了经济利益，为了票房价值而忽视了社会效益。文学艺术生产不能盲目地跟着书刊市场跑，处于无政府无计划的状态。社会主义的书刊市场，应尽力出好书，满足读者正常的、健康的需求，这符合文学的创作规律。人们不能否认，在一部分读者中存在着落后的思想意识，兴趣低级，而出版发行部门又把经济效益放在突出地位，这是造成前一时期格调低下、淫秽色情、凶杀暴力，封建迷信书刊充斥市场的根本原因。一些好的文学书刊订购数少，主要是发行渠道问题，要想方设法疏通发行渠道，扩大优秀图书发行，这样做会使文学作品生产保本薄利，至少不赔钱，在财力允许的条件下，为了社会效益，一些优秀作品即使赔钱也要出书，可以得出这样的结论，文学作品的生产要服从文学创作的规律，它体现了社会主义制度的优越性，体现了人类进步的要求，这是最重要的；商品生产规律也对文学作品的生产起作用，这是其次的。如上所述，商品生产与艺术不可同日而语，人们一定要清醒地认识到这个问题。

（《学习与探索》1990 年，第 6 期）

孔子的艺术理论

学术界对孔子的思想进行了一系列的讨论。本文就孔子的艺术理论做一初步探讨，我想对于全面地评价孔子也许是不无益处的。

《论语》中出现“文”字不少，考其意多指古代遗文、文献。“文章”出现两次，其意多指文采。“文学”出现一次，也泛指文献而言，与今天文学的含义根本不同。因此我们不予讨论。孔子关于文学艺术的言论多反映在他对当时成就最大、影响最广泛的《诗》和音乐的论述中。

（一）

《论语·阳货》：

子曰：“小子，何莫学夫《诗》！《诗》可以兴，可以观，可以群，可以怨。迩之事父，远之事君，多识于鸟兽草木之名。”这段话，特别是“兴观群怨”四字，集中地反映了孔子的艺术观点。对这一点朱熹看得颇清楚，他说：“学《诗》之法，此章尽之，读是经者，所宜尽心也。”（《四书集注》），我们考察孔子的艺术理论，即以此为重要依据和出发点。

孔子的艺术思想是自成体系"吾道一以贯之"的。艺术思想这个"道"的"一"是什么呢？"观"也者，是也。

"观"，是"兴观群怨"的枢纽所在，是孔子艺术思想的核心。我们把握了"观"，理解了"观"的真正意义，即拿到了理解孔子艺术思想的钥匙。什么是"观"？郑玄曰：观风俗之盛衰。邢昺说："《诗》有诸国风俗之盛衰，可以观览知之也。"朱熹注："观，考见得失。"一部《诗经》整整地反映了一代的政治斗争，人民的生活以及风俗变化等，所以说从《诗经》里可以"考见得失"，"观风俗之盛衰"。

孔子的意思是，"观"有两方面相联系着的意义，一方面是《诗》反映了社会现实，这是根本的；因此，另一方面，《诗》可以用来观察社会，可以用来研究社会。

"群"是"观"的一个极其重要的补充，使我们对"观"的理解更加具体和深化。什么是"群"？孔安国说：群居相切磋。焦循也说："案诗之教，温柔敦厚，学之则轻薄妒忌之习消，故可以群居相切磋。"[①]孔子一生提倡礼，提倡仁，劝人学诗，又整理过音乐。总之，他在竭力使"仁、礼、诗、乐"四位一体。在孔子看来，《诗》合于他的"仁"与"礼"的主张，因而说《诗》有"群居相切磋"的"群"的作用。孔子生活的时代，礼坏乐崩，周道衰微，臣弑君，下犯上的事情屡见不鲜，统治阶级内部的矛盾层出不穷，因此孔子提出"君子矜而不争，群而不党"[②]的要求来。所谓诗可以"群"即有调节人和人的关系的作用，特别是调节统治阶级内部关系的作用。由是观之，"群"主要是指人与人的关系而言。"可以观""可以群"，虽然是就文艺的作用而发，但"群"却是"观"的对象，

① 《论语补疏》。

② 《论语·卫灵公》。

亦即文艺（如《诗》）是反映社会的，是可以认识社会的，但主要是通过人和人的关系来反映社会和认识社会的，而文艺改造社会的作用也首先在“群”，在对人的作用或改造上。

从“观”到“群”，我们可以看到孔子对艺术与生活的关系的看法是明确的，即艺术是生活的反映，是社会现实的再现，同时又若隐若现地指出，艺术的对象是“群”，是人及其社会关系。确认艺术对生活是第二位的，是居于从属地位的，这是现实主义的艺术理论。

（二）

孔子从艺术是社会生活的反映这个根本命题出发，对艺术的社会功用问题也进行了充分的论述。如上所述，他提出了诗可以群，即调节人与人的关系的问题，可见他是把文艺当做政治斗争的工具，做为道德修养的准绳，此外，他还把文艺当做获得知识的一种手段。孔子的艺术理论，和他的政治学说是一致的，确切些说，“仁、礼、诗、乐”在孔子的学说里是一个完整的统一的有机体。

“诗、乐”是为孔子政治学说“仁、礼”服务的。我们说，孔子是颇懂艺术的上层建筑性质的。

有一次，孔子的高足颜渊问治理国家的道理，孔子回答：“行夏之时，乘殷之辂，服周之冕，乐则韶舞，放郑声，远佞人——郑声淫，佞人殆。”[①]可见孔子的看法是，治理国家除了历法、交通、礼仪之外，还要配之以尽美尽善的韶舞之乐，以及禁绝郑声、远离能说会道的佞人等。

---

① 《论语·卫灵公》。

孔子说:“人而不仁,如礼何? 人而不仁,如乐何? ”[①]又说:“兴于诗,立于礼,成于乐。”[②]“礼、乐”是“仁”的具体表现,故立身成德,“仁、礼、诗、乐”四者缺一不可。“迩之事父远之事君”即是要诗在道德上起规范人的作用。

“多识于鸟兽草木之名”。这里说,人们读了《诗经》以后,还可以得到一些植物学、动物学的知识。《诗》不仅有政治上的作用,有道德上的作用,还有知识上的作用。孔子实在是发现了艺术的重大社会认识价值和社会功用。

(三)

孔子也在试图探索艺术的真实性问题,探索艺术如何反映生活的问题。孔子评论《诗经》时说过一句有名的话:“《诗三百》,一言以蔽之,曰:思无邪。”[③]究竟什么叫“思无邪”? 我们可以从孔子在艺术中赞成什么,反对什么什么找到答案。我们知道,一方面,孔子是非常推崇和欣赏《韶》《武》之乐特别是《韶》乐,认为《韶》“尽美矣,又尽善也”。[④]同时提倡《周南》《召南》,赞美“乐而不淫哀而不伤”的《关雎》。这是“思无邪”的真谛所在。另一方面,孔子又坚决反对民间音乐,认为“郑声淫”,痛斥“郑声”,主张“放郑声”,这就叫作“思有邪”了。

“祖述尧舜宪章文武”的孔子的宗周复古政治立场,决定了孔子特别爱好古乐而反对新兴民间音乐的艺术观点。这种观点反映了孔子所代表的奴隶主贵族阶级的利益和要求。这也是孔子对艺术真实性追求的实质。

---

① 《论语·为政》。
② 《论语·八佾》。
③ 《论语·为政》。
④ 《论语·八佾》。

孔子论《关雎》“乐而不淫，哀而不伤”，这分明是对诗（对艺术）的创作提出要求了：诗要按一定的“要求”反映生活。这种要求也就是所谓“温柔敦厚”[①]的诗教。孔子发现了诗及其被反映的生活是不一样的，应有所区别。“乐”和“哀”可以理解为生活的真实，而“不淫”和“不伤”可以理解为艺术的真实。孔子要求反映生活要有一定的限度，没有达到或超过了这限度都是不好的，所谓“过犹不及”。孔子的思想大体上要求诗对生活要做艺术的反映，并且要反映得正确（即合于一定的要求），这就涉及生活的真实与艺术的真实的关系问题了。如前面论述的，由于阶级利益的要求，孔子一味地“放郑声”，尚古乐，所以他根本不能同意对现实生活做客观地、全面地反映。他的所谓“思无邪”的理论，便给真实性划定了圈子。政治上反对“铸刑鼎”的孔子，对艺术中出现的如郑声这样的新事物，当然是看不惯的。这里可以窥见孔子唯心论历史观的一般了。唯心主义的历史观，使孔子根本不可能解决生活的真实与艺术的真实的关系问题。孔子虽然正确地指出了艺术与生活的关系，但是只有做到了统治者的“思无邪”，做到了“温柔敦厚”，才是孔子要求的艺术真实性，这样，孔子的现实主义理论便表现了很大的局限性。

（四）

如前所述，孔子的艺术理论是有一个完整的体系的，集中地表现在“兴、观、群、怨”这一章，“观”与“群”已有论列，下面再谈谈孔子对于“兴”等艺术性质的认识。

孔子说《诗》“可以兴”，什么是“兴”？孔安国说：兴，引譬连

① 《礼记·经解》。

类。朱熹的理解又进了一步，他说：兴，感发意志。所谓“感发意志”者，是说诗是抒发情性的东西，有在感情上鼓舞人感染人的作用。《毛诗序》说《诗》有“六义”，其中“赋比兴”，自有它们的区别之处。所谓“赋比兴”者，一言以蔽之，曰：诗的做法也。亦即诗的艺术表现形式问题。诗的抒情、写景、叙事、刻画人物，以及其他的种种描写手段，这些都是“兴”。也正是因为有了这些“兴”的存在，诗才谓之艺术作品。一个“兴”字，道出了诗的（艺术）形象性地反映生活这个艺术的根本特征，同时也正因了这一点，艺术与其他社会意识形态才得以区别。

孔子对诗乐的研究是相当深刻的。因此，他对艺术的形象性、可感受性也有着深切的理解。你看动人的音乐 使孔子发出了怎样的赞叹：

子曰：“师挚之始，《关雎》之乱，洋洋乎，盈耳哉！”[①]在论到音乐时，孔子对鲁国乐官说：“乐，其可知也。始作，翕如也。纵之，纯如也，皦如也，绎如也，以成。”[②]据宗白华的研究，孔子在这里是“极简约而精确地说出一个乐曲的构造……起始，众音齐奏。展开后，协调着向前演进，音调纯洁。继之，聚精会神，达到高峰，主题突出，音调响亮。最后，收声落调，余音袅袅，情韵不匮，乐曲在意味隽永里完成”。[③]孔子若非音乐方面的行家，对于一个乐曲的构造是绝讲不出这等的漂亮，这等的简洁，然而又是这等的富有科学性的话来的！

孔子还说，《诗》“可以怨”。“怨”，孔安国说：怨刺上政。这是说《诗》有批评不良政治的讽刺作用。我以为“怨”离不开“兴”，

① 《论语·泰伯》。
② 《论语·八佾》。
③ 《中国古代的音乐寓言与音乐思想》，《光明日报》，1962年1月30日。

“怨”是以“兴”作为表现方式的。刘宝楠《论语正义》:“然必知比兴之道,连类而不伤于径直,故言易入而过可改也。”刘宝楠是从艺术形式方面来理解“怨”的。“怨”在于委婉,在于讽刺,在于“兴比连类”,因而《诗》才能有“不伤于径直”“言易入而过可改”的功劳。

形式和内容问题,也被孔子研究过。孔子从“文质”的研究中,对创作提出“辞,达而已矣”①的理论。

孔子说:“质胜文则野,文胜质则史。文质彬彬,然后君子。”②孔子的意思是要求“文质”的统一,要求“文质”的相适应。棘子成对“文质”的关系不能做孔子那样的理解,他片面地认为:“君子质而已矣,何以文为?”子贡批评了他:“文犹质也,质犹文也,虎豹之鞟犹犬羊之鞟?”③棘子成的片面性东汉王充也批评过他:“棘子成欲弥文,子贡讥之。谓文不足奇者,子成之徒也。”④子成,子贡的讨论“文质”,使我们进一步了解到,孔子是尚质又尚文的,是“文质皆所宜用,轻重等也”⑤。“文质”的问题,大致相当于现在所说的形式与内容问题。

“辞,达而已矣”,是说言辞或做文章,要求表达出内容,说明事实就行了。很明显,孔子要的是“文质彬彬”,是主张创作的形式和内容相适应,是重视内容也重视形式的,并且“辞”为“达”而存在,形式是为内容而服务的。孔子还说过“有德者必有言,有言者不必有德”⑥的话,似乎有轻视形式或反对形式的嫌疑了。但在同一篇里,孔子又强调了形式的作用。他说:“为命。

---

① 《论语·卫灵公》。
② 《论语·雍也》。
③ 《论语·颜渊》。
④ 《论衡·书解篇》。
⑤ 刘宝楠:《论语 正义》。
⑥ 《论语·宪问》。

禅谌草创之，世叔讨论之，行人子羽修饰之，东里子产润色之。”起草一个外交文献，要经过四位贤人的“草创、讨论、修饰、润色”的反复推敲修改的过程，一方面是政治上的庄重，同时也看出了文饰的作用，形式的重要性。孔子评论《韶》“尽美尽善”，评论《武》“尽美未尽善”，这个“美”指艺术，指形式言，“善”指思想，指内容。孔子在艺术批评实践中，也在尽力贯彻形式和内容相适应，艺术和思想相一致的理论。孔子是反对形式主义的。他说：“礼云礼云，玉帛云乎哉？乐云乐云，钟鼓云乎哉？”[①]失去了音乐的内容，而虚有其表地敲敲钟打打鼓，是算不了音乐艺术的。孔子又在强调内容，但是反对的却不是一般形式，而是离开了内容的形式。

孔子对思想和艺术，内容和形式的理解，是有一点辩证法味道的。但是，孔子对艺术理论的这个重要组成部分，却一直存在着不适当的解释。有些同志抓住“事父”、“事君”、“不学诗无以言”的片言只语，大做文章。如有人说：“……自己（指孔子）又是一个志切救民的哲学家，所以他虽然知道诗是抒写情性的，却要加上‘正’‘邪’的限制，这是因为他也是以功用的观点而重视诗，不是以文学的观点而重视诗的缘故。……都是很鲜明的以功利的观点说诗。以故其对于诗，欣赏的情趣，胜不过利用的思想。”[②]郭绍虞主编的《中国历代文论选》（上册）也说孔子的文学观的特点是“特别重视文学和道德修养结合的重要，而不强调形式”，以及“特别重视文学的社会作用”云云。最近，也还有人写文章说孔子的文学理论“是从儒家的功利观点出发的”。[③]孔子

① 《论语·阳货》。

② 罗根泽：《中国文学批评史》（一）。

③ 胡锡涛《略论中国文学史中现实主义的形成》，《新建设》，1962年5月号。

谈艺术是站在奴隶主贵族阶级(或其他什么阶级)的立场上,他既有功利主义的一面,又注意了艺术特点。但这绝不是艺术功利主义。如果孔子是个艺术功利主义者,他是不会要求音乐“尽美尽善”的,也不会陶醉于“洋洋盈耳”的《关雎》音乐,更不会有见了子游施行音乐教育那种狂喜劲儿。问题的关键在于,只囿于功用这一点,对孔子的艺术理论来说,是只见树木,不见森林,只见水滴,不见大海,实有“蔽于一曲而闇于大理”的危险。

(五)

孔子的艺术理论不是从天上掉下来的。《尚书》“诗言志”①的理论可能是“兴观群怨”的源头。《左传》襄公二十九年有季札观乐的故事。季札对各种民间乐曲都做了富有个性的评论,孔子论《关雎》“乐而不淫哀而不伤”“郑声淫”“放郑声”的主张,大概都是“因”于此的。主要的,我们认为,孔子的艺术理论是时代的产物,是阶级斗争的产物,是艺术本身发展的产物。孔子主张“克己复礼为仁”,在艺术上便提出了尚古乐、反对郑卫之音的理论;为了保护“君君臣臣父父子子”的政治制度,于是在艺术上也相应地提出了“可以观”“可以群”“可以怨”的理论。周代已经有了比较发达的现实主义文学,这种文学实践的发展也要求进行理论上的总结和概括,反转过来,使这形成了的理论再去指导艺术的实践。于是孔子的艺术理论应运而生。孔子对生活和艺术的关系的看法是属于唯物论的,因此我们称孔子艺术理论是现实主义的。但这并不等于说孔子主张客观地反映现实社会,普

① 《尧典》“诗言志”这话本不可靠,但“诗言志”的说法在先秦时期却是普遍的。如《左传》襄公二十七年有“诗以言志”的记载,《庄子》有“诗以言志”的记载,等等。由此可以推知“兴观群怨”当有所宗。

遍地反映社会各阶层人民的生活。从整个论述中，可以清楚地了解到，孔子所要反映的社会生活，所要“观”所要“怨”的，是以“思无邪”“温柔敦厚”作为其前提条件的，如果违反了这些戒条，也就是背离了孔子艺术思想的原意。这样看，孔子艺术理论为统治阶级服务的政治目的性是非常明显的。

（《黑龙江日报》1963 年 3 月 12 日）

再谈孔子的艺术理论

——兼答我的批评者

拙作《孔子的艺术理论》一文在黑龙江日报(今年3月12日)发表之后,该报又连续地发表了石芃、岷父、张笔诸同志对它的批评文章[①],读过以后受益匪浅,结果写成了这篇东西,这是批评讨论的好处。我想下面的几个问题还需要再做论说,即:一、孔子艺术理论的核心问题;二、孔子艺术理论的阶级性问题;三、孔子艺术理论的体系及其评价问题。这些看法还不敢说就是正确的,但自己认为还算是"持之有故、言之成理"。希望得到广大读者的指正。

一 "观"是孔子艺术理论的核心,孔子对艺术与生活的关系的理解具有唯物主义性质

石芃同志说:"'兴、观、群、怨'不是孔子谈'文艺理论'的意

① 见4月23日及5月7日《黑龙江日报》。

见，而是孔子用以指导门人去学诗的意见。”[①]这是“死于句下”的汉学家的做法；岷父承认孔子有艺术思想，但引述了我的一些论点（有的并不是我的论点，如“孔子还懂得生活的真实与艺术的真实的关系”之类）之后却做了这样一个判断：“显然，从两千多年前文艺发展的实际来看，从对孔子说这些话的背景、立场目的来看，当时的孔子是不可能有这些思想的。”[②]岷父不“死于句下”，却能大胆地臆想，因为是臆想，这种否定的判断比前者来得轻率。“死于句下”不好，简单否定更不好——且看事实与道理。

理论是经验的总结和概括，艺术理论是艺术经验和艺术活动的总结和概括。孔子是春秋时期的大思想家，而艺术思想则是他整个思想体系的一个组成部分，这是不言而喻的。看来孔子有艺术理论是不成问题的了。但是，他的艺术理论的核心是什么呢？我认为，“观”是孔子艺术理论的核心，“可以观”是一个卓越的命题，肯定或否定孔子的艺术理论，对这个问题都要做出回答。我在《孔子的艺术理论》一文中说：“‘观’有两方面相联系着的意义，一方面是《诗》反映了社会现实，这是根本的；因此，另一方面，《诗》可以用来观察社会，可以用来研究社会。”这是在尊重历史事实的基础上得出来的必然的逻辑理论。石芃同志对此批评道：“至于董国尧同志把‘观’竟然和‘反映’混而为一，把古代素朴的读诗法与科学的文艺创作的方法论混而为一，这是对孔子思想的曲解，更是对马克思主义的庸俗化。”（《试说“兴、观、群、怨”及其他》。）要指明两点：（一）我只是说，通过“可以观”这一命题，使我们了解到，孔子对艺术与生活的关系的看法

① 《试说“兴、观、群、怨”及其他》，4 月 23 日《黑龙江日报》。

② 《辩古今》，4 月 23 日《黑龙江日报》。

是明确的，即艺术是生活的反映，并没有在“观”和“反映”之间画等号，没有曲解什么孔子的思想；（二）艺术反映现实的问题，是属于艺术的本质问题，而不是什么“科学的文艺创作的方法论”之类，所以，这里也不存在“对马克思主义的庸俗化”的问题。

怎样去理解“观”？郑玄、邢昺、朱熹等人对“观”的理解深得孔子的本意。说法尽管不一样，但意思却是明白的一个：即通过《诗》可以观察政治得失，可以观察社会生活变化。他们当然是从各自的阶级立场去看《诗》的。值得我们欣喜的是，古代的这些封建学者秉承着孔夫子的遗教，承认《诗》反映了社会生活，承认《诗》与社会政治有密切联系，承认《诗》的社会作用，承认《诗》可以用来做从政的工具，而不把《诗》解释为“绝对的理念”，解释为“心造的幻影”，这样的思想值得我们去研究。孔子没有具体说从《诗》中“可以观”些什么，但是考察一下孔子在日常社会生活里观察的事物和对象，对“可以观”将是最好的注解。

（1）子曰：“禘，自既灌而往者，吾不欲观之矣。”（《八佾》）；

（2）子曰：“居上不宽，为礼不敬，临丧不哀，吾何以观之哉？”（《八佾》）；

（3）子曰：“父在，观其志；父没，观其行；三年无改于父之道，可谓孝矣！”（《学而》）；

（4）子曰：“视其所以，观其所由，察其所安。人焉廋哉？人焉廋哉？”（《为政》）；

（5）子曰：“如有周公之才之美，使骄且吝，其余不足观也已。”（《泰伯》）；

（6）宰予昼寝。子曰：“朽木不可雕也，粪土之墙不可杇也；

于予与何诛？”子曰：“始吾于人也，听其言而信其行，今吾于人也，听其言而观其行。于予与改是。”（《公冶长》）；

（7）子曰：“人之过也，各于其党。观过，斯知仁矣。”（《里仁》）

这里使我们知道：（一）从社会范围看，孔子对于僭越“禘”礼这样的行为，对于“居上不宽，为礼不敬，临丧不哀”的统治者，深表不满，他不想观，也没法观下去。（二）从一个人来看，孔子注意观察人的道德修养，注重“观其志”、“观其行”、“观其所由”。（三）结合起来看，孔子观察的是社会关系的变化是否符合他的仁礼学说，而“观过，斯知仁矣”具有概括意义。由此我们不难想见，孔子在《诗》里要观察些什么。这个“观”，不是随意地看看，而是有意识地利用《诗》来调查研究社会的政治情况。后儒的注释，多能体会孔子的意思。郑玄注：观风俗之盛衰。《汉书·艺文志》：故古有采诗之官，王者所以观风俗，知得失，自考正也。何以“观风俗，知得失”？《毛诗序》解说得好：“情发于声，声成文谓之音。治世之音安以乐，其政和；乱世之音怨以怒，其政乖；亡国之音哀以思，其民困。故正得失，动天地，感鬼神，莫近于诗。”唐孔颖达在《礼记·王制》“命大师陈诗以观风”句下疏云：“此谓王巡守见诸侯毕，乃命其方诸侯。大师是掌乐之官，各陈其国内之诗以观其政令之善恶。若政善，诗辞以善；政恶，则诗辞亦恶，观其诗则知君政善恶……”至于朱熹的“考见得失”则已无甚发明。很明显，这些解经家在承认诗反映了社会的政治生活的条件下，去阐述“可以观”，去强调诗为统治阶级服务的“迩之事父远之事君”的政治目的性的。所以，“可以观”是有一定阶级属性的东西，即统治阶级从《诗》中考察社会关系，阶级关系的变化，借以改善统治人民的措施，使之达到“可以群”“可以怨”的目的。“群”“怨”既是“观”的对象,又是“观”的目的。“可以观”有特定的历史内容,做随意性的解释是不行的。

“可以观”就字面讲,是说“《诗》可以供人们观察”,杨伯峻把它译为“可以提高 观察力”[①]《中国历代文论选》编者解释说:“读者在作品中体会作品所反映的时代生活,才能‘考见得失’‘观风俗之盛衰’,这就是观。”[②]这样的说明,不能算作“现代化的阐述”(石芃语)。否则,拘泥于句下,我们尽可以说孔夫子“兴、观、群、怨”这席话都是不通的,因为“兴、观、群、怨”下面都没有宾语。其实,“《诗》(古代诗、乐、舞不分,《诗》可看做艺术的代名词)可以观”在孔子时代是一个艺术理论方面的术语。《左传·襄公二十七年》(孔子尚在幼年)赵孟请七子赋诗“以观七子之志”。文子在这里讲出了“诗以言志”的话。这是“诗可以观志”。过了二年,鲁襄公二十九年时,吴公子季札游历鲁国,叔孙穆子为季札举行了一个音乐会。鲁国乐工为季札演出了反映各地方生活的音乐舞蹈节目。每看一个节目之后,季札都能根据乐曲的内容评论这个国家的民情风俗。如评论郑乐:“美哉!其细已甚,民不堪也,是其先亡乎?”评豳乐:“美哉!荡乎,乐而不淫,其周公之东乎?”等等。这是说“乐可以观风”。从“诗以观志”“乐以观风”到孔子的“《诗》可以观”,是一个历史的发展过程。“诗言志”这话孔子没有说过,而说“言志”却不止一次,如“盍各言尔志”[③]“亦各言其志也”[④]“言以足志,文以成言。不言,谁知其志?”[⑤]等等,“诗言志”的意思孔子可能是了解了的,“兴、观、群、

① 《论语译注》)。
② 郭绍虞主编:《中国历代文论选》上册,中华书局,第 3 页。
③ 《论语·公冶长》。
④ 《论语·先进》。
⑤ 《左传·襄公二十五年》。

怨”的内涵当包括“诗言志”。诗、乐有“观志”“观风”的作用，这个思想在孔子这里简直有些变本加厉了：他竟说：“不学诗无以言”[①]“而不为周南、召南其犹正墙面而立”[②]“诵诗三百……不能专对，虽多亦奚以为”[③]。孔子接受了诗、乐“观志”“观风”这样的传统，意识到了诗、乐是社会政治生活的反映，因而特别重视诗乐的政治教育作用，不必说，这种重视诗乐教育作用的出发点和终极目的是为其奴隶主贵族阶级服务的。

艺术观点不是孤立存在的，它是哲学观点的一部分，哲学观点在制约着艺术观点。孔子是个唯心论主义者，抑或是个唯物主义者，学术界尚无公论。笔者认为，孔子思想中的唯物主义因素对艺术思想的形成起了积极的作用，特别是认识论、教育思想方面的唯物主义因素跟孔子的艺术观点是一脉相通的。孔子“不语怪、力、乱、神”[④]，对鬼神采取“敬而远之”[⑤]的怀疑态度，范文澜同志说：“这种对鬼神的不可知论，实质上掩藏着唯物主义的因素。”[⑥]孔子说：“天何言哉？四时行焉，百物生焉，天何言哉？”[⑦]，“道之将行也与？命也；道之将废也与？命也，公伯寮其如命何？”“……五十而知天命……”[⑧]，等等。郭沫若对天命的看法：“然而孔子所说的‘天’其实只是自然，所谓‘命’是自然之数或自然之必然性，和向来的思想（指殷周把“天命”看成“至上的人格神”的思想，笔着）是大有不同的。”[⑨]“天命”是自然的必然性，是客

① 《季氏》。
② 《阳货》。
③ 《子路》。
④ 《述而》。
⑤ 《雍也》。
⑥ 《中国通史简编》修订本，第一编，第 205 页。
⑦ 《阳货》。
⑧ 《子路》。
⑨ 《青铜时代》，科学出版社，第 45 页。

观事物的法则，孔子一生都在追求“天命”，在穷“天命”。“学而时习之”是孔子的知识论、教育学说的中心思想。孔子说：“吾尝终日不食，终夜不寝，以思，无益，不如学也。”[①]“我非生而知之者，好古敏以求之者也。”[②]这是说知识可以从书本(“好古”)中学来，而空想是没有用处的。孔子反驳子贡说：“太宰知我乎。吾少也贱，故多能鄙事。”“牢曰：子云，‘吾不试，故艺。’”[③]这是说技能来自于实践的活动，只要“发愤忘食乐以忘忧”地去学，知识便能获得。孔子强调后天学习。孔子思想中的这种唯物主义的因素，尤其是 知识论、教育学说体现出来的唯物主义知识论的思想，构成了艺术理论“可以观”的哲学基础。所以，我们说“可以观”肯定了艺术是生活的反映这个富有根本理论意义的命题，从这里出发，孔子认识了艺术的社会作用，强调了艺术的阶级性，接触到了艺术的特征问题，——这就是我们坚持“可以观”是孔子艺术理论的核心的道理。而这样的观点是唯物论的。

二　“仁、礼”贯注“观、群、怨”，孔子艺术理论的阶级实质

石芃等同志批评我没有用马克思主义的阶级分析方法来讨论孔子的艺术理论，对，我们是应当说明孔子艺术理论的阶级性的。这个问题是比较复杂的，因为孔子政治学说的评价和他的阶级立场等问题还没有解决。但是正如同不能等待春秋社会性质解决后再讨论孔子思想一样，我们也不能等待孔子思想评价问题彻底解决了以后再来讨论孔子艺术理论的阶级性，“束手待

① 《卫灵公》。
② 《述而》。
③ 《子罕》。

魏”不是积极的办法。因此，我们试着探索这个问题。

孔子的艺术理论，究竟是属于哪个阶级的，比如简单地宣判它是奴隶主贵族阶级的[1]，这是容易做到的，问题在于怎样去具体地说明它。我以为，必须指出孔子艺术理论与其政治学说之间的关系，揭穿“观、群、怨”与“仁、礼”之间的内在联系，才能确切地说明孔子艺术理论的阶级性。在《孔子的艺术理论》一文里我说过：“孔子的艺术理论，和他的政治学说是一致的，确切些说，‘仁、礼、诗、乐’在孔子的学说里是一个完整的统一的有机体。”还说：“孔子主张‘克己复礼为仁’，在艺术上便提出了尚古乐、反对郑卫之音 的理论；为了保护‘君君臣臣父父子子’的政治制度，于是在艺术上也相应地提出了‘可以观’‘可以群’‘可以怨’的理论。”因为篇幅的限制，在那篇文章里对这些论点没能进行详细的申述，现在写出自己的看法，以揭示孔子艺术理论的阶级实质。

我们从四方面来说明这个问题。

第一，孔子维护艺术为政治服务的直接目的性，维护艺术享受的等级制度。历史上一切的统治者无不过着花天酒地的荒淫无耻生活。他们挥霍人民创造的物质财富，同时更糟蹋人民创造的精神财富。人民创造了文学艺术，却被剥夺了享受文学艺术的权力。孔子也是主张欣赏、享受音乐艺术的，但如果为了享受艺术而贻误了政事，孔子便拂袖而去了。“齐人归女乐，季桓子受之，三日不朝，孔子行。”[2]据说孔子任鲁国大司寇时，鲁国威望大增，震惊了邻居齐国。齐国于是送给鲁国一个由八十个女子组成的“歌舞团”，在鲁国城下歌舞演奏，弄得鲁君不问朝政。对观

① 张笔：《怎样理解孔子的艺术理论》，《黑龙江日报》，5月7日。

② 见《论语·微子》及《史记·孔子世家》。

赏这种毫无政治内容而近于声色的艺术,孔子谏阻无效,只好离开鲁国。学习音乐、学习诗歌而对政治没有直接的帮助,是孔子反对的,这是"诵《诗》三百授之以政,不达;使于四方,不能专对,虽多,亦奚以为"?[①]的文艺为政治服务的主张。

《论语·八佾》:"孔子谓季氏:'八佾舞于庭,是可忍也,孰不可忍也?'"同一篇里还有:三家者以《雍》彻。子曰:"'相维辟公,天子穆穆',奚取于三家之堂?"由八列每列八人组成的六十四人的大型舞蹈,只有天子独自享受,诸侯、大夫享受了,孔子就发出了"是可忍也,孰不可忍也"的愤怒斥责,那么一般的奴隶群众与此更是无缘了。《雍》那样的诗歌,也只有天子唱得、听得,却没有诸侯、大夫的份,由此可见孔子在艺术享受上规定了多么严格的等级界限。孔子不但在政治上悽悽惶惶地维护奴隶主贵族制度而不遗余力地活动着,而且在艺术享受的特权上也在为这个行将灭亡的阶级极尽维护之能事。

第二,我们必须揭穿"观、群、怨"与"仁、礼"之间的内在联系,唯有如此,我们才能更好地确论孔子艺术理论的阶级性。

(1)子曰:"人而不仁,如礼何?人而不仁,如乐何?"(《八佾》);

(2)子曰:"兴于诗,立于礼,成于乐。"(《泰伯》);

(3)子曰:"先进于礼乐,野人也;后进于礼乐,君子也。如用之,则吾从先进。"(《先进》);

(4)子路问成人。子曰:"若臧武仲之知,公绰之不欲,卞庄子之勇,冉求之艺,文之以礼乐,亦可以为成人矣。"(《宪问》)

孔子在这里指出,"不仁"的人,必不能实行礼乐,一个人要

① 《论语·子路》。

从“诗、礼、乐”三方面去进行修养，“成人”除了四子的“知、不欲、勇、艺”之外，最后必须“文之以礼乐”，做官必须“先进于礼乐”，一句话——“仁人”离不开礼乐与诗。“仁礼”是“诗乐”的本质，没有“仁礼”精神充斥于“诗乐”，孔子的艺术理论即不可理解。为什么孔子如此重视礼乐？《乐记》总结了这个思想：“礼节民心，乐和民声，政以行之，刑以防之，礼、乐、刑、政，四达而不悖，则王道备矣。”诗能“兴、观、群、怨”，乐能“移风易俗”，“诗乐”有如“政刑”一样的功用，因此孔子的极力宣传“诗乐”，真不下于他的提倡仁与礼。仁学贯彻着孔子的艺术理论。

孔子从《诗》里所要“观”的，就是看《诗》体现出来的社会政治生活是否合于他的“仁”的思想，如果不是“仁”的精神，即要用“怨”用“群”去使之归附于“仁”的思想。所以不能平列地去看“兴、观、群、怨”。而应指明它们的内部联系，即“观”是有统摄的作用，其他的“兴、群、怨”只居从属地位。“仁”的内容是什么，大家看法还很不一致。但是，“仁者，爱人”，“夫仁者己欲立而立人，己欲达而达人。能近取譬，可谓仁之方也已”（《雍也》），“出门如见大宾；使民如承大祭，己所不欲，勿施于人。在邦无怨，在家无怨”（《颜渊》），“克己复礼为仁。一日克己复礼，天下归仁焉”（《颜渊》），“非礼勿视，非礼勿听，非礼勿言，非礼勿动”（《颜渊》），这些总是“仁”的中心思想。“仁学”的实质，在于调和社会的各种矛盾，使“君臣父子有别”“男女长幼有序”，以维持“君君臣臣父父子子”这样的政治制度，以图挽救礼坏乐崩这样的社会总趋势。在这一套“仁、礼”学说大道理指导下，孔子还倡导德政，反对“政”“刑”这样强力的统治。“子曰：‘道之以政，齐之以刑，民免而无耻。道之以德，齐之以礼，有耻且格。’”（《为政》）“孔子对曰：‘子为政，焉用杀？子欲善，而民善矣。君子之德风，小人之德草，草上之风必偃。'"(《颜渊》)大变革的春秋时代，社会充满了矛盾，尔虞我诈，人们之间很少信任，即"君子周而不比，小人比而不周"(《为政》)。孔子于是强调"信"。"子以四教：文、行、忠、信"(《述而》)，"自古皆有死，民无信不立"(《颜渊》)"信则人任焉"(《阳货》)。在阶级社会里根本就不会有什么统一的"信"，孔子的"德政"，孔子的"信"，如同他的"仁学"的苦心设计一样，都是枉费心机。对孔子"仁学"的阶级性，我同意这样的看法：其基本上是站在奴隶主贵族的立场上，为维护奴隶主制度而提出了"克己复礼为仁"为中心的"仁学"理论，用来调和社会变化了的阶级关系，即新兴地主阶级与奴隶主贵族之间的矛盾、奴隶主贵族内部的矛盾、剥削阶级与被剥削阶级之间的矛盾，所以，孔子"仁学"在根本方面是保守的。但还有另外的一面，即孔子从统治阶级利益出发，要统治阶级实行"仁政"，减轻一些对劳动人民的剥削，在客观上对劳动人民是有好处的，当然，这只是缓和阶级矛盾的措施，在主观上孔子是不会对劳动人民发善心的。正因为孔子在政治上从奴隶主贵族阶级利益出发提出了这样的"仁学"思想，而在艺术上也要求诗反映社会（"可以观"），并要反映一定的社会矛盾、对社会具有调和作用（"可以群""可以怨"）则是很自然的事情。孔子所要"观"的，即"仁礼"的学说在社会上实行得怎么样；孔子所要"群"的，即人与人之间的关系要合于"仁礼"的原则；孔子所要"怨"的，即不合于"仁礼"原则的事情。其他的如"思无邪"的原则，"温柔敦厚"的诗教，"乐而不淫、哀而不伤"的思想，"事父"、"事君"的思想，都是以"仁礼"学说作为其政治标准的。孔子政治学说的基点在调和社会诸阶级之间的矛盾，目的在于改善阶级关系以求奴隶制度的巩固。如果这个认识是不差的话，对孔子的艺术理论做出这样估计也是不差的:“所谓诗‘可以群’即有调节人和人的关系的作用,特别是调节统治阶级内部关系的作用。由是观之,‘群’主要是指人与人的关系而言。‘可以观’‘可以群’,虽然是就文艺的作用而发,但‘群’却是‘观’的对象,亦即文艺(如《诗》)是反映社会的,是可以认识社会的,但主要是通过人和人的关系来反映社会和认识社会的,而文艺改造社会的作用也首先在‘群’,在对人的作用或改造上。”①

第三,教育家的孔子,他推行诗乐教育的目的是使青年们懂得“仁礼”的学说,以便使青年们成为为奴隶主制度的巩固而奔波忙碌的工具。孔子虽然提倡“有教无类”,但其教育的阶级性仍然是掩盖不了的。这个问题殊为明显,不需要多讲。

第四,在郑声与雅颂的斗争中,孔子是站在保守方面的。孔子对雅颂古乐赞扬备至。他整理过音乐,使“雅颂各得其所”;弦歌三百五篇,也是尽“合《韶》《武》雅颂之音”;称赞《韶》《武》音乐“尽善尽美”,等等。雅颂古乐总会保有些孔子喜欢的西周传统思想,能体现孔子的“仁礼”政治思想,所以孔子对雅颂古乐的偏爱是很可以理解的。郑声是什么?司马迁说:“治道亏缺而郑音兴起”“自雅颂声兴,则已好郑卫之言,郑卫之音所从来久矣”(《史记·乐书》),政治衰败而兴起郑卫之音,并且已有悠久历史。《乐记》关于郑卫之音的记载,最好说明问题:魏文侯问于子夏曰:“吾端冕而听古乐,则唯恐卧;听郑卫之音,则不知倦,敢问古乐之如彼何也?新乐之如此何也?”文侯又问“溺音从何出”,子夏回答说:“郑音好滥淫志,宋音燕女溺志,卫音趋数烦志,齐音敖辟乔至。此四者,皆淫于色而害于德,是以祭祀弗用

① 《孔子的艺术理论》。

也。”

这里的郑卫之音即齐宣王的“直好世俗之乐”(《孟子·梁惠王下》),赵岐注:“直好世俗之乐,谓郑声也。”据此我们知道:

(一)所谓的郑卫之音(应看作民间音乐的代名词)产生的时间也比较早,不过在西周时还不很得势罢了;而到了孔子的时代,不但发展壮大,而且“乱雅乐”,使孔子憎恶得要“放郑声”,可谓声势之大矣!

(二)所谓“治道亏缺而郑音兴起”,即郑卫之音反映了各国人民生活的变化和情感意志,这种内容被子夏斥为“皆淫于色而害于德”,它和雅颂这些庙堂音乐大异其趣,所以“祭祀弗用”,此即孔子“放郑声”的道理所在。

(三)这个郑卫之音,使魏文侯这些统治者听了不知疲倦而精神振奋,可以想见郑卫之音是以怎样的艺术魅力征服了古乐,而风靡一时。还可以想见,郑卫之音是怎样的清新刚健,为人民所喜闻乐见。这里,我们看到了一点古代文艺斗争的情景了。孔子“郑声淫”这个思想很坏,几乎近两千年一切正统的封建文人每当反对人民艺术时就抬出了这块盾牌。

上面的叙述:孔子反对季氏享用“八佾”那样大型的舞蹈,反对季氏享用《雍》那样的乐歌,把诗、乐抬高到仁、礼那样的至尊地位,推行诗乐教育,提倡雅颂古乐,反对郑卫之音,所有这些事实都清楚地说明了孔子艺术理论的强烈阶级性,即奴隶主贵族阶级的艺术理论。虽然如此,为了使艺术更好地服从孔子的政治学说,孔子还主张艺术反映一定的社会生活与斗争,即“可以观”的理论。这就形成了孔子艺术理论的复杂性:基本的保守一面,和可取的进步一面。后面还要论到,这里不赘。

三　孔子艺术理论的体系及其评价

孔子艺术理论当然是萌芽状态的东西，但却接触了艺术理论的许多重要问题，诸如艺术与生活的关系、艺术的社会功用、形式和内容的关系、艺术的特征性等等，因此我们说孔子的艺术理论是有体系的，并且是“一以贯之”的，“一”即“可以观”这个艺术反映现实生活的命题。这里着重讨论一下孔子对艺术特征的理解问题，因为它一向为人们所忽略。

孔子说的“可以兴”，是从《诗》反映生活特征方面来谈的，是从《诗》在影响人们、对人们起作用的特点方面来谈的，这说明了孔子对“诗”是有些特别的理解的，否则，他为什么不说《书》可以兴？孔子意识到了《诗》与《书》在反映现实的形式上是有些区别的，这个特别的认识无以名之，叫它做“兴”。古人也好，今人也好，读《诗》的时候，总会受到艺术力量的感染，不过这个感受为孔子“可以兴”一语道破罢了。孔子发现了《诗》反映现实生活的艺术美。汉朝的解诗者接受了孔子的这个思想，并且大大地发挥了，而创造出“赋比兴”这一套理论来。“兴”是《诗经》创作经验、艺术技巧的概括。据朱自清先生研究，《诗经》被《毛传》定为“兴诗”的有一百六十首，占全诗的百分之三十八。我们把“兴”当成《诗经》创作经验的总结，读平声去声都可以。钟嵘的“文已尽而意有余，兴也。”是很启发人的见解。这是说诗有含蓄的境界。孔子的原意未必如是。不过这总说明“兴”的内容很丰富。所以，把“兴”光解释成诗的一种作用是不够的。“兴”已成为中国传统美学里的一个重要概念。刘勰《文心雕龙》专有《比兴》篇，不过，这个已经离开了本文论述的范围。

孔子于《诗》有“可以兴”这样艺术特性的认识，而从对音乐的欣赏上看，更可断定孔子又有很高的艺术审美能力。试读这些言论：

(1)子在齐闻《韶》，三月不知肉味。曰："不图为乐之至于斯也。"(《述而》)

(2)子曰："师挚之始，《关雎》之乱，洋洋乎，盈耳哉！"(《泰伯》)

(3)子语鲁大师乐，曰："乐，其可知也。始作，翕如也。从之，纯如也，皦如也，绎如也，以成。"(《八佾》)

(4)子谓《韶》："尽美矣，又尽善也。"谓《武》："尽美矣，未尽善也。"(《八佾》)

(5)孔子学鼓琴师襄子，十日不进。师襄子曰："可以益矣。"孔子曰："丘已习其曲矣，未得其数也。"有间曰："已习其数，可以益矣。"孔子曰："丘未得其志也。"有间，曰："已习其志，可以益矣。"孔子曰："丘未得其为人也。"有间，有所穆然深思焉，有所怡然高望而远志焉。曰："丘得其为人，黯然而黑，几然而长，眼如望羊，如王四国，非文王其谁能为此也！"师襄子辟席再拜，曰："师盖曰《文王操》也。"①

毫无疑问，孔子对音乐的美感作用非常敏感。他时而为音乐美而陶醉，达到三月不知肉味的程度；听了太师挚的演奏后，情不自禁地发出了"你表演的太好了，动人的旋律，萦绕耳际，不绝如缕"的赞叹；赞叹了不行，还要去和鲁大师研讨，对乐曲进行详细的结构分析；分析了还不够，他还要用"美善"的概念来评判一下高低优劣，说《韶》"尽美尽善"，说《武》"尽美未尽善"。两千多年前的古人，对音乐艺术有这样的审美感受，而且使这审

---

① 《史记·孔子世家》。

美感受变成审美判断，形成一种理论，用作评价音乐的标准。张笔同志硬说“美善”是“道德理论的标准”，说孔子欣赏《韶》乐“三月不知肉味”“主要还是由于他（指孔子）敬仰虞舜和武王的政治”，这些只说对了一面，而主要的，张笔同志忘了孔子欣赏的是音乐艺术，而不是读科学论文；这里的所谓伦理道德是在领会了艺术的形式美之后获得的，离开了艺术的形式美，即把艺术当成了科学，这势必要抹杀艺术这种特殊的意识形态与科学的区别。从上引第五条看出，孔子本人学习音乐时，也是在理解了音乐的形式美——“习其曲”“习其数”而后“习其志”“得其为人”的；孔子重视艺术的社会功用是有口皆碑的事实，但孔子是建立在对艺术特殊性的理解上来强调艺术的功用的。这是评价孔子艺术理论的重要方面。虽然也是萌芽的东西，却值得我们的注意。

我们之所以坚持说孔子的艺术理论是有体系的，是因为孔子不但有艺术是生活的反映这样朴素的唯物主义的认识，极其重视艺术的认识价值，而且对作为一种特殊的意识形态的艺术的反映生活的特性也有一定的了解，事实如此，我们不能不这样去看。

通过上面的论述，我们有可能和有必要来评论孔子艺术理论的功过了。孔子的艺术理论是他的政治学说的反映，就是说这种艺术理论具有鲜明的阶级烙印。孔子为奴隶主阶级服务的艺术思想的实质是无论如何也掩饰不了的。这是问题的基本方面。但是孔子在政治上注重人事关系，注重调和阶级关系，注重现实问题，所以在文艺上，孔子也强调艺术的社会性，重视艺术的社会功用，力求通过艺术的力量改进人与人之间的关系，即“可以观，可以群，可以怨”的艺术理论。这是说，孔子为了统治阶级的利益,还承认艺术的社会性,还要求艺术反映一定的社会生活与斗争,这样做却在客观上对人民是有一定好处的。在那个时代,孔子艺术思想的这个方面不能不说有一定的进步意义。这种进步性当然是有限的,因为还要用"仁""礼""思无邪""温柔敦厚"这些教条作为艺术的最后衡量标准。

先秦时期,墨家认为音乐(艺术)"饥不可为食、寒不可为衣",这种极端的看法根本不会认识艺术的社会作用;道家的庄子倒是一位文学巨匠,其哲学思想是唯心主义、相对主义的,其人生态度是消极的虚无主义、悲观主义,因此对艺术现象只是淡而漠之;唯有儒家的孔子,能正视艺术现象,承认艺术的积极社会作用,主张艺术要反映一定的社会现实生活,而初步地勾勒出了一个现实主义的艺术理论体系。这里说的"现实主义的艺术理论体系",当然要加上"原始的"或"素朴的"或"萌芽的"这样的形容词,否则会起到无端的误会。孔子的艺术理论是不是现实主义的,还是值得讨论的。郭绍虞先生在《中国古典文学理论批评史》一书中,以《现实主义理论批评的萌芽》做标题论述孔子和墨子的文学观,结论是肯定的,而最近发表文章却修正了这个论点,其主要理由有两点:(一)"但由于强调封建伦理,就使事父事君成为文学的最后归宿了"(二)"又由于强调'博学'一义,就更要注意到学术性的问题"[①]。张笔同志说:"……所以当我们考察分析孔子的诗歌音乐等文艺言论时,就不能把他当作外国的巴尔扎克,也不能把他当作我国古代杜甫和白居易。"[②]岷父说:"试问,假如按照作者的意见,孔子就是一位体系完备的现实主义文艺理论家了,既有唯物论,又有辩证法,那么一部中国文学

① 《文学评论》,1963年,第4期第65页。
② 《黑龙江日报》,1963年,5月7日。

批评史又将从何写起，将置王充于何地，置刘勰于何地！”[①]争论的焦点在于：现实主义艺术理论的标本是什么？文学的现实主义是一个发展的历史的概念，《诗经》的现实主义和杜甫的现实主义和《红楼梦》的现实主义是不相同的。与现实主义文学相适应的，现实主义的文学理论也是一个历史的发展过程，孔子的“兴、观、群、怨”理论和白居易的“文章合为时而著，诗歌合为事而作”的理论当然也是不同的。考察一种文学理论是否是现实主义的，其最基本的也是最重要的标准是：看它对文学艺术与现实的关系的看法如何，如果认为文学是现实生活的反映，承认文学具有客观社会内容，这便是现实主义的文学理论，孔子正是这样的，所以我们说孔子的艺术理论是现实主义的。那种把孔子和王充和刘勰对立起来的做法，那种非白居易的诗歌理论、非外国的巴尔扎克、非诗圣杜甫的现实主义文学就不是现实主义理论和现实主义文学的理论，都缺乏对现实主义理论的历史理解，依这种规矩去方圆一切，即是以今人的标准论古人，要古人做在他的时代不可能做到的事情，这样的结果必然是否定过多，同样是把古人现代化的反历史主义的做法。难道要孔子说出“客观地真实地反映现实”甚或是“典型环境中的典型性格”才算是现实主义的文学理论吗？这只能是笑话而已。郭绍虞先生责难孔子把文学的目的归结为“事父”“事君”，孔子是剥削阶级的思想家不这样主张是不行的。郭先生意见的实质是否是这样：只有主张反映劳动人民生活的理论，才能算现实主义的理论？如果是，那就把现实主义理论的标准定得太高了。持这种主张的在古代很少见，那只能是近代批判现实主义理论家的任务。很希望郭先生再写文

①《黑龙江日报》，1963年4月23日。

章谈谈这方面的问题。

孔子的艺术理论如同他的思想一样，对后世的影响是很大的，这需要专门的研究。历史是一个不断发展的过程，研究事物的低级阶段有助于认识事物的高级阶段。孔子主张文学反映一定的社会生活，重视艺术的社会作用，要求文艺服从于政治的斗争，这些虽然都是萌芽的东西，但是也值得人们注意。没有文学批评史的研究想要建立科学的文艺理论（或美学理论）那几乎是不可能的事情。党的八届十中全会教导我们，在无产阶级革命和无产阶级专政的整个历史时期，在由资本主义过渡到共产主义的整个历史时期，都存在着阶级斗争。这种阶级斗争反映在经济、政治、思想、文化各个方面，在学术领域内也必然得到反映，正如中国科学院哲学社会科学部委员会第四次扩大会议指出的："如何对待历史遗产的问题，实际上是涉及意识形态领域无产阶级思想和资产阶级思想、封建主义思想的斗争的问题，是历史唯物主义和历史唯心主义两种不同历史观的斗争的问题，是在历史科学的领域内要不要树立马克思主义批判旗帜的问题。"①一年来国内学术界关于方法论的争论，充分地证实了学术领域内阶级斗争的严重存在。毛主席二十五年前曾指示我们："从孔夫子到孙中山，我们应当给以总结，承继这一份珍贵的遗产。这对于当前的伟大的运动，是有重要的帮助的。"②这个批判继承历史遗产的原理同样适用于今天。工人阶级在取得政权以后，有权利要求自己的哲学、社会科学各部门，以战斗的精神去批判历史遗产，摒弃其糟粕部分，吸收其对工人阶级一切有价值

① 《人民日报》，11月25日。

② 《中国共产党在民族战争中的地位》。

的东西，以便自觉地形成社会主义的上层建筑，帮助社会主义革命和社会主义建设的伟大革命运动。如何使当前的哲学、社会科学工作更加有力地帮助社会主义革命和社会主义建设的伟大运动，是这次方法论讨论的直接任务，更是哲学、社会科学各部门今后的长期任务。“一切历史遗产，只有用马克思主义的历史主义的阶级分析的方法加以分析判断，才能区别其中的精华和糟粕，决定去存取舍遗产中的精华，也只有经过马克思主义的批判，才能成为科学的东西，才能成为对于我们今天有意义的东西”①。本文作者正是抱着这样的愿望去从事学习和研究中国古代文艺理论的，但事实与愿望总是有距离的，甚至是完全相反，如果是这样，我愿意在不断地改正错误中求得进步。

（未刊稿，1963 年 12 月 16 日）

① 中国科学院哲学社会科学部委员会第四次扩大会议的报道，《人民日报》，11 月 25 日。

《荀子·乐论》探析

——兼评周谷城的《礼乐新解》

音乐艺术在周秦时代已经很发达，特别是它有显著的社会作用，因此为一般的政治家、思想家所重视，并且把它当作从事政治斗争的一种工具，孔子就是这样。孔子大体上认识了音乐（即艺术）的社会作用，对音乐艺术的特征也有萌芽状态的认识，初步地建立了礼乐合一的艺术思想[①]。从孔子到荀子的先秦儒家学派，以及《吕氏春秋》中关于音乐的记载，使我们知道先秦的儒家对音乐艺术有较深刻的理解，据说这方面的文献是《乐经》。真的有没有《乐经》，还有待于学者的考证；但是儒家的礼乐美学思想却流传下来了，这就是《荀子·乐论》。这篇《乐论》和《礼记·乐记》、《史记·乐书》在内容上大同小异，因此讨论《乐

① 参考拙作《孔子的艺术理论》，黑龙江日报，1963 年 3 月 12 日。

论》同时,也涉及《乐记》这部著作①。

荀子的《乐论》诚然是中国美学史上的宝贵文献,因为它对艺术理论的很多根本性问题,诸如音乐的本质、音乐的产生、音乐的功用等都做出了接近于唯物主义的回答,但是我们应当怎样批判地继承这分美学遗产呢?是盲从地、毫无批判地做出许多“新解”把它捧到天上去呢?还是进行严肃地历史唯物主义的批判而做出科学的结论呢?答案当然是后者,而不是前者。我们从下面的几个具体问题,可以看出,当你一旦抛弃了历史唯物主义的观点和阶级分析的方法去对待文化遗产,去研究美学史的时候,就必然地得出这样的或那样的千奇百怪的“新解”来,这样的“新解”不但距离马克思主义的结论多么遥远,就是和两千多年前的聪明的古人比较起来,也显得非常的落后。

一 “乐”的真正含义是什么?

“乐”真的像周谷城说的是一种“乐器”吗?

在《礼乐新解》里,周谷城对“乐”字字形做了详细的考证之后,得出结论说:“……就大小鼓来说,乐是乐器。……乐当然不止乐器,但乐器确是乐的基本意义。除此之外,也有两个引申的意义,即快乐与音乐是也。上面所谓小言之曰喜,独言之曰喜云云,即快乐的意思。所谓乐者出于人心,布之于管弦云云,即音乐的意思,人类的社会斗争,或生产斗争,获得了胜利,自然快

---

① 郭沫若在《公孙尼子与其音乐理论》里说,《乐记》在《乐论》前,我认为恰恰相反,理由如下:

(一)梁启超曾论《礼记》抄袭《荀子》曰:“《荀子》被《礼记》採抄的也不少,如《修身篇》、《劝学篇》变成《大戴礼记》的《礼三本篇》与《劝学篇》了。我们信仰荀子不会抄袭别人,而且那两篇的思想也确乎是荀子的思想,可知一定是《礼记》抄自《荀子》,而且又戴上了曾子的帽子,倘使不知底蕴,岂不又把他的年代提前百余年吗?”梁说是。郭文见《青铜时代》,第199页,梁文见《古书真伪及其年代》中华书局,1955年,第128页。

(二)《乐论》的学术思想,文章风格,与《荀子》其他各篇同,此为荀子所独有。

(三)荀子说:“不问先王之遗言,不知学问之大也。”(《劝学》)荀子也继承了一些思想遗产,而继承与“抄袭”“翻版”云云则是两回事。

乐；把快乐用乐器表现出来，即成音乐。快乐、音乐、乐器三种意义，都是乐字所具有的；正如规律、纪律、礼品三种意义，都是礼字所具有的一样。”“乐就是乐器”，这真是新鲜的见解；不要说马克思主义者对“乐”的看法与此截然不同，就是距今两千年前的荀子也未必如是观。让我们看看荀子以及《乐记》的作者是怎样看待“乐”的吧！

荀子，这位战国末期的杰出的唯物主义哲学家，他几乎对前代的学术思想进行了全部的批判与总结，吸收了于自己有益的东西，根据时代的需要，建立了庞大而严整的理论体系，而其中就包括音乐艺术思想。《乐论》，应当把它看作荀子理论体系完整链条的一个有机的环节。荀子批判了前代的学术思想，其中也有墨子的思想，尤其是以儒家的“礼乐”思想批判了墨子的“非乐”思想，激烈的言辞，机智的嘲讽，充满了《乐论》的字里行间。批判墨子的音乐思想的《乐论》要算是集中的一篇，其实见于它篇的也尽有之。如《富国》篇：“……墨子大有天下，小有一国，将蹙然衣粗食恶，忧戚而非乐……故墨术诚行，则天下尚俭而弥贫，非斗而日争，劳苦顿萃而愈无功，愀然忧戚非乐而日不和。”《成相》篇：“礼乐灭息，圣人隐伏，墨术行。”荀子是自觉地起来维护儒家的礼乐思想的一位先锋，这说明了在荀子时代，儒家的音乐美学思想体系已趋完备，并为荀子所强调，所发挥。从学术思想看，从文章风格看，《乐论》实为荀子所独有，而“翻版”“抄袭”云云，则与事实不符。那么荀子在哪些重要的理论上与墨子展开辩论的呢？首先表现在音乐本质这个重要的问题上，因为不解决这个问题，荀子的论敌是不会折服的。

音乐，作为文学艺术的一个种类，它同样要用一种物质手段即声音来反映社会生活，来表达人们对社会生活的认识，以期达到和其他姊妹艺术一样的改造现实的目的。非音乐的声音，如自然界的风声、雷声、瀑布声、流水声、虫鸣鸟叫声、人的口腔发出的声音和心音，及其他一切物体发出的声音，是音乐声音的基础，这是音乐声音和非音乐声音的联系，但非音乐声音却不就是音乐声音，因为音乐声音是人类对客观世界的认识的独特思维的结果，即音乐声音表现着人们对客观世界的认识。荀子对这个问题有相当的理解，他说："声乐之象：鼓大丽，钟统实，磬廉制，竽笙箫和，筦籥发猛，埙篪翁博，瑟易良，琴妇好，歌清尽，舞意天道兼。鼓，其乐之君邪！故鼓似天，钟似地，磬似水，竽笙箫和筦籥似星辰日月，鞉柷拊鞷椌楬似万物。曷以知舞之意？曰：目不自见，耳不自闻也；然而治俯仰、诎信、进退、迟速莫不廉制，尽筋骨之力以要钟鼓俯会之节，而靡有悖逆者。众积意谔谔乎！"[①]这段大意是，鼓声宏大而高远，像天宇发出来的；钟声浑厚而充实，像大地发出来的；磬声铿铿而有节制，像淙淙流水发出来的；总之，不管什么乐器发出来的声音，都与现实世界的某种声音有联系，这是说音乐声音来自非音乐的现实声音。但是钟鼓等乐器发出来的声音有无意义，与人们的社会生活的关系如何？荀子又说："……故人不能无乐，乐则不能无形，形而不为道，则不能无乱。先王恶其乱也，故制雅颂之声以道之，使其声足以乐而不流，使其文足以辨而不諰，使其曲直繁省廉肉节奏足以感动人之善心，使夫邪污之气无由得接焉。是先王立乐之方也，而墨子非之，奈何！""乐"要表现"道"。没有"道"，就必然要"乱"；制雅颂为了什么？为了治"乱"，为了让人们"乐而不流"和"辨而不諰"，为了感动人的善心。荀子的"道"，一般的意义是指政治主张和道理，从哲学上看是指客观规律。在阶级社会里统治阶级提

① 《乐论》，以下凡不注明出处者，均出于此。

倡艺术的目的正在于推行统治阶级的意志。“乐”明明是一种意识形态,是社会物质生活的反映,而把“乐器”规定为“乐”的基本意义,对于《乐论》只能是一种歪曲。荀子还进一步指出音乐表现现实的作用:

“且乐者,先王之所以饰喜也;军旅铁钺者,先王之所以饰怒也。先王喜怒皆得其齐焉。是故喜而天下和之,怒而暴乱畏之。先王之道,礼乐正其盛者也,而墨子非之!故曰,墨子之于道也,犹瞽之于白黑也,犹聋之于清浊也,犹欲之楚而北求之也。”

“君子以钟鼓道志,以琴瑟乐心;动以干戚,饰以羽旄;从以磬管;故其清明象天,其广大象地,其俯仰周旋有似于四时。故乐行而志清,礼脩而行成,耳目聪明,血气和平,移风易俗,天下皆宁,美善相乐。故曰:乐者乐也。君子乐得其道,小人乐得其欲。以道制欲,则乐而不乱;以欲忘道,则惑而不乐。故乐者,所以道乐也。金石丝竹,所以道德也;乐行而民乡方矣。故乐者,治人之盛者也,而墨子非之!”从这些引述里使我们清楚地看到,荀子对“乐”和“军旅铁钺”一视同仁,认为他们都是表达统治阶级情感和意志的工具,在荀子当时,这样的见解确乎是超拔的,是新鲜的,而墨子却不懂得这个道理。在这里荀子还给音乐下了一个定义;即“乐者乐也”。可是究竟怎样理解呢?首先,荀子认为音乐声音和现实的非音乐声音有一定的联系,即音乐声音都源于现实的非音乐声音,这种声音并且是人们思想感情的反映(“君子以钟鼓道志,以琴瑟乐心……”)。其次,音乐还配合一定的舞蹈动作,即“动以干戚,饰以羽旄”表现了“血气和平,移风易俗,天下皆宁,美善相乐”的和平境界,在这样的境界里统治阶级尽力地寻欢作乐,人民则服服帖帖地接受统治,所以君子以钟鼓琴瑟“道志”、“乐心”,表达了统治阶级的无限欢乐,“乐者,乐也"应当从这个意义上去理解它。"统治的思想,无非是统治的物质关系的观念表现,无非是在思想形式下表现出来的统治的物质关系;因此,这是那些使这一个阶级成为统治阶级的关系的表现,因而是这个阶级的统治的思想。"①音乐这种意识形态,也是"统治的物质关系的观念的表现",是统治阶级意志的表现,因此,音乐能使人们(在《乐论》里主要是指"君子",即统治阶级)快乐。第三,"乐"既然是一定社会的阶级意识的反映,在统治者看来,它当然是统治人民的一种好工具,所以荀子又得出了"故乐者,治人之盛者也"的结论。荀子对于"乐"有着这样的较为正确的认识,而墨子却偏偏要反对它,所以致使荀子不得不厉声厉色地批评墨子不通音乐之道像瞎子不能辨黑白,聋子不能分清浊声音,甚至于如同想到楚国而往北走那样的背道而驰!

从上面的论述里,我们能够清楚地了解到荀子关于"乐"的观点,即"乐"可以"饰"先王之"喜",君子可以用"钟鼓道志",用"琴瑟乐心",因此"乐"可以帮助政治建设("故乐者,治人之盛者也")。站在新兴地主阶级立场上的荀子清醒地看出了"乐"是一种社会现象,反映着一定的社会生活,并且有显著的社会作用(这个问题下面还要谈到)。在艺术和现实的关系这个重要的美学问题上,荀子流露出了朴素的唯物主义观点,虽然这是荀子自己所不可能认识到的。

说到艺术和现实的关系,孔子最先表达了具有唯物主义倾向的观点,即《诗》"可以兴"、"可以观"、"可以群"、"可以怨"的理论。孔子的言论简单,论证起来比较困难。但是从历史发展上看《诗》"可以观"这种说法却得到了继承、发展。《乐记》:"……

① 《马克思 恩格斯伦艺术》(一),人民文学出版社,1966年第1版,第162页。

然后立之学等，广其节奏，省其文采，以绳德厚，律大小之称，比终始之序，以象事行。使亲疏贵贱长幼男女之理，皆形见于乐。故曰：‘乐观其深矣’。”《乐记》的“清明象天，广大象地”一节与前引《乐论》的一节相同，但结尾说“乐行而民乡方，可以观德矣”。《吕氏春秋》的《音初》篇也有相似的记载：“凡音者，产乎人心者也，感于心则荡乎音，音成于外而化乎内。是故闻其声而知其风，察其风而知其志，观其志而知其德。盛、衰、贤、不肖、君子、小人，皆形于乐，不可隐匿。故曰：乐之为观也深矣。……”孔子、荀子、《乐记》作者，《吕氏春秋》作者所论的《诗》、“乐”都是一定社会生活的反映，因此，通过《诗》、“乐”可以考察社会风尚和伦理关系，并且还能令人较为深刻地观察社会。由此看出，荀子关于艺术和生活的关系的理论是有所师承的。

马克思主义认为，社会存在决定社会意识，而不是相反。没有社会存在，没有一定社会的物质生活，便没有一切的精神现象和意识形态，没有一切的艺术，也便没有“乐”。“乐”，作为文学艺术的一个种类，是社会生活的反映，这是千真万确的。这是一个极普通的，然而又是极为重要的原理，周谷城对“乐”的考察正是远远地离开了这样的尽人皆知的原理，因此才得出了“乐”就是“乐器”这样怪诞的结论来。试想，荀子或者《乐记》的作者只把“乐”归结为“乐器”，退一步说，这“乐器”又表现了人类斗争的“快乐”，即成为所谓的“音乐”；“乐”既然是这样的无足轻重，还能谈“故乐者，治人之盛者也”、“礼、乐、刑、政，其极一也，所以同民心而出治道也”(《乐记》)这样的社会功用吗？很明显，把“乐”说成“乐器”，假如有冥冥之灵的话，那么荀子都要起来与周谷城展开辩论的。

弄清了“乐”的本质，关于“乐”的产生就不难得出正确的答案。周谷城是这样论述“乐”的产生的:“礼与乐是怎样产生的?《乐记》中说:‘乐由中出,礼自外作。’这里的中与外,我们用现代话加以新解,即主观与客观。‘乐由中出,礼自外作’云云,应解为乐出于主观,礼出于客观,……”“斗争必有成功或失败;成功或失败必然引起喜、怒、哀、乐、爱、恶等感情。感情虽是客观的斗争过程所引出,然其自身却是主观的。这主观的感情则是乐所涉的范围;扩大一点说,也就是一切艺术所涉的范围。感情一被引出,又必寻找物质,以表现其自身。在走路上表现,则成舞蹈艺术;在作文、写字、画图上表现,则成诗、书、画等艺术;在制用具或造房子上表现,则成雕刻、建筑等艺术,至于在发声上表现的,则成音乐,……”①删节号表示的是《乐记》开头那一段著名的论点:“凡音之起,由人心生也。人心之动,物使之然也。感于物而动,故形于声。声相应,故生变,变成方,谓之音。比音而乐之,及干戚羽旄,谓之乐。”恰恰相反,周先生引用了这段话,不但不能加强他的论证,反倒成了他的论点的一个有力的反驳。《乐记》的这段话和“乐者,音之所由生也;其本在人心之感于物也。是故其哀心感者,其声焦以杀……六者非性也;感于物而后动。”这一段,对“乐、音、心、物”四者的关系说得非常明白,即客观存在的事物影响了人的思想感情(“心”),这种思想感情发而为之音乐的声音,这声音经过有规律的结构变化,最后便成为“乐”。没有“物”作用“心”,就没有“音”的产生,也就没有“乐”。这里哪有一点“乐出于主观”的影子呢?原来周先生这一套“指鹿为马”的做法,为其唯心主义美学思想所使然。周先生在哲学上追求一种主观幻想出来的“无差别境界”,所谓“艺术创作”就

① 《文汇报》,《礼乐新解》1962年2月9日。

是要由“差别境界”进到“无差别境界”，即“由劳到逸，由紧张到轻松，由纪律严明到心情舒畅，由矛盾对立到矛盾统一，由对立斗争到问题解决，由差别境界到绝对境界，由科学境界到艺术境界”。[①]从这样的哲学思想出发，必然做出“美或艺术或艺术品，都是以情感为其源泉的”[②]这样的规定。周先生也强调“斗争”、“胜利”、“失败”以及“胜利”和“失败”所引起的“喜、怒、哀、乐、好、恶情感”云云，其实这些只是名词而已，在周先生那里，它们没有丝毫的社会内容。周先生把艺术与生活的关系一刀斩断，然后要艺术（“乐”）去表现“感情”，这样就可以为所欲为地去追求“无差别境界”了，然而这是无论什么时候也办不到的。——因为充满了矛盾和争斗的客观现实绝不是周先生主观世界所幻想的那般美妙！艺术在原始社会是劳动的产物，在阶级社会里是阶级斗争的产物，——唯有社会生活才是艺术的唯一源泉，此外再不可能有第二个源泉。

二　“乐”的作用是什么？“乐”的作用真是周先生说的什么“统同”、“导和”、“合乐”吗？

周先生既然把“乐”的本质只归结为“乐器”，说“乐”是主观的产物，是表现他所虚构出来的非现实的“无差别境界”，那么在艺术的社会作用这个重要的问题上也必然做出许多荒诞不经的“新解”来，企图否认艺术的政治服务、为一定的经济基础服务的原理。周先生说“乐”有三层功用，即：“乐的第一层功用在‘统同’。发现了问题的规律，在集体方面获得了同一的信仰；在个人方面树立了专一的信心，才可以言统同。否则独乐众乐，都不

① 《文汇报》,《礼乐新解》,1962 年 2 月 9 日。
② 《光明日报》,《美学与史学》,1961 年 3 月 16 日。

可得。……乐的第二层功用在布快乐于音乐，所谓以‘导和’是也。否则音乐不能表示感情，成了形式，便谈不上导和了。……因为生活顺、品德好而发光，声音自可合乐。……”[①]对任何历史现象，若离开了阶级分析，必然成为抽象的说教，而不会得出科学的结论。正因为我们和周谷城之间在研究美学史的观点方法上有着本质的不同，因此所得结论也绝不相同。

荀子的艺术思想是荀子的理论体系的一个组成部分，所以不从理论体系的全局着眼，就不能充分认识作为部分的艺术思想。当我们了解了荀子的哲学思想、政治思想、经济思想之后，对荀子的艺术思想就提供了深入了解的可能性，使我们更好地把握住艺术思想的阶级实质，更重要的是能够防止我们不分青红皂白地把“礼乐”思想捧上了天，把糟粕当成了精华。

荀子基于对“乐”的本质有相当的认识，基于当时阶级斗争的要求，因此对“乐”的社会作用也作了在他的时代所提供的条件下的较为深刻的论述，这是孔子“兴、观、群、怨”理论在新的历史条件下的发展。从荀子对于“乐”的作用的理解里，我们能够充分地理解他的艺术思想的阶级性。对艺术的社会作用，墨子看到了统治阶级由于玩弄挥霍音乐而对社会造成的破坏作用，因而他几乎是全部地否定了音乐艺术的积极社会作用。荀子则不然，他从统治阶级的利益出发，承认艺术的积极改造社会的作用并千方百计地利用它，宣传它，在这个重要的问题上儒家的荀子又有力地回击了墨子。

孔子说《诗》“可以群”，但是怎么去理解“群”？在荀子这里我们得到了适当的解释。荀子说：“故乐在宗庙之中，君臣上下

① 《礼乐新解》，《文汇报》，1962年2月9日。

同听之,则莫不和敬;闺门之内,父子兄弟同听之,则莫不和亲;乡里族长之中,长少同听之,则莫不和顺。故乐者,审一以定和者也,比物以饰节者也,合奏以成文者也;足以率一道,足以治万变;是先王立乐之术也,而墨子非之,奈何!""乐"有"和敬"、"和亲"、"和顺"的作用,如果实行了这三种作用,便可以"率一道"、"治万变",这说明了"乐"是为了解决社会问题而存在的,"乐"能够调和社会的各种关系,即阶级关系。荀子在音乐理论上的这种主张直接来源于其政治学说。

荀子的时代,正是中国古代社会开始形成封建统一政权,分裂局面开始结束的时期。荀子一方面反对奴隶社会的等级制度,一方面提倡和维护新兴封建地主阶级的等级制度。他说:"分均则不偏,势齐则不壹,众齐则不使,有天有地而上下有差,明王始立而处国有制。夫两贵之不能相事,两贱之不能相使,是天数也。势位齐,而欲恶同,物不能澹则必争,争则必乱,乱则穷矣。先王恶其乱也,故制礼义以分之,使贫富、贵贱之等,足以相兼临者,是养天下之本也。《书》曰:'维齐非齐。'此之谓也。"[①]《礼论》:"君子既得其养,又好其别。曷谓别?曰:贵贱有等,长幼有差,贫富轻重皆有称者也。"荀子论证了不合理的阶级关系的合理性, 即要富贵与贫贱之间要有差别, 否则天下人一样的平等("齐")便分不出谁是统治者谁是被统治者了;他并且把这种新的阶级关系说成是永恒的。在反对奴隶社会等级制度的同时,却把新产生的封建社会的阶级关系炫耀为万世永存的事物, 于是荀子陷入了历史唯心主义。荀子看到了阶级之间的矛盾争斗,于是提出了"群"的理论。"群"的理论,就是怎样统治人民的理论。

① 《荀子·王制》。

“力不若牛，走不若马，而牛马为用，何也？曰：人能群，彼不能群也。人何以能群？曰：分。分何以能行？曰：义。故义以分则和，和则一，一则多力，多力则强，强则胜物……故人生不能无群，群而无分则争，争则乱，乱则离，离则弱，弱则不能胜物，故宫室不可得而居也。不可少顷舍礼义之谓也。能以事亲谓之孝，能以事兄谓之弟，能以事上谓之顺，能以使下谓之君。君者，善群也。群道当，则万物皆得其宜，六畜皆得其长，群生皆得其命……”[①]“穷者患也，争者祸也。救患除祸，则莫若明分使群矣。”[②]《君道》更说：“道者，何也？曰：君之所道也。君者何也？曰能群也。能群者何也？曰：善生养人者也，善班治人者也，善显设人者也；善藩饰人者也。善生养人者人亲之也；善班治人者人安之，善显设人者人乐之，善藩饰人者人荣之；四统者俱而天下归之，夫是之谓能群。”按照荀子的意思，社会上人与人之间、阶级与阶级之间要发生一定的联系，社会的存在就是一个“群”，即“人之生也，不能无群”；但在“群”内却有“争”、“争”则“乱”，这种“争乱”主要是在统治阶级与被统治阶级之间发生的；斗争就是“不群”，于是又强调“”分，“分”就是让社会上各阶级安于自己的地位，就是把初期封建社会的阶级关系法律化、合理化，这就会确立封建地主阶级的统治地位和奴隶、农民阶级的被统治地位；“群”内的斗争，矛盾的主导方面又在统治者那里，即“君者，善群也”、“君者何也？曰：能群也”、“而人之君者，所以管分之枢要也”[③]，君子为什么就“善群”，就“能群”，可见荀子的阶级立场是相当鲜明的了；还说到“群”的内容，即主要是调节阶级之间的关系，作为统

① 《荀子·王制》。
② 《荀子·富国》。
③ 《荀子·富国》。

治阶级的要善于“生养人”、“班治人”、“显设人”和“藩饰人”，从而使父子、兄弟、君臣之间各安其“分”，使人们“亲之”、“安之”、“乐之”、“荣之”，——通过对阶级关系的调理，妄想使充满矛盾斗争的初期封建社会安然无事地发展下去，这只能是荀子的幻想。荀子要求“乐”“君臣和敬”、“父子和亲”、“长少和顺”正是他的“群”的政治思想的反映。

荀子从新兴的地主阶级立场出发，敏锐地看到了艺术的力量，看到了艺术在宣传和表达统治阶级思想，教育和影响被统治阶级的重要作用。他甚至把艺术的作用和暴力的作用相提并论：“故乐者，出所以征诛也，入所以揖让也。征诛揖让，其义一也。出所以征诛，则莫不听从；入所以揖让，则莫不从服。”“且乐者，先王之所以饰喜也；军旅鈇钺也，先王之所以饰怒也。先王喜怒皆得其齐焉。是故喜而天下和之，怒而暴乱谓之。”“乐”在外面，有如暴力那样“征诛”的用处，表现了统治阶级的专政意志，人们不得不听从，人们也就为它所畏惧；“乐”在国家内部，表现一种“揖让”的精神，宣扬统治阶级与被统治阶级之间能够和和气气，以便人们服服帖帖地做统治者的顺民，是谓“莫不从服”也。荀子，这个新兴地主阶级的思想家，是多么急功近利！

“乐”的作用，“乐”和政治的关系，《乐记》更有明白的论述：“是故先王慎所以感之者：故礼以导其志，乐以和其声，政以一其行，刑以防其奸。礼乐刑政，其极一也，所以同民心而出治道也。”

“……声音之道，与政通矣。”

“……乐者，通伦理者也。”

“……礼节民心，乐和民声，政以行之，刑以防之。礼乐刑政，四达而不悖，则王道备矣。”

和荀子一样，《乐记》作者对“礼乐”的思想教育作用和“刑政”的暴力作用一视同仁，要求“礼乐刑政”配合起来，就能治理好国家。极端重视礼乐为政治服务的作用，这是《乐记》的一个重要思想。

研究美学史，同研究一切意识形态的历史一样，不能离开当时的经济基础，不能离开阶级斗争的史实，否则，像周先生那样，抽象地超阶级地去谈论“乐”的什么“导和”、“快乐”、“合乐”等作用，只能引起人们的思想混乱，使人们远远地离开马克思主义的一般原理。我们认为，荀子对于“乐”的要求，在于使其反映荀子的政治学说和帮助政治学说的实现，归根结底，由于“乐”反映了“以礼治为主，而又兼法治的主张”，因此它就能更好地服务于封建社会的经济基础。艺术作为一种阶级斗争的武器，不是属于这个阶级的，便是属于那个阶级的，它通过政治这个中间环节为一定的经济基础服务。古代的“乐”也莫不如是。周先生在《艺术创作的历史地位》里虽然也说在历史过程中艺术应当发生作用，还大谈什么艺术的“填补不足，纠正错误，发扬优点”①的作用，但是他所说的历史过程却不是阶级斗争的历史过程，他所谓“填补不足”云云更是抹杀了大量的阶级对立的事实，如同“无差境界”一样，这些仍然是周先生的主观世界的产物。而这些，与马克思主义的阶级斗争理论和艺术对经济基础的作用的原理是根本相反的。

三　礼和“乐”的关系真的是“由矛盾对立到矛盾的统一”吗？“乐”的特征问题

周先生还发现了“礼”“乐”二字在文献里相连并举的现象，

---

① 《新建设》，1962年12月号。

并且找到了其中的“窍”，曰：“由矛盾对立到矛盾的统一是也。”[①]“礼”和“乐”的关系真的是什么“由矛盾对立到矛盾统一”吗？原来周先生的《礼乐新解》的目的就是想在美学史里为他的“无差别境界”的哲学思想找一个注脚，那么就让我们看看“礼”和“乐”到底是怎样的关系吧！

什么是礼？周先生通过“礼”字形体结构的考证，发明了礼的意义就是“礼品”，引申意义是“客观事物的规律，和人类行为的纪律。”这是超阶级的解释，是违背历史事实的。荀子重视礼，甚至把它捧到至高无上的地位，他这样论礼：“礼起于何也？曰：人生而有欲，欲而不得，则不能无求，求而无度量分界，则不能不争。争则乱，乱则穷。先王恶其乱也，故制礼义以分之，以养人之欲，给人之求，使欲必不穷于物，物必不屈于欲，两者相持而长，是礼之所起也。”[②]礼是一种上层建筑，是私有制的产物，是统治阶级意志的反映。礼的作用就在于贵贱之间、长幼之间、贫富之间保持一定的差别，使等级制度合理化。礼当然不是“礼品”；如果还一定说礼是什么“规律”、“纪律”之类，那也是统治阶级为人民设定的“规律”和“纪律”。那么“礼”与“乐”之间的关系是怎样的呢？

孔子说“兴于诗、立于礼、成于乐。”[③]“礼乐不兴，则刑罚不中。”[④]“文之以礼乐”[⑤]等等，这是说孔子已开始注意礼、乐相结合的作用。荀子却说：“且乐也者，和之不可变者也；礼也者，理之不可易者也。乐和同，礼别异；礼乐之统，管乎人心矣。穷本极

① 《文汇报》,《礼乐新解》,1962年2月9日。
② 《荀子·礼论》。
③ 《论语·泰伯》。
④ 《论语·子路》。
⑤ 《论语·宪问》。

变，乐之情也；著诚去伪，礼之经也。墨子非之，几遇刑也。明王已没，莫之正也，愚者学之，危其身也。君子明乐，乃其德也。乱世恶善，不此听也。于乎哀哉！不得成也。弟子勉学，无所营也。”荀子指出了“乐”和“礼”的作用是不同的，即“乐”能“和”，“礼”能“别”；不但指出了“乐”和“礼”的不同作用，而且还要它们共同对社会起作用。

关于“乐”的“和”的作用，《乐论》还说：“审一以定和者也”“……故乐者，天下之大齐也，中和之纪也”，“乐中平则民和而不流。”《劝学》：“……诗者，中声之所止也……乐之中和也……”《儒效》：“……诗言是其志也，书言是其事也。礼言是其行也，乐言是其和也，春秋言是其微也。……”这些所谓“审一以定和”、“乐者……中和之纪”“乐中平”、“诗者中声之所止”、“乐之中和”、“乐言是其和”，孙希旦是这么注解的：“一者，谓中声之所止也。《左传》：‘先王之乐，所以节百事也，故有五节迟速本末以相及，中声以降，五降之后，不容弹矣。于是有烦乎淫声，慆堙心耳，乃忘平和。’盖五声下不踰宫，高过于羽，若下踰于宫，高过于羽，皆非所谓和也。然五声皆为中声，而宫声乃中声之始，其四声者皆由此而生，而为宫声之用焉。则审中声以定和者，亦审乎宫声而已。此所以谓之一也。比。合也。审一以定和，而以之上下相生以为五声，而又比合于乐器以饰其节奏也。”[①]孙希旦引《左传》这段话，是说“乐”的“中和”作用即指声音的和谐，《吕氏春秋》也有相似的看法[②]。不完全是这样，或者说主要的不要这样的去解释。“乐”的“中和”作用，就是“乐”的“群”的作用，就是

① 《礼记集解》卷三十八，《荀子简释》引。

② 《吕氏春秋·圜道》：“今五音之无不应也，其分审也：宫徵商羽角，各处其处，音皆调均，不可以相违。此所以无不受也。”

一种调和社会阶级关系的作用。“且乐也者，和之不可变者也”这段话是什么意思呢？音乐使人们之间(君臣、父子、长幼)和睦这是永不可改变的戒条，因为音乐表达着统治阶级“统一”的意志，所以它能“结合”“人群”使之相“同”于统治阶级的思想，这样，探求人们感情世界里最根本的东西并深刻地反映其中的变化则成为音乐的重要作用(“穷本极变，乐之情也”)。“和”，要天下太平，要统治阶级与被统治阶级之间和和平平，无有斗争，就是“暴民不作，诸侯宾服，兵革不试，五刑不用，百姓无患，夫子不怒，如此则乐达矣。”[①]这就是“乐行而志清，礼脩而行成，耳目聪明，血气和平，移风易俗，天下皆宁，美善相乐”的境界！我们认为，在阶级社会里，这样的情景是永远也不会有的。“礼”是一种带有强制性的维护等级制度的上层建筑，它和“乐”是一定历史时期的不同反映，而且它们又以不同的方式作用于社会的经济基础。它们不是一个事物，因此“礼”与“乐”之间也没有“由矛盾的对立到矛盾的统一”这样的“窍”！

“乐”能“和”，荀子大致上看到了一点音乐教育人的特点，即看出了一点“乐”和“礼”起作用的方式是不同的。“先王恶其乱也，故制雅颂之声以道之，使其声足以乐而不流，使其文足以辩而不諰。使其曲直繁省廉肉节奏足以感动人之善心，使夫邪污之气无由得接焉”。“夫声乐之入人也深，其化人也速，故先王谨为之文”等等对音乐艺术(一切艺术皆在内)是要有生理基础的，——荀子对于各种感觉器官的功能也有相当的了解。他说：“天职既立，天功既成，形具而神生，好恶喜怒哀乐臧焉，夫是之谓天情。耳目鼻口形能各有接而不相能也，夫是之谓天官。心居中

① 《乐记》。

虚，以治五官，夫是之谓天君。”①《荣辱》：“凡人有所一同：饥而欲食，寒而欲暖，劳而欲息，好利而恶害——是人之所生而有也，是无待而言者也，是禹桀之所同也。目辨白黑美恶，耳辨音声清浊，口辨酸咸甘苦，鼻辩芬芳腥臊，骨体肤理辨寒暑疾养——是又人之所常生而有也，是无待而言者也，是禹桀之所同也。”很明显，“人情”决定于“天情”，而天情就是人的生理机能。人有各种感官，因此才能感觉事物；人有耳朵，因此能辨别声音的清浊，即成为欣赏音乐的生理基础。荀子猜测到一些艺术的作用，在于艺术形象本身的生动性，在于这种生动的形象对人们有潜移默化的作用。《乐记》说“乐也者，圣人之所乐也：而可以善民心，其感人深，移风易俗，故先王著其教焉”。“故乐也者，动于内者也”等等，这些都是在说明“乐”具有感动人内心世界的用处。

乐的作用在于和礼配合起来，礼乐的结合如经纬交织在一起，因为结合便形成了一种影响人们精神世界的强有力的手段。这样使礼乐就能更好地服务于政治斗争和适应新的经济基础的需要。儒家的美学思想在强调礼乐结合这个理论问题上已经表现出了较为深刻的理解力。如上所述，荀子阐明了礼的产生源于私有制的产生，是因为分配生产品而引起纷争；有了纷争，就是破坏了等级的界限，就是损害了统治阶级的利益，也就是不合礼仪，因此：“先王恶其乱也，故制礼义以分之”。礼仪是先王（统治阶级）为了调整人们关系而制定的社会规范。这种调整在于使被统治阶级规统治阶级之范，即：“先王为制礼仪以分之，使有贵贱之等，长幼之序，知、贤、愚、能、不能之分，皆使人载其事而各得其宜”。①人们遵行礼义，就是守“分”，因此就可以避免“乱”，

① 《荀子·天伦》。

就可以使贵贱、长幼、知、贤、愚、能、不能各自之间的区别成为真实的存在。荀子还说过："礼者，法之大分，类之纲纪也。故学至乎礼而止矣。夫是之谓道德之极。"[2]礼成了至高无上的法则，以至于使人们必须像服从自然规律那样地遵行礼的法则；"天地以合，日月以明，四时以序，星辰以行，江河以流，万物以昌，好恶以节，喜怒以当；以为下则顺，以为上则明，万物变而不乱，贰之则丧也。礼岂不至矣哉！立隆以为极，而天下莫之能损益也。本末相顺，终始相应，至文以有别，至察以有说，天下从之者治，不从者乱；从之者安，不从者危，从之者存，不从者亡。小人不能测也。"[3]对统治阶级来说，是否遵行礼关乎社会政治制度治乱，安危，存亡问题，这就是"礼也者，理之不可易者也"、"礼别异"、"著诚去伪，礼之经也"的确解。这种礼的思想，乐也必须贯彻它，如言"故乐者，出所以征诛也，入所以揖让也。……"音乐表达征诛者的意志，在战争时要人们听从；音乐还表达揖让者的意志，在和平的环境里，要人们服从等级制度，所以社会秩序才能达到高度整齐的地步，人们之间的关系才会达到和顺的地步。至此礼乐关系始明：荀子要礼乐一经一纬，一理一情，而以表现礼（法治）的思想为实质，以乐的感动人的特殊作用为辅助，使礼乐对人们发生交互作用，以图求得在政治上、艺术上动员所有的力量去传布统治阶级的思想，使被统治阶级服从这样的政治目的，"礼乐之统，管乎人心"者，是也。礼乐美学思想的实质，这里表现得非常清楚了。

综上所述，礼、乐都是上层建筑，都是统治阶级利益的反映，

---

① 《荀子·荣辱》。
② 《荀子·劝学》。
③ 《荀子·礼论》。

都是为一定的经济基础所决定并反转过来为其巩固而服务;如果说它们还有关系的话，那只能是比较远的离开基础的乐（文艺)要通过政治范畴的礼来为基础服务,乐为基础所决定,同时又为政治所制约,乐为基础服务也必须首先为政治服务。把礼和乐的关系说成是对立统一的关系，是跟马克思主义基础和上层建筑的理论无缘的。

四　研究美学史必须坚持马克思主义的阶级分析方法——揭周谷城美学史观的底

美学史要成为真正的科学的美学史，就必须坚持马克思主义的阶级分析方法，坚持运用历史唯物主义这一锐利的批判武器。否则,美学史就会变成一堆为所欲为的主观臆造,变成一笔糊涂账。马克思主义的阶级分析方法和历史主义是一个有机的整体,它既是世界观,又是方法论。周谷城在《礼乐新解》表现出来的一套世界观和方法论,完全是资产阶级的主观唯心论,是历史唯心主义的一套,主要表现在下面的几个问题上:

(一)周谷城之所以把“乐”说成“乐器”,把“礼”说成“祭品”,是因为他研究历史现象时完全忽视了物质生产关系,正像恩格斯指出的一样:“……首先必须详细研究各种社会的生存条件,然后才可试图从这些条件中找出相应的政治、私法、美学、哲学、宗教等等的观点。”[①]不研究“乐”、“礼”的社会生存条件,不研究当时的生产关系即阶级斗争的历史事实，那就只好求救于考证。很明白的,礼乐是一定历史时期的产物,是适应经济基础的需要应运而生的，它一经产生之后就对经济基础产生了巨大

① 《恩格斯致康·施莱特》,摘自《马克思恩格斯文选》第二卷,第487页。

的反作用。礼乐作为一种上层建筑是第二性的，要明白它的性质、功用,必须先懂得产生它的物质条件。但是,周谷城的观点和方法与此正好相反：他没有说明礼乐产生的社会物质生活条件,而用考证的方法,从字的构成去研究礼乐的意义,这完全是一种历史唯心主义的做法。对于马克思主义者,考证并不是毫无意义的东西，因为遵照严格的科学方法的考证会提供可靠的历史资料,然而考证却绝不是科学的历史研究。《礼乐新解》渗透出来的一个主要观点,就是脱离了社会存在去研究社会意识;而社会存在和社会意识谁是第一性的问题，是区分历史唯物主义和历史唯心主义的唯一标准。历史唯物主义和历史唯心主义的根本对立,归根到底表现在这个问题的不同回答上:或者是社会存在决定社会意识，这是历史唯物主义的回答。周谷城不是前者,而是后者。

(二)《礼乐新解》的另一个理论错误,是用超阶级的抽象分析方法代替了历史的具体的阶级分析方法。这一错误是前一个问题所必然导致的逻辑结果。《乐记》或《乐论》所表现的基本思想,必然是属于一定历史时期、属于一定社会阶级的,而把它描绘成具有永恒的,普遍意义的东西是骗人的谎话。列宁教导我们说:“一个社会中一部分人的意向同另一部分人的意向相抵触,社会生活充满着矛盾,历史上各民族之间、各社会之间以及各民族、各社会内部经常进行斗争,革命时期和反革命时期、和平时期和战争时期、停滞时期和迅速发展时期或衰落时期不断更换,这些都是人所共知的史实。马克思主义给我们指出了一条基本线索,使我能在这种看来迷离混沌的状态中找出规律性来。这条线索就是阶级斗争的理论。只有把某一社会或某几个社会的全体成员的意向的总和加以研究，才能对这些意向的结果作出科学的判断。其所以有各种矛盾的意向,是因为每个社会所分成的各阶级的生活状况和生活条件不同。……”[①]《乐记》或者《乐论》的根本思想,是反映了新兴地主阶级对文学艺术的要求,要文学艺术更好地配合上层建筑的其他部门,如政治、法律、军事等,来共同地为巩固刚刚形成的经济基础服务。这种文艺思想是新兴地主阶级为维护自己阶级的利益和阶级地位的产物,是剥削阶级的意识形态,它和被统治阶级的利益根本处于对立状态的。而周谷城把这种统治阶级的意识形态硬说成是普遍性的规律,给予至高无上的赞美,谓“祖国美学原理有最突出的一条,曰由礼到乐”云云,都是抽去了具体的阶级内容,进行抽象地分析的结果,这除了混淆阶级意识,对人民实行思想麻痹之外,是没有一点用处的。周先生对“阶级”这一个词是很厌恶的,他曾公开提出用“真实感情”代替“阶级感情”[②],于此周先生的“理论”可见一斑了。

(三)恩格斯在《反杜林论》里指出:“……和那种素朴革命地,简单地抛弃全部以往历史的旧唯物主义相反,现代唯物主义把历史看作人类发展的过程,而自己的任务就在于发现这种过程的运动规律。”[③]中外的所有美学史,文艺思想中,都充满了唯物主义和唯心主义的斗争,在艺术的起源、艺术的的社会作用等重要问题上,出现了许多的解释,从哲学上看,都逃不出唯物主义和唯心主义这两大派别。荀子的礼乐美学思想,是他的理论体系的一个组成部分,是服从他的政治、哲学思想的。像全文叙述的,荀子的美学思想反映了新兴地主阶级在文艺上的要求,归根

① 《卡尔·马克思》,《列宁全集》21卷,第39~40页。
② 《评王子野的艺术评论》,《文艺报》,1963年7~8期。
③ 《反杜林论》,1961年版,第23页。

结底是统治阶级的意识形态，是与人民利益根本对立的。这是问题的本质所在，离开了这个基本点我们必然得出错误的结论。但是认清了荀子美学思想的阶级实质，并不等于抹杀或取消其历史意义和对于今天的意义。美学史的研究也在于发现美学史运动发展的规律。荀子对于艺术和生活的关系，艺术的社会作用，艺术（“乐”）教育人的特点等问题的认识基本上是属于唯物主义的，这对于认识美学史的一般规律是有意义的。如果要问荀子的艺术思想对于今天还有什么意义？我们的回答是，荀子曾强调过艺术对政治的作用，把艺术看成是实行统治阶级思想的工具，这是美学史上的一个普遍现象，无产阶级的美学家、文艺理论家在这里不难得到启示：即要求无产阶级的文艺必须反映社会主义的现实生活，必须为无产阶级的政治服务。我觉得，对于荀子的美学思想只能从这个意义上去理解。

（1964 年 9 月 1 日，收入哈尔滨师范学院《参加讨论的九篇文稿》）

庄子论自然美

人类从自然界发展而来，是自然界的一部分，即没有自然界便没有人类本身及其发展。人与动物不同的地方，在于人对自然界表现了一种能动性，——人在劳动实践中，能够认识自然、改造自然、利用自然，使自然更好地为人类服务。动物只是被动地适应于自然界。还有一点，人类在同自然界的长期斗争中，不但通过生产劳动摄取自然界的无尽财富，为自身提供生存的物质材料，而且还把自然界作为精神活动的背景，作为艺术的描写对象，作为审美的对象。懂得美、追求美，是人性的重要内容之一。日月星辰，山川草木，风云雷电，花鸟虫鱼，这些自然景物为什么是美的，确实值得人们研究的。

庄子的哲学思想是丰富的，人们发表文章进行探讨，是很有必要的。庄子的美学思想也是丰富的，也引起了人们探讨的兴趣。本文仅就庄子关于自然美的一些问题，说明自己的观点，为庄子美学的讨论提供一点资料。庄子注重自然美，突出地把自然万物作为审美对象，对中国文艺史上的山水诗山水画的产生与发展产生了相当的影响，这对于中国美学史是一个不容否定的贡献。

一

法国雕塑家罗丹说："你不要忘了我最喜欢的一句箴言：'自然总是美的'，能了解自然向我们指出的，这就够了。"[①]庄子也认为自然是美的，他提出了"天地大美"的论断。他熟悉自然，热爱自然，讴歌自然，他是中国文学史上第一个山林诗人，是当之无愧的。庄子把自然事物作为美的对象来欣赏、体验，在先秦诸子的美学思想里占有一个显著的地位。

庄子行于山中，以山木为友，留连于山川草木之间，对自然的理解、热爱、欣赏达到了一个很深的程度。参天古木，呼啸长风，滔滔河水，奋飞鹏鸟，以及大自然的变化，宇宙的无穷，都深深地打动了庄子，增加了庄子的审美情趣。他甚至说："吾以天地为棺椁，以日月为连璧，星辰为珠玑，万物为齎送，吾葬具岂不备耶？何以加此？"[②]庄子与天地浑然一体，死了也要用天地、日月、星辰、万物把自己装饰起来，足以说明他对自然的顶礼膜拜。《庄子》一书中有很多关于自然景物的生动描写，把自然景物作为美的对象来审察，表现了庄子的审美趣味。

《逍遥游》关于鲲鹏的描写："北冥有鱼，其名为鲲。鲲之大，不知其几千里也。化而为鸟，其名为鹏。鹏之背，不知其几千里也；怒而飞，其翼若垂天之云。是鸟也，海运则将徙于南冥。"鲲鹏的变幻，腾空万里，是一个奋飞、搏击、追求自由的形象。

《齐物论》关于风的描写："夫大块噫气，其名为风。是唯无作，作则万窍怒呺。而独不闻之翏翏乎？山林之畏佳，大木百围之窍穴，似鼻，似口，似耳，似枅，似圈，似臼，似洼者，似污者；激

① 《西方美学家论美和美感》，商务印书馆，1980 年第 1 版，第 73 页。
② 《庄子·列御寇》，下引《庄子》，只注篇名。

者，谪者，叱者，吸者，叫者，譹者，宎者，咬者。前者唱于而随者唱喁。泠风则小和，飘风则大和，厉风济则众窍为虚。而独不见之调调之刁刁乎。”这是一篇关于风的诗。长风吹过大地，吹过山林，发出各种不同的声音，有的雄壮，有的细微，像悲哀，像号哭，象欢乐；风声是如此之善于变化，又有节奏，似一曲动听的音乐。庄子对于风的形象的生动的描写，表现了他对风的音乐美的欣赏。

秋天，黄河之水横溢，呈现出一种浩荡的、壮观的气势。庄子借河伯之口，发出了诗人兼哲人的望洋兴叹：“秋水时至，百川灌河，泾流之大，两涘渚崖之间，不辨牛马。于是焉河伯欣然自喜，以天下之美为尽在己。顺流而东行，至于北海，东面而视，不见水端，于是焉河伯始旋其面目，望洋向若而叹曰：野语有之曰，‘闻道百以为莫己若者’，我之谓也。”(《秋水》)河水旷阔，大海弘博，浩瀚难穷，河伯欣然欢喜，以为天下的荣华盛美，尽在己身。庄子在这里，抒写了对黄河、北海的汪洋恣肆、壮阔无涯的美好感情。河水的川流不息，博大弘深，引起过不少哲人的遐思、冥想。孔子不也站在黄河岸边，面对滔滔东去的水流慨叹过“逝者如斯夫”吗。希腊哲学家赫拉克利特以川流不息的河流做比喻，认为世界上的一切事物都是变化着和运动着的，他说“人不能两次踏入同一条河流”，“我们既踏进又不踏进同一条河流，我们既存在又不存在”。孔子和赫拉克利特都是从流水只思考人生与哲学，但是庄子不仅通过河伯对百川汇集的黄河述说着相对主义的哲理，而且还做出了“以天下之美为尽在己”这样的美学判断，比之于孔子和赫拉克利特都显得高明。

总之，自然的壮丽及其万千变化，使庄子产生美感，在心理上得到了美的享受。正如在《知北游》里，庄子借孔子之口说：

“山林与！皋壤与！使我欣欣然而乐与！”

二

《庄子》书中关于天地生万物的思想，与中国古代唯物主义自然观有着继承关系，这是庄子自然美的哲学基础。

《达生》：“天地者，万物之父母也，合则成体，散则成始。”《田子方》：“至阴肃肃，至阳赫赫，肃肃出乎天，赫赫出乎地，两者交通成和而物生焉，或为之纪而莫见其形。”这是说，天地是万物的父母，它们发生阴阳二气，二气相结合成为万物的实体，二气分离则又归之于天地，并且认为达到这样的境界，为“至美至乐”。天地生万物的思想，庄子以前的思想家也探讨过。如《尚书大传》说：“孜孜无怠，水火者，百姓之所饮食也；金木者，百姓之所兴生也；土者，万物之所资生，是为人用。”殷周之际的“五行”说，把“五行"看成构造万物的基本元素，如周幽王的史官伯说：“故先王以土与金、木、水、火杂以成万物。”[①]由于天地（即自然）的运动变化，而产生自然万物，这是朴素的唯物主义思想。马克思主义认为，人与自然的关系是对立统一的。人从自然界分化出来，人对自然进行改造，自然界打上了人的烙印。不独万物为天地所生成，人也是天地所生成，万物和人都离不开自然界，以至于经过了改造的自然成了人的无机身体。“人靠自然界来生活。这就是说，自然界是人为了不致死亡而必须与之形影不离的身体。说人的物质生活和精神生活同自然界不可分离，这就等于说，自然界同自己本身不可分离，因为人是自然界的一部分。”[②]在《资本论》里马克思也强调过土地等自然条件对人

① 《国语·郑语》。

② 《1844年经济学——哲学手稿》，人民出版社，1979年第1版，第49页。

类生活的重要意义:“正如威廉·配第所说,劳动是财富之父,土地是财富之母。”①

庄子也重视自然的规律性,认为天地自然万物的运动是有一定规律的,人们不能违背它,如果背逆了它,人就会倒霉。《天运》:“天有六极五常,帝王顺之则治,逆之则凶。”成玄英《疏》云:“夫帝王者,上符天道,下顺苍生,垂拱无为,因循任物,则天下治矣。而逆万国之欢心,乖二仪之和气,所作凶悖,则祸乱生也。”庄子这样地强调因任自然的规律性,不是与后来的唯物主义哲学家荀子所说的“天行有常,不为尧存,不为桀亡”很有相似之处吗?

庄子根据天地生万物的自然观,提出了“天地大美”、“圣人者,原天地之美而达万物之理”的美学思想。

《庄子·知北游》:“天地有大美而不言,四时有明法而不议,万物有成理而不说。圣人者,原天地之美而达万物之理,是故至人无为,大圣不作,观于天地之谓也。

今彼神明至精,与彼百化,物已死生方圆,莫知其根也,扁然而万物自古以固存。六合为巨,未离其内,秋豪为小,待之成体。天下莫不沉浮,终身不故;阴阳四时运行,各得其序。惛然若亡而存,油然不形而神,万物畜而不知。此之谓本根,可以观于天矣。”

《天道》有一则舜、尧对话:

昔者舜问于尧曰:“天王之用心何如?”

尧曰:“吾不敖无告,不废穷民,苦死者,嘉孺子而哀妇人。此吾所以用心已。”

① 《马克思恩格斯全集》第23卷,人民出版社,1972年第1版,第57页。

舜曰:“美则美矣,而未大也。”

尧曰:“然则如何?”

舜曰:“天德而土宁, 日月照而四时行, 若昼夜之有经,云行而雨施矣。”

尧曰:“胶胶扰扰乎! 子,天之合也;我,人之合也。”夫天地者,古之所大也,而黄帝尧舜之所共美也。故古之王天下者,奚为哉? 天地而已矣。

这两段话,包括这样几个重要观点:(一)庄子认为天地万物是最美的事物(“天地有大美而不言”),其原因是,天地万物是运动着的变化着的,这种运动变化孕育了一切,构成事物变化的根本原因,即“天下莫不浮沉,终身不故。阴阳四时运行,各得其序。惛然若亡而存,油然不形而神,万物畜而不知,此之谓本根,可以观于天”的思想。(二)从“天地大美”的命题出发,庄子要“至人”(即圣人)“原天地之美而达于万物之理”,要“王天下者”“为天地而已矣”。所谓“原天地之美”,即知天,懂得天的道理。阮毓崧曰:“天, 即道也。知本知根, 即知道; 知道即知天矣。”“圣人”要寻天这个“本根”,了解它,认识它的规律,不要违反它。“圣人”要以自己的道德配合天地,不仅仅是治理人事(“不敖无告,不废穷民,苦死者,嘉孺子而哀妇人”),而要“观于天”。所以,尧在听了舜的“美则美矣,而未为大也”的批评以后,不得不称扬舜的盛德是“天之合也”,即他的治民之术与天地的规律相符合,而谦称自己的道德是“人之合也”,即只注重人事,而不考虑与天地规律的符合问题。

庄子对于音乐的欣赏也要符合“天地大美”的精神。他描述的黄帝咸池音乐(即庄子认为最好的音乐),要做到“顺乎天”,“应乎人”:“夫至乐者,先应之以人事,顺之以天理,行之以五德，应之以自然，然后调理四时，太和万物。”这种最美好的音乐表达了一种天地的伟大精神与形象，能刚能柔，变化齐一，“充满天地，苞裹六极”（《天运》）。

庄子为什么认为“天地万物”是美的呢？俄国美学家车尔尼雪夫斯基说过这样的话：“因为构成自然界的美是使我们想起人来（或者，预示人格）的东西，自然界的美的事物，只有作为人的一种暗示才有美的意义。所以，既然指出人身上的美就是生活，那就无须再来证明在现实的一切其他领域内的美也是生活，那些领域内的美只是因为当作人和人的生活中的美的一种暗示，这才在人看来是美的。”[①]在人与自然的漫长关系中，自然界某些事物的性质，使人想到了自己，产生了某种联想、比照或暗示，使人从自然的性质上能观照自己，或显示了人的本质力量，这时人便认为自然事物是美的。自然美就在自然与人的这种关系之中。阳光之所以美，因为它普照大地，恩泽万物，使人感到盎然的生气，光明，愉快。万仞高山，使人想到庄严，雄厚，以及坚不可摧的伟大力量。马之所以美，它的奔驰显示了旺盛的生命力。飞云流霞，使人遐想，悠然自得，闲适。

所谓自然界中的美是生活的暗示，或预示人格，重要的是“原天地之美而达万物之理”。庄子的这个把美与万物之理相联系起来的论断，与车尔尼雪夫斯基的观点确有某些相似之处。庄子是很重视明达天地万物之理的，即重视自然的规律性的作用，要适应它，而不能与之相乖异。庖丁解牛，佝偻承蜩，吕梁丈夫蹈水之类的寓言，都是在说明认识事物的性质的重要，强调人们要懂得事物的规律。人适应这些规律，就是因任自然，会获得一

① 《生活与美学》，第10~11页。

定的自由，而能比较顺利地完成某件事情。强调事物的规律性，并非反对人为；而违反规律的“人为”，则是为庄子所反对的。天地万物之所以美，是说在人与自然的关系中，人在自然的性质中观照了自己，事物的自然属性具有了某种社会意义，这时人即认为自然是美的。庄子虽然强调因任自然，但决非提倡人做自然的奴隶。当然，庄子的这种自然观，比之后来荀子的“制天命而用之”的“戡天”思想所表现出来的人的主动精神，要略逊一筹（这个问题是理解庄子思想的一个重要方面，下面还要论到）。

《庄子》书中的山川草木，鸟兽虫鱼都是人格化了的，对于自然物构造的巧妙庄子有时发之以热烈的抒情，而在认识了自然物的性质（习性）之后，又发之以聪颖活泼的议论，借以说明社会问题。自然物的人格化，显示了人与自然的关系，自然美便从中产生。

三

庄子崇尚自然，尊重自然的规律性，指出规律性的重要意义，要人们不要违背它。这是合理的思想。然而有的论者认为：“《庄子》全书中贯穿着崇尚自然的思想。这种思想是不符合社会的发展规律。”[①]甚至说“庄子及其后学基于上述这种虚无主义的思想，提出一系列反对文化学术，否定文学艺术及一切美的东西的荒谬理论”[②]。这样的观点是值得商榷的。庄子是否否定一切美的东西？如上所述，他对自然美就不是采取否定态度的。至于他怎样否定艺术，也要具体研究。

荀子评论庄子的话“庄子蔽于天而不知人”一直具有权威性

① 刘大杰：《中国文学发展史》上册，古典文学出版社，1957年版，第30页。

② 施昌东：《先秦诸子美学思想述评》。

的意义，为历来的学者所征引而不疑。荀子的意思是，庄子崇尚自然，过了头，对人的作用有所忽视。但崇尚自然还是对的，从荀子的话看不出他反对庄子崇尚自然的思想。问题是对庄子崇尚自然的思想做如何评价。比如浑沌之死那则寓言。南海之帝儵与北海之帝忽见中央之帝浑沌没有七窍，便帮他日凿一窍，七日而浑沌死。浑沌没有七窍本是合乎自然的，违背它的规律，它当然要死的。再如，庄子借北海若之口说："牛马四足，是谓天；落马首，穿牛鼻，是谓人。故曰，无以人灭天，无以故灭命，无以得殉名，谨守而勿失，是谓反其真。"（《秋水》）牛马有四足就是天，即自然；如果著之以笼头，穿之以牛鼻，这就不是自然的。"无以人灭天"，强调的是人的作用即人为不要泯灭自然（牛、马）固有的性质，强调认识和尊重事物的自然属性。这样的例子在《庄子》书中是很多的。所以，庄子的崇尚自然，即崇尚自然的本性。人的作用，在于顺应自然本性，在社会实践上才能收到庖丁解牛，吕梁丈夫蹈水那样的效果。这样看，庄子的崇尚自然，并不是反对一切的人为，而只是反对那些不合自然本性的人为。因此，他并不一般地反对艺术，否定一切美的东西。

那么，庄子为什么说"圣人不死，大盗不止"？为什么说"擢乱六律，铄绝竽瑟，塞师旷之耳，而天下始人含其聪矣；灭文章，散五采，胶离朱之目，而天下始人含其明矣，……"（《胠箧》）面对纷乱的社会现实，这些话是庄子的一种无可奈何的愤激之辞。当然，他对历史发展的看法是错误的。人欲横流的社会是不合理的，但这是历史发展中的一种现象，为了反对它，就要求历史倒退至所谓无欲、无为、无私的境界，返璞归真，这只能是唯心主义的心造幻影。在庄子看来，社会的弊病太多了，矛盾太多了，他又不能很好地理解，便采取"以天下为沈浊，不可与庄语，以卮言为曼衍，以重言为真，以寓言为广”(《天下》)的态度对待之。所以，对《庄子》书中的一些话要做恰当的分析，因为庄子有时并非是庄重地对待“沈浊”的社会的。如果不是这样，对《庄子》书中的话会引起误解的。唐陆德明很能够理解庄子的隐衷。他说：“然庄生弘才命世，辞趣华深，正言若反，故莫能畅其弘致，后人增足，渐失其真。”(《经典释文序录》)这是说，庄子文章辞藻华丽，趣旨深奥，正话反说，他没有能率真地把自己的思想淋漓尽致地表达出来，后来的人又画蛇添足，曲解其意，使庄子本来的思想更加模糊起来，复杂起来。鲁迅对庄子的隐衷也有深切的体会。他在《且介亭杂文二集·文人相轻》一文里说：“就是庄生自己，不也在《天下篇》里，历举了别人的缺失，以他的‘无是非’，轻了一切‘有所是非’的言行吗？要不然，一部《庄子》只要今天天气哈哈哈……七个字就写完了。”鲁迅也是不以为庄子不谴是非、齐一万物，提倡那个相对主义的。陆德明与鲁迅的话是很值得人们玩索的。

所以，庄子提倡“天地大美”，崇尚自然，并非反对一切的人为，反对一切的艺术，反对一切的雕琢，以及反对一切美的事物。

四

自然美在自然事物本身，还是人的意识加在自然事物身上的？研究美学史上的审美经验，有益于美的本质的探讨。庄子关于自然美的认识给了我们这方面的启示。

庄子提出“天地大美”的观点，指出了天覆地载，恩泽万物，人与万物都不能离开自然而生存。庄子的这个认识启示我们，对客观存在的事物不仅做一般性认识论的讨论，还要做美学方面的探讨。如果仅仅指出天地对于人及万物的不可离异的关系，天地对人及万物的生存有多么重要，那是自然科学家的事情，而不是美学的探讨。重要的是，美是一种创造，一种精神方面的创造，人通过这种美的创造，愉悦精神，使人这个主体从美的方面把握或认识客观事物（自然方面、社会方面、精神方面）。因此，美是一种哲学，一种认识，但这种认识不是人们一般意义上对于不依赖于人的客观事物的认识，而是要经过美感经验的产生，去欣赏对象，满足人们在心理上、智慧上的需要。人们不仅有物质方面的需求，而且有丰富的精神生活，懂得美的创造，追求美，研究美的学问，这不是人性的重要内容吗？庄子关于鲲鹏、大风、秋水、骏马等等自然物的描写，不是从自然科学角度出发，不是指出这些自然物对人的生活有什么直接的使用价值，而是在心理上、精神上经过了一番制造的功夫，即美感经验的过程。在这种过程中，自然人化了，人对象化了，使人与自然的关系，呈现出你中有我、我中有你的情形。这个美感经验过程也是复杂的，它是主观与客观的统一，人与自然的统一，个人与社会的统一，历史与现时的统一，也是理智与经验的统一。

自然美在人与自然的关系之中，但是自然美的产生还是要有一种契机。自然物本身应当是具有美的因素的，当它遇到人的主体的情绪、心理、感情的变化，与自然物的属性有了某种符合，即如车尔尼雪夫斯基说的自然界的美能想起人来的东西，这时客观存在的自然美才能为人所发现，美感才能产生。比如庄子盛赞黄河，把滔滔的河水当成天下最美的事物来看待，是因为他想从河水的瘦弱到弘深的变化联系到人间的相对主义理论；他听到"大块噫气"发出那么丰富多彩的声响，是在研究"怒者其谁邪"，在研究事物发生发展的原因；他强调马"蹄可以践霜雪，毛可以御风寒,龁草饮水,翘足而陆,此马之真性也"(《马蹄》),写浑沌日凿七日死,是在企图述说自然属性的不可移易。他写了那么多诸如庖丁解牛的故事,意在人们要充分注重自然的规律性。自然物的属性暗示了人的什么东西,使人们精神愉悦,或在心理上引起了其他种类的变化,如哀婉之类,这时人欣赏的对象便具有了美的价值。试想,春花秋月,落霞哀鸿,白云苍狗,杨柳依依……这些自然景象,如果离开具体人的心理活动,离开人的理智,离开人的感情,离开了人的历史的、现实的生活条件,离开了人的社会生活,那还有什么美的价值?

庄子关于"天地大美"的思想,他的崇尚自然的做法,把自然美强调到一定的地位,对于中国美学史上冲淡自然的所谓"清水芙蓉"的审美情趣的形成,对于反对雕琢堆砌,反对矫揉造作的风气产生了相当的影响。谢灵运的山水诗,陶渊明的田园诗,王维的田园诗,李白的游仙诗,以至于曹雪芹写作《红楼梦》,鲁迅写作散文诗《野草》,都是深深地经过了庄子关于自然美思想的陶冶,不过,那是要写专文论述的。

(《学习与探索》1981 年,第 4 期)

古代文学发展中的现实主义和浪漫主义问题的讨论述略

建国以来，学术界对古代文学中的现实主义和浪漫主义问题进行了热烈的讨论。这些问题的讨论，直接关乎对中国文学的性质、内容、特征、艺术传统以及中国古代文学的发展规律等问题的认识，具有极为重要的意义。研究者们的态度是认真的，取得了一些重要的成果。但是，由于问题本身的复杂性，由于左的干扰，还有待于学者们做进一步深入、细致的探讨，才能得到更好的成绩。兹就讨论中涉及的一些主要问题，略述如下。

一　关于现实主义问题

1952 年第 14 期《文艺报》发表了冯雪峰同志的长篇论文《中国文学中从古典现实主义到无产阶级现实主义发展的一个轮廓》，它是建国后第一篇全面而系统地论述现实主义发展史的文章。文章对我国古代文学发展中的现实主义的发生、发展的历史特点，提出了系统的观点。对于这篇文章中的一些观点，学术界并未展开争鸣与讨论。

四年之后，1956 年第 16 期《文艺报》发表了刘大杰同志的《中国古典文学中的现实主义问题》，接着第 21 期《文艺报》发表了姚雪垠同志与之争鸣的文章《现实主义讨论中的一点质疑》之后，遂引起了学术界的广泛注意。

1956年苏联《文学报》发表了雅·艾尔斯布克的论文《现实主义还是所谓反现实主义》，苏联学术界认为，这篇文章提出了重大问题，需要对现实主义问题进行广泛的讨论。以后，苏联科学院高尔基世界文学研究所召开了大型学术会议，讨论了有关现实主义的种种问题。我国《学习译丛》杂志于同年七月刊出了艾尔斯布克的《现实主义还是所谓反现实主义》的译文。刘大杰读了雅氏文章之后，联系到中国古典文学研究的实际，遂撰写了上文并《中国古典文学史现实主义的形成问题》①、《文学的主流及其他》②《关于现实主义问题》③等几篇文章：归纳起来，他的主要论点如下：（一）现实主义这个术语，无论在思想倾向和创作方法上，有它自己的基本内容和特点，不能同积极浪漫主义混同起来，不能和一般的真实性等同起来。现实性和现实意义并不等于现实主义，现实文学并不等于现实主义文学。现实主义这种进步的创作方法，是在文学发展过程中，是在各种不同的历史条件下，孕育萌芽、成熟而发展提高的，它的发展有自己的历史道路，有各个阶段的现实主义。（二）运用“现实主义与反现实主义”这个公式来概括中国三千年的文学史，会遇到种种困难，其结果是不能实事求是地说明问题，不能真实地分析文学史的具体内容和不同流派的作品的艺术特点，必然走上简单化片面化的道路。运用这个公式，势必以现实主义代替积极浪漫主义，结果是降低了模糊了积极浪漫主义在文学史中的起源、形成和它

① 《文艺报》，1956年第22期。
② 《光明日报·文学遗产》，1959年4月19日。
③ 《光明日报·文学遗产》，1959年8月9日。

独立性的地位。把文学史像切西瓜一样，一半是现实主义作家与作品，一半是反现实主义作家与作品，就等同于哲学上的唯物主义与唯心主义的斗争。虽然在各种美学理论和作家的世界观里，都具有唯物主义与唯心主义的性质，但如果对于文学作品不在一定程度上尊重他们的艺术特点，不深入地加以细致的分析，结果会造成混乱的现象。（三）在杜甫、白居易以前，中国还没有成熟的现实主义。在那一个阶段，现实主义主要是在民间文学中间萌芽、成长，在作品中只能有现实主义的因素，或是现实主义的基本条件；到了汉魏乐府歌辞，尤其是《孔雀东南飞》有了很大的进步。那一阶段的进步文学，除了积极的浪漫主义的作品之外，都只能称为现实文学，不能称为现实主义文学。杜甫、白居易的时代，使中国古典诗歌的现实主义，达到了成熟的阶段。造成这个成熟的条件是，当时阶级矛盾的尖锐、工商业的空前发达，市民阶层的扩大和市民意识的高涨，新哲学思想的兴起，推动了文学理论的进展，新乐府运动的形成，传奇文学的兴起以及古文运动的发动等等。这个时期，与意大利十三四世纪的文艺复兴时期，是有些相似的。唐以后，小说戏曲这种形式，是更好发展现实主义的。元、明、清的戏曲、小说的优秀作品，现实主义得到了丰富和提高，到这一时期，可以说进入了批判现实主义的阶段。

关于中国古代文学中的现实主义形成问题。寻找中国古代文学现实主义起源的讨论从五十年代延续到八十年代，虽众说纷纭，但起源于《诗经》则是为多数人所接受的观点。

姚雪垠在《文艺报》发表的文章中指出，刘大杰没有把现实主义看作历史发展的成果，而是看作个人生活遭遇的产物。个人的遭遇可以影响作家的创作方法，但不能成为某种文学流派或运动的决定因素，只有各方面所形成的历史条件和时代风气才是决定的因素。南宋以后，在封建社会中就孕育着资本主义的萌芽，而到明清以后获得相当发展。就文学看，南宋产生了话本小说，应该被看作近代现实主义的滥觞。话本是从市民中间产生的，供广大群众欣赏的，并且开始表现市民的生活、思想、道德观念。所以，中国现实主义的历史开始于南宋，即第十一到十二世纪，而不会更早。人们习惯上把《诗经》当作中国现实主义文学的起点，如廖仲安同志指出，中国现实主义文学是从《诗经》开始的，现实主义文学的成长当然可以有不同的阶段和过程，但是不能机械搬用欧洲的概念，把人物形象当作衡量诗歌的标准。在中国抒情诗的创作中，本来就没有提出塑造人物的任务。一千多年的文艺批评中，我也没有看见用塑造人物来评价抒情诗的。因此，我也就不同意刘大杰把杜甫当作现实主义诗歌成熟的标志。在我看来，把现实主义文学成熟的年代推迟到浪漫主义文学成熟的年代一千多年以后，是一件很难想象的事。《孔雀东南飞》、《悲愤诗》以及汉乐府的一些诗歌，比之杜甫那些名篇，并没有什么很大的差异。①有的同志认为，现实主义文学与原始诗歌是同时产生的。陈翰文指出，刘大杰说现实主义要和社会环境与历史条件相连，但这是产生现实主义的必要条件。劳动人民要对自然、社会进行斗争，为了这个斗争的需要，劳动人民要进行文艺创作。有了文艺创作，其中就有现实主义创作方法。比如《弹歌》的创作方法就是现实主义的。②盛钟健等的文章指出，在《弹歌》这首短诗中，人们不能找到现实主义文学的特征。《弹歌》只简单地勾勒了原始人的打猎过程，主人公是男是女，是老是少，人们都弄不清楚，无“性格特征”可言。即使《诗经》，也是

① 《也恢中国文学史上的现实主义问题》，《光明日报·文学遗产》，1959 年 7 月 5 日。
② 《现实主义的产生和发展》，《光明日报》，1959 年 11 月 15 日。

缺乏个性描写的，不能“正确地表现出典型环境中的典型性格”，因而不能说是现实的。现实主义作为一种进步的创作方法，在《孔雀东南飞》已经形成和基本成熟。总之，从《诗经》到汉魏乐府是现实主义因素逐步积累和现实主义逐渐成熟的时期，唐代大量现实主义诗歌的出现和新乐府运动的兴起，标志着现实主义文学的完全成熟。唐以后是现实主义文学继续发展时期。[①]蔡仪同志也指出，原始时代的艺术，虽能表现对象的某些特点，也有一定的社会意义，但是基本上缺乏形象的完整性，更缺乏形象的典型性，也缺乏艺术应有的美感效能，不能认为有现实主义。[②]有的同志提出从不同体裁发展过程中去探讨中国古代文学现实主义的形成问题，即诗歌的现实主义萌芽于《诗经》时代，形成于建安时代，杜甫和白居易的艺术成就是它更成熟的表现；小说的现实主义萌芽于唐传奇，形成于《三国演义》和《水浒传》，《红楼梦》则是它的顶峰；戏剧文学的现实主义始于与《董西厢》相近的年代（南宋末期的杂剧与宋戏），成熟于关汉卿、王实甫的时代，《桃花扇》则是它的最高峰。[③]其他，尚有中国古代文学中的现实主义起源于明清说，起源于近代说，等等。

对中国古代文学中的现实主义起源、形成理解的歧义，主要是由于对现实主义的实质理解的歧义所引起的。所以，与中国古代文学中现实主义问题讨论同时进行的是关于现实主义理论本身的讨论。什么是现实主义，如何理解现实主义的实质，几乎是每一篇讨论文章都要涉及的。

苏联文艺理论家艾尔斯布克批评了流行的现实主义观点，

---

① 盛钟健、姚国华、徐佩君、范民声《也谈现实主义的产生和发展》，1960 年 2 月 21 日《光明日报·文学遗产》

② 《论现实主义问题》，《文学研究》，1957 年第 1 期，收入《探讨集》。

③ 胡锡铸：《略论中国文学史中现实主义的形成》，《新建设》，1962 年，第 5 期。

即认为现实主义与其说是历史上形成的一种创作方法和倾向，不如说是艺术的一种从来就有的、一开始就有的特性。因此现实主义的概念就跟真实性的概念等同起来了，而现实主义的历史就跟艺术反映现实即反映生活真实的历史等同起来了。他认为现实主义是历史形成的，它只是各种创作方法中的一种创作方法，并根据恩格斯的现实主义定义，认为人物性格的概念对于规定和理解现实主义具有巨大的根本意义，而古代社会的文学艺术没有真正的人物性格描写，所以现实主义只能认文艺复兴时代开始。刘大杰是赞成这些观点的。他认为，现实主义是在文学发展过程中所形成的一种“最有力和最先进的”创作方法。现实主义反映现实反映社会生活的真实方面，比起其他的创作方法来，能达到更大的深度和广度。恩格斯的“照我看来，现实主义是除了细节的真实之外，还要正确地表现出典型环境中的典型性格”是现实主义的典范定义。[①]姚雪垠认为，文学史上存在着两种主要的(不是全部的)不相同的创作力法或倾向，一种是杜甫的方法，一种是李白的方法。从广义说来，我们往往把这两种不同的创作方法说是古典现实主义和古典浪漫主义。恩格斯把现实主义看成是现代文学的产物，而高尔基把现实主义的产生上溯到英国的文艺复兴，以乔叟为开创人。在中国尽管有自己的历史特点，难道现实主义可以和近代社会（哪怕是仅具萌芽）的出现没有关系么？他反对刘大杰把杜甫定为中国现实主义的奠基人，而把现实主义和市民阶级的兴起联系起来，中国的现实主义只能开始于南宋以后，而不会更早。[②]蔡仪同志认为，恩格斯关于现实主义的“再现典型环境中的典型人物”的意见，可能

① 《中国古典文学中的现实主义问题》，《文艺报》，1956年，第16期。

② 《现实主义讨论中的一点质疑》，《文艺报》，1956年，第21期。

是主要对小说、戏剧等而说的严格的现实主义要求，不是一般的现实主义的定义。他引用恩格斯给明娜·考茨基信里的话："一部具有社会主义倾向的小说，如它能够真实地描写现实的关系，打破对于这些关系的性质的传统的幻想……这部小说也是完全完成了自己的使命的。"认为，真实地描写现实，就是现实主义的根本精神或基本原则。他不同意刘大杰把现实主义创作方法等同于表现方法，所谓创作方法首先是关于艺术内容的原则，其次才是关于艺术形式、也就是关于艺术表现的原则。如果说现实主义的基本原则是真实地描写现实，那么合乎这个基本原则的作家和作品，就是现实主义的作家和作品，而从文学史上说，有相当的现实主义作品的出现，也就是现实主义的形成。因此刘大杰的唐以前中国古典文学现实主义未形成的说法是值得怀疑的，其实，现实主义的文学作品早在《诗经》时代就有了的。而姚雪垠紧紧扣住现实主义的产生"是同资本主义的出现分不开"来立论，这就是离开文学创作方法在谈文学创作方法的"实质"，结果是代之以社会史的实质；离开文学史的具体事实在谈文学创作方法的发展，结果是代之以社会史的发展，于是掉在他所要排斥的庸俗社会学的陷阱里去了。①何其芳同志认为，真实地反映现实的并不只是现实主义的文学，还有积极的浪漫主义文学。真实地反映现实并不是现实主义的同义语。说积极浪漫主义和现实主义并不对立，而且有相通之处，这是对的。然而，把积极浪漫主义划入现实主义的范畴，就是混淆了两种创作方法的差别，如复旦大学编写的《中国文学史》在导言中正是这样主张的。②廖仲安指出，要考察中国文学史中现实主义文学的发展规律，应该从中国

① 《论现实主义问题》，见《探讨集》，人民文学出版社。

② 《文学史讨论中的几个问题》，《光明日报·文学遗产》，1959年7月26日。

文学史的具体事实出发。“理实主义”这个名词来自欧洲,欧洲的文学家和学者根据欧洲的文学情况提出了这个概念。恩格斯提出的“典型环境中的典型性格”,也是从欧洲文学得出来的结论。欧洲近代被称为现实主义的文学作品,主要是小说和戏剧,典型人物的塑造当然是小说和戏剧的主要任务。中国文学史在元代之前,诗歌特别是抒情诗是文学作品的主要样式,这就不能用欧洲现实主义的概念来作为衡量中国文学史现实主义的尺度。①有的同志征引高尔基的话:“对于人类和人类生活的各种情况,作真实地赤裸裸的描写的,谓之现实主义。”即艺术形象具有活生生的人所具有的真实性，生活图景是以生活本身的形式来概括和表现的,这便是现实主义的基本特点,凡是符合这个标准的,便算是现实主义的创作。中国古典诗歌的现实主义传统不同于欧洲从文艺复兴到十九世纪初叶的资产阶级现实主义创作方法,而具有自己的特点:乃是漫长的封建社会历史中的产物,反映了我国人民在封建社会中的生活和斗争，思想和感情。一般说，这个传统主要是以产生于封建压迫下的农民思想以及部分以出现于封建社会后期的市民思想为思想基础的,乐观、朴实、浑厚、积极、求用世、爱生活、尊重理性、正视生活,每当异族大举入侵、民族危机加深之际,则更焕发起抵御强暴、热爱祖国的激情。②茅盾同志指出现实主义创作方法和被剥削阶级的社会地位有关:在阶级社会的初期,阶级斗争就反映在社会中的被剥削阶级所创造的文艺作品中；而由于被剥削阶级的本能及其斗争性质规定了它对文艺的要求与任务，因而它的这种文艺就其内容

---

① 《也谈中国文学史上的现实主义问题》。

② 公木《继承发扬现实主义和浪漫主义的诗歌传统》,《古代文学理论研究》第四辑,上海古籍出版社。

来说是人民性的、真实性的，就其形式来说是群众性的（为人民大众所喜闻乐见的）。这就产生了现实主义的创作方法。[①]这就把现实主义等同于文学的革命性人民性，实际上扩大了现实主义的范围。有的同志说“现实主义的创作方法的基本原则是性格描写”，并从恩格斯的现实主义定义的“语法关系”分析出“中心词是典型性格”，“典型环境并不一定要求在现实主义的艺术形象中描绘出来”。[②]有的同志指出，根据恩格斯的现实主义定义，细节的真实、典型环境、典型人物三者之间的辩证统一，才是现实主义的科学概念，抽掉其中的任何一点，或者把其中任何一点单取出来作为“广义的现实主义”的定义，都只能带来混乱。[③]总之，关于现实主义的实质，建国以来三十多年，虽然争论不休，但是分歧仍然存在。那种把现实主义的内涵与外延不断放大，以至于把现实主义等同于文学的真实性、艺术性、进步文学的做法，不再为人们运用了。

关于现实主义和反现实主义的斗争是否构成中国文学史的发展规律，也是五十年代热烈争论的一个问题。刘大杰 1956 年发表的《中国古典文学中的现实主义问题》指出，如果只把源远流长丰富多彩的中国文学史理解为现实主义与反现实主义的斗争，那就会把文学史上各种创作流派的复杂而又矛盾的发展过程，看得过于简单，并且是不符合实际的。他以后发表的几篇讨论现实主义问题的文章，坚持了他自己的观点，并指出势必会以现实主义代替积极浪漫主义，降低了积极浪漫主又在文学史上的独立地位，以至于不尊重文学作品的艺术特点，而造成混乱现

① 《夜读偶记》，百花文艺出版社。
② 陈瀚文《现实主义的发生和发展》。
③ 《中国古代文学和文学理论研究中的现实主义问题质疑》，《文学论集》第三集，人民大学出版社。

象。[①]

1958年第1期《文艺报》发表了茅盾同志的一篇宏文《夜读偶记》,后由百花文艺出版社出版单行本。茅盾联系中国文学史大量的事实,确认中国文学史存在着现实主义与反现实主义的斗争。他认为,阶级的对立和矛盾是产生现实主义的土壤。被剥削阶级的阶级本能及其斗争的性质,这就要求文学产生现实主义的创作方法。剥削阶级要求宣扬他们的恩德与神武,把剥削制度描写为永恒的制度,这就形成了各种各样的反现实主义创作方法。在阶级社会内,文学的历史基本上就是这样的现实主义与反现实主义的斗争。茅盾的这篇文章发生了很大的影响,北京大学、复旦大学两校中文系古典文学组编著的两部《中国文学史》于1958年9月及12月分别在北京和上海出版了。这两部《中国文学史》实际上是以茅盾的许多观点作为立论根据的,都以现实主义与反现实主义的斗争作为文学史的重要规律。这两部文学史的出版,标志着现实主又与反现实主义斗争这个公式暂时为一些人所接受,但同时也引起了极为热烈的争论。

1959年6月17日中国作家协会和中国科学院文学研究所召开了文学史问题讨论会,何其芳同志在会上做了长篇发言。何其芳同志指出,列宁的两种文化理论不能作为现实主义和反现实主义斗争规律的根据。列宁的两种文化理论,只能引申出每个民族都有两种文学,有民主主义的和社会主义的文学,也有资产阶级的文学。应用到我国封建社会的文学史上,只能引申为有民主性的文学,也有封建地主阶级的文学。不能在民主性的文学和现实主义文学之间画等号。从文学和现实的关系来着眼,真实地

① 《文学的主流及其他》。

反映现实的并不只是现实主义的文学，真实地反映现实并不就是现实主义的同义语。积极的浪漫主义文学也能真实地反映现实。那种主张把积极浪漫主义划入现实主义的做法是错了的。他认为,茅盾赞成现实主义和反现实主义斗争这个公式,但他举的例子并不多,这些例子并不能贯串整个文学史,而且有些例于还可以讨论。比如,我们已经无法知道《诗经》里的现实主义和反现实主是否曾有斗争了。汉赋,虽然好作品不多,但恐怕也不能说全部都是反现实主义。说《史记》是现实主义,司马迁又写赋,不好解释。韩愈反对形式主义，但他自己又陷入另一种形式主义,韩愈的古文运动其实是文学体裁和文学语言的改革运动,并不等于现实主义和反现实主义的斗争等等。事实上,现实主义和反现实主义的斗争并不是贯串整个中国文学史的。[①]对茅盾《夜读偶记》的一些观点，持异议的或反对的文章至少也有二十多篇,上引何其芳的观点有一定的概括性。1959 年现实主义和反现实主义斗争公式的国外发明者宣布放弃了自己的“公式”,在中国除了茅盾坚持外,多数人都改变了自己的观点。事实证明,从理论上和实际上看，现实主义和反现实主义斗争这个公式是不正确的,以后人们不再提及它。

二　关于浪漫主义问题

中国古代文学的浪漫主义文学传统也是源远流长的，不能把积极浪漫主义归入现实主义范畴，而正视浪漫主义为独立的创作方法。复旦大学同学编著的《中国文学史》的《导言》说积极浪漫主义“基本上属于现实主义的范畴”。很多人不同意这种观

① 《文学史讨论中的几个问题》,《光明日报》,1959 年 7 月 26 日。

点。李文光同志指出，现实主义和浪漫主义是有血缘关系的，但却不能互相包括，也不能互相代替。浪漫主义注重理想。如望远镜一样显示未来。[①]何其芳同志指出，浪漫主义虽然也是以一定的现实生活为基础，却按人的幻想和愿望把它做了较大或很大的改变。这就不能把积极浪漫主义列入现实主义范畴。[②]公木同志指出，浪漫主义并不总是作为现实主义的补充而存在。[③]确认浪漫主义是一种独立的创作方法，就避免了把屈原、李白这样浪漫主义诗人划入现实主义范畴的混乱。

什么是浪漫主义，各家的看法也不是完全一样。蔡仪引述西方理论家和作家的论述，认为浪漫主义的基本特征，确是在于它的描写理想这一点上。说浪漫主义描写理想，并不是说浪漫主义就丝毫没有现实性，只是说浪漫主义不是真实地描写现实，而是理想地去描写对象、描写理想化的对象而已。所谓理想并不是现实，但理想有反乎现实发展倾向的，也有合乎现实发展倾向的，于是有积极的浪漫主义和消极的浪漫主义的差别。[④]何其芳同志认为，浪漫主义并不完全按照生活的实际存在的样子反映生活。它总是现实和幻想的结合。浪漫主义所据以进行虚构的幻想却更为大胆，更为奇特，它不仅是可能存在的，而且还可以是不可能存在的。浪漫主义和现实主义同样是真实地反映现实，都要求有典型性。如我国古代神话中的后羿射日、精卫填海等是按照人的幻想和愿望创造的，浪漫主义的倾向也是随着文学艺术的产生而产生的。公木认为，浪漫主义偏重理想，着重抒发主观世

---

① 《现实主义和积极浪漫主义》，《中国文学史讨论集》，中华书局。

② 《文学史讨论中的几个问题》，《光明日报·文学遗产》，1959 年 7 月 26 日。

③ 《继承和发展现实主义和积极浪漫主义的诗歌传统》，《古代文学理论研究》第四辑，上海古籍出版社。

④ 《论现实主义问题》，《探讨集》。

界的热烈幻想。张碧波、雷啸林的文章，力求摆脱“西方文化中心论”的影响，依据中国文学特征，认为主要通过对整个世界（除了社会，还有自然和作为个体的人）的感受，阐发对现实、人生的怀疑态度。这是中国前期古典浪漫主义的文学传统。[①]

学者们对中国古代浪漫主义文学传统的发生、发展进行了具体的探讨。

浪漫主义即积极浪漫主义在中国文学发展史上具有重要地位。周扬同志说，有的人承认现实主义，就不承认浪漫主义，是没有道理的。我们热爱一切伟大作品，不论它是现实主义的，还是浪漫主义的。[②]陈祖堃同志认为，积极浪漫主义始终是一股强有力的巨流，一直汹涌澎湃奔腾在中国文学史长河之中，掀起极为壮阔的波澜。在古典诗歌领域中，积极浪漫主义更是一个极其珍贵的优秀传统，伟大的诗人差不多都和积极浪漫主义有着或多或少的联系。[③]有的同志指出，人们通常从现实主义的原则去观察文学史，结果是在有些情况下不得不套用。应该研究中国古代文学中的浪漫主义传统的各种形式表现，并且也尝试从浪漫主义的角度来观察一下某些作家与作品。[④]

有的同志认为，初民的神话，是中国浪漫主义产生的摇篮，初民征服自然战胜自然的理想是神话产生的基础。中国神话中许多征服自然的英雄人物，如逐日的夸父、炼石补天的女娲或射日除害的后羿，都没有按照生活本身的形式来描写，所以基本上都是浪漫主义的。神话中的浪漫主义只是初生的婴儿。[⑤]

---

① 《试论中国古代浪漫主义文学传统诸问题》，《文学遗产》，1983 年，第 3 期。
② 在中共“八大”的发言。
③ 《试论浪漫主义在唐以前文学中的主要表现》，《复旦》，1959 年，第 9 期。
④ 《中国古代文学研究现状一瞥》（下），《山西师院学报》，1982 年，第 1 期。
⑤ 《试论浪漫主义在唐以前文学中主要表现》，《复旦》，1959 年，第 9 期。

刘大杰认为，从《楚辞》到李白，将近一千年。在一千年的中国诗史中，现实主义在民歌中发育成长，现实主义的因素越来越强烈。但在文人诗人中的代表作家，几乎全是浪漫主义者。如屈原、曹植、阮籍、陶潜、鲍照、陈子昂，岑参、高适、李白等等，几乎无一不是浪漫主义者。这些诗人都有表现人民愿望或是反抗封建礼教的思想内容。[①]廖仲安认为刘大杰的这些意见是很难说通的。汉乐府诗中有现实主义因素，直接继承乐汉府传统的建安诗人怎么完全变成浪漫主义者了呢？陈子昂写了很多反映人民疾苦的感遇诗，也不能简单把他划入浪漫主义。其他如鲍照、高适也不能归入浪漫主义。[②]

屈原的诗篇标志着浪漫主义创作方法的成熟。屈原是积极浪漫主义的伟大旗手。在《离骚》中，诗人塑造了伟大崇高的诗人自己的形象。[③]《离骚》这篇宏大的抒情诗，现实叙述与幻想驰骋相交织，不但说明了诗人与楚国贵族腐朽势力之间不可调和的矛盾，而且反映出诗人是怎样克服了种种困难而完成了他那种崇高的具有伟大悲剧意义的品格。[④]张碧波等根据中国古代文化历史背景的特点，对楚辞浪漫主义做出了新的解释：屈原时代的楚国正是处在建立宗法社会秩序和思想规范的前夜，这个过渡时期的特点，不但决定了当时楚国文学的特点，而且给予它未来的发展趋势以深刻的影响。以屈原为代表的楚辞文学与中原的文学分属两个完全不同的系统，它同时蕴含着哲学、宗教、文学等多重因素，反映着原始型社会意识形态的特征，是远古神话传说的直接的和完全的继承者。从不自觉的浪漫主义到自觉的浪

① 《文学的主流及其他》，《中国文学史讨论集》，中华书局。
② 《也谈中国文学史上的现实主义问题》。
③ 《试论浪漫主义在唐以前文学中的主要表现》，《复旦》1959年，第9辑。
④ 《继承发扬现实主义和浪漫主义的诗歌传统》，《古代文学理论研究》第四期。

漫主义，从原始神话到楚辞，显示出人类意识人间化发展的过程。《九歌》、《天问》、《离骚》是从远古神话发展而来的走向人间化过程的三个路标。屈原所追求的理想即建立宗法社会一经实现，楚辞做为整体的历史使命已经结束，它的浪漫主义因素便逐渐蜕化而最终与美刺现实主义合流。①

庄子的浪漫主义文学也为人们特别注目，是建国以来，尤其是近年来学术研究的重要课题。有的人认为，庄子代表了浪漫主义的另一种倾向，因为庄子虽然对现实不满意，但不去反抗，而是企图把社会引向倒退的道路。②有的同志明确地认为，《庄子·天下篇》“庄周……以谬悠之说，荒唐之言，无端崖之辞，时恣纵而不傥，不以觭见之也。以天下为沉浊，不可与庄语。以卮言为曼衍，……独与天地精神往来而不傲睨于万物，不谴是非，以与世俗处。……”的精神，是他的虚无主义、神秘主义的“道”的具体表现，只是一种消极的反动的浪漫主义。③有的同志认为，庄子的浪漫主义虽然不是积极而是消极的，但庄子散文却不失为浪漫主义的精品，议论机智，气魄宏大，看来随便，但文理又很密察。同时还具有强烈的感情和丰富的想象力。④张志岳同志认为，庄子不是一个持虚无主义的真正的厌世者而是一个有强烈情感表现的人。高尔基说：“积极浪漫主义，企图强固人们对生活的意志，在人们心中，唤醒对现实一切压迫的反抗决心。”庄子作品中的浪漫主义，是符合高尔基提出的这个标准的。至于其中所表现的玩世不恭的態度，多少也给后世带来一些不良的影响，但那是次要的。⑤有的同志指出庄子的浪漫主义特征，《天下

① 《试论古代浪漫主义传统诸问题》，《文学遗产》，1983年第3期。
② 《试论浪漫主义在唐以前文学中的主要表现》，《复旦》，1959年，第8期。
③ 施昌东《先秦诸子美学思想述评》，中华书局。
④ 闫涛《庄子美学思想浅议》，《南京大学学报》，1982年第3期。
⑤ 《文学上的庄子》，《中国文学史论集》，黑龙江人民出版社，1963年第1版。

篇》中对庄子创作的著名论述，可以说是对他的浪漫主义特征的最精辟的概括。它不但指出《庄子》对巫史文化和以前道家思想的承袭关系，而且指出它趋向于文学的发展，即“以谬悠之说，荒唐之言，无端崖之辞”，不但指出它的“人的自觉”，“自我意识”的特点，即“时恣纵而不傥，不以觭见之也。以天下为混浊，不可与庄语”，而且指出它与宗法势力的对立，即“不谴是非，以与世俗处”，不但指出它所开拓的涵盖世界宇宙的境地，即“独与天地精神往来而不傲倪于万物”，而且指出它独特的浪漫主义风格，即“其书虽瓌玮而连犿无伤也，其辞虽参差而諔诡可观”；不但指出它的题材“上与造物者游，而下与外死生无终始者为友”，无所不包，而且指出它“弘大而辟，深闳而肆”的意境。[①]有的同志指出，《庄子》是中国浪漫主义创作方法的“滥觞”。《庄子·天下篇》的“以天下为沉浊，不可与庄语”，是对现实的否定的、叛逆的、批判的态度，是《庄子》浪漫主义创作方法的前提和出发点，成为其萌芽式的浪漫主义创作方法论的一条基本原则，而这个原则显然是积极的。[②]

陶潜诗的浪漫主义问题。孙静同志认为，以前一般人都能看出陶渊明《桃花源记并诗》是浪漫主义作品，却很少有人认为他的田园诗也是浪漫主义的，其实二者本质上是相通的。二者的根本点都是把生活境界理想化，只不过《桃花源记并诗》采取了非人间形式，理想化的程度表现得显明。田园诗是在现实的田园生活形式中描写理想化的生活境界，采取人间的形式，理想化的成分表现得隐晦罢了。陶渊明的田园诗丰富了我国古典诗歌的浪漫主义流派。它创造了浪漫主义的一种新风格，其基本特点就是

① 《试论中国古代浪漫主义文学传统诸问题》。

② 阮国华《谈我国浪漫主义创作方法论的滥觞》，《湖北师范学院学报》，1985年，第1期。

在平实的生活形式中含蕴理想的境界，在表面的现实形式下含蕴非现实的内容。[①]

李白的浪漫主义评价问题。有的同志指出，李白在思想上虽然曲折复杂而多矛盾，在诗篇中虽然是瑕瑜杂糅而不单纯，但就其主导方面而论，他在艺术上的重大成就，包括他在诗论上提出的鲜明见解，都证明他是歌颂自由与进步、背叛礼法与规范、反对古典主义的杰出的浪漫主义诗人。李白山水诗中也包含着某些病态的成分，却也不能简单地把它归为消极因素，因为它们同时往往也是激情和想象的标志，是不满现实和追求理想的表现。[②]

有的同志指出明代浪漫主义美学思潮的特征。明代中期，文坛上出现了《西游记》、《牡丹亭》等作品，出现了李贽的“童心说”，公安派的“性灵说”，汤显祖的“意趣神色说”等浪漫主义的美学理论，冲击了明代的复古主义的藩篱，解放了人们的思想，为明代和后来的文艺发展廓清了道路。其特征表现为：（一）反对封建礼教，提倡个性解放，憧憬自由理想；（二）主张独抒性灵，强调激情，有感而发，反对无病呻吟，（三）想象丰富，夸张大胆，象征巧妙，构思奇特。冲击了封建道统和封建礼教，关于创作的一些独到见解，正确地反映了创作规律，对后世文艺创作和理论发生了深远的影响。[③]

总之，经过讨论，确认了浪漫主义文学传统在中国文学史上的地位，但是，对一些具体作家作品的分析研究，特别是对浪漫主义文学传统的特征、规律等一些重要问题，还有待于学者们进行深入的研究，写出概括性较强的更富于科学性的文章。

---

① 《陶渊明田园诗的浪漫主义》，《北京大学学报》，1980年，第4期。

② 《继承发扬现实主义和浪漫主义的诗歌传统》，《古代文学理论研究》第四辑。

③ 程林辉：《明代浪漫主义文学思想的特征》，《争鸣》，1984年，第2期。

三 关于古典文学中现实主义与浪漫主义相结合问题

1958 年毛泽东同志提出了革合的现实主义与革命的浪漫主义相结合的创作方法，于是在学术界展开了关于中国古典文学中的现实主义与浪漫主义相结台问题的讨论，特别是在 1959 年至 1961 年之间。

这个问题包括许多方面，要做多方面的专门研究。首先，中国古典文学中有没有现实主义和浪漫主义相结合的作品。周扬同志说，革命的现实主义与革命约浪漫主义相结合，这是对全部文学历史经验的科学概括。历史上许多伟大作家总是常常在他们的作品中表现出现实主义和浪漫主义这两种精神、两种艺术方法的不同程度的结合。[①]郭沫若同志也认为古典文学中有两结合的作品。他说，古往今来伟大的文艺家，有时你实在是难于判定他到底是浪漫主义还是现实主义者。如屈原是一个浪漫主义者，但他关心的事物真是包罗万象，在《天问》中他所提出的关于宇宙的形成问题，直到今天我们还不能解答。所以，他同时又是一位伟大的现实主义者。[②]茅盾认为，中国历史上极少浪漫主义与现实主义相结合的作品，而李白、杜甫这样的大作家只能说前者属于浪漫主义，而后者属于现实主义。[③]胡经之认为，由于古代作家“主观世界和客观世界”、“理想与现实”不能统一，因此古典文学只能达到现实主义或积极浪漫主义，不能达到两结合。[④]张怀瑾也认为不能结合，主要原因是：(一)由于古代作家世界观的局限，不可能解决“艺术和现实的辩证统一关系问题”以及“现实主

① 《新民歌开拓了新诗的道路》及《我国社会主义文学艺术的道路》，前者见《红旗》，1985 年，第 1 期，后者见《中国文艺艺术工作者第三次代表大会文件》，人民文学出版社。

② 《浪漫主义和现实主义》，《红旗》，1958 年，第 3 期。

③ 《五个问题》，《河北文学》，1961 年，第 5 期。

④ 《现实与理想在文学中的辩证结合》，《文学评论》，1959 年，第 1 期。

义和浪漫主义的辩证统一关系问题”;(二)生活本身不能提供解决理想和现实相矛盾的必要条件，不能产生结合的思想；(三)由于文学本身发展水平的限制,我国文学史上即使最进步的古典作家,在他们的创作中,没有也不可能有现实主义和浪漫主义的真正结合。古典文学创作中不能有两结合,这是我国文学史上不以人的意志为转移的客观规律。[①]争论的双方对“结合”的理解、要求不同,难于求得一致。

至于什么样的作品才称得上“两结合”的作品,也是众说纷纭。有的同志说:《离骚》、《窦娥冤》、《三国演义》都是古典文学中比较典型的两结合作品。[②]有的同志说,不能把神话和以神话为主要内容的小说、戏剧也看成现实主义与浪漫主义相结合的作品。把《史记》,《红楼梦》看成“两结合”的作品,也是不妥的。《水浒传》才是现实主义与浪漫主义相结合的典范作品。有的人又认为，远古的神话传说与歌谣是现实主义与浪漫主义创作方法的开端,在元代剧作中还是初步形成,在元末明初及明代中叶出现的长篇小说《三国演义》、《水浒传》以及《西游记》等巨著中就有了巨大的发展。[③]

关于“两结合”的特征。有的人认为,表现在人物形象塑造上是现实和理想的统一，在故事情节的处理上是既符合现实生活的逻辑,又服从于理想的表现。[④]但有的同志认为把现实与理想的统一看作是“两结合”的特征不够妥当,因为这看法是含混不清,界限不明,无法概括那些抒情诗中的“两结合”作品以及那些以悲剧结束的“两结合”的戏剧和小说的特征。[⑤]

---

① 《中同文学史上关于现实主义和浪漫主义的几个理论问题》,《河北文学》,1961年,第3期。
② 蒋和森《关于古典文学现实主又和浪漫主义相结合问题》,1961年11月15日《文汇报》。
③ 梁超然《中国古典文学中浪漫主义几个问题的探讨》,1961年4月20日《广西日报》。
④ 张炯《也谈我国文学史上现实主义与浪漫主义相结合》,1961年3月5日。
⑤ 冯其庸《论古典文学中现实主义与浪漫主义的结合》,《教学与研究》,1961年,第1期。

古典文学中的“两结合”是否能成为独立的创作方法。有的同志持肯定意见：在我国古典文学中现实主义与浪漫主义相结合已成为一种独立的艺术方法，它在融合现实主义与浪漫主义的特长的基础上，充分地形成了自己独特的创作原则。[①]也有的持否定意见。

1976年以后，文艺理论界讨论革命的现实主义与革命的浪漫主义这个创作方法，但是，古典文学界却极少见继续讨论关于文学史中“两结合”的文章。有的同志指出，当时的讨论是围绕着革命的现实主义和革命的浪漫主义两结合的创作方法进行的，因此，所有的文章，包括古典文学研究方面的文章，全部重点放在“两结合”上，却没有一篇专门的论述和研究我国古典文学中现实主义或浪漫主义及其具体内容和历史特点的文章。由于对这类基本理论问题，缺乏应有的研究，就在讨论中出现了不可避免的混乱。[②]这个意见是很值得重视的。从事实出发，坚持独立思考，对于学术研究，包括中国古典文学的研究，这是最重要之点。

（收入《建国以来古代文学问题讨论举要》，1987年）

① 张先觉等《我国古典文学中现实主义与积极浪漫主义相结合问题的探讨》，1961年8月5日《安徽日报》。

② 敏泽：《关于古典文学中的现实主义问题》，《文学遗产》，1980年，第3期。

说李渔的结构论

李渔《閒情偶寄·词曲部》把《结构》列为第一章，他之所以这样做，一方面表示他的“立新”——“音律之学”前人已有论述，不再愿做那些“狗尾续貂”的事情；另一方面，同时也是主要的，在于李渔对结构在戏剧创作中的作用有着独到的见解。

《结构》这一章，李渔又分为七小节写的，即《戒讽刺》、《立主脑》、《脱窠臼》、《密针线》、《减头绪》、《戒荒唐》、《审虚实》。细心一些，就会看出这七小节不是互不相关而是有机联系在一起的——《立主脑》是结构的核心，它制约着其他六部分。换言之，《立主脑》是结构伦的“主脑”。“主脑”不立，不能“脱窠臼”，不能“戒荒唐”；“主脑”不立，不能“减头绪”，不能“密针线”；同时，也只有明确了“戒讽刺”、“审虚实”的意义，才能“立主脑”。李渔的理论著作，如同他提倡的理论或戏剧创作一样，既树立了主脑而又细致绵密。

一

要立得好“主脑”，必须明确“戒讽刺”的意义。李渔把《戒讽刺》放在“结构”的第一部分，是不无道理的。我们必须循着李渔理论本身的线索去理解他的理论。

李渔名之为“戒讽刺”，并不是讲的讽刺文学之类，而是讲的创作动机、特别是传奇的社会作用问题。这个问题，对于今天的作家来说，已经是个不成问题的问题了。但在李渔的时代，许多剧作家并不真的懂得创作的社会意义，李渔基于这个现实情况提出了“戒讽刺”的理论。

在《戒讽刺》里，李渔强调了传奇的社会教育作用，反对了那种借传奇发泄个人私愤，当作个别人相互之间攻击的工具的做法。

当时对传奇创作流行着一种颇为不正确的理解，如说《琵琶记》是为讽刺王四而作，所谓“刻薄之徒”“倒行逆施”者，“借此文报仇怨，心之所喜者，处以生、旦之位；意之所怒者，变以净、丑之形，且举千百年未闻之丑行，幻设而加于一人之身，使梨园习而传之，凡有定案，虽有孝子慈孙不能改也”，这样的作者把传奇的写作纯粹当作表现个人恩怨的手段了。李渔极力反对这种错误做法。他说：“窃怪传奇一书，昔人以代木铎。因愚夫愚妇识字知书甚少，劝使为善，戒使勿恶，其道无由，故设此种文词，借优人说法，与大众齐听，谓善者如此收场，不善者如此结果，使人知所趋避，是药之寿世之方，救苦弥灾之具也。”（《戒讽刺》）“愚夫愚妇”的说法，自然不免传统的士大夫文人轻视劳动人民的立场，但李渔从传奇的产生强调传奇的社会性，强调戏剧艺术的普遍性和比之其他艺术形式所具有的广泛的社会教育作用。在另一处讲得更明白些：“总而言之，传奇不比文章，文章做与读书人看，故不怪其深，戏文做与读书人与不读书人同看，又与不读书人之妇人，小儿同看，故贵浅不贵深。”（《词采第二·忌填塞》）从传奇内容上看，它反映的应该是具有普遍社会意义的事物，在教人“劝使为善”“戒使勿恶”；从形式上看，李渔力求戏剧区别于诗、词等艺术形式，使戏曲具有与不读书及不读书的妇人、小儿同看的功能。如果作者只为了个人恩怨去进行创作，势必使文学脱离现实，而变成荒诞不经的东西。李渔强调戏曲创作的社会意义和教育的广泛性，这是具有进步意义的理论。

李渔注意了艺术的社会功能，这是正确的。但艺术应具有什么样的艺术功能，李渔却讲得含糊不清。他要求传奇作者：“凡作传奇者，先要涤去此种肺肠，务存忠厚之心，勿为残毒之事。以之报恩则可，以之报怨则不可。以之劝善惩恶则可，以之欺善作恶则不可。”在阶级社会里，什么“忠心”“善”、“恶”等都是有具体的阶级内容的。封建统治者有封建统治者的“忠心”、“善”、“恶”标准，它们无论如何是不能混同起来的。在客观效果上看，李渔的这些“中心”论是很容易为封建统治者利用的，即起了维护封建统治者的作用。这一点，应当认识清楚。

二

作家在明白了艺术的创作意义之后，于是便进入了主题的确立、题材的取舍，情节的提炼等过程。“立主脑”以下六节论述了这些问题。

什么是“立主脑”？李渔说：“主脑非他，即作者之立言本意也。”“立言本意”，顾名思义，即立言的根本意义，用现在话说，即作品的主题思想。“立主脑”者，就是要作家在创作之先，要确立作品的主题思想。于此做这样的理解，似乎是不错的。

但是，“立主脑”还具有其他的含义。他说：“一本戏中，有无数人名，究竟俱属陪宾；原其初心，止为一人而设。即此一人之身，自始至终，离、合、悲、欢，中具无限情由，无穷关目，究竟俱属衍文;原其初心,又止为一事而设。此一人一事,即作传奇之主脑也。”“立言本意”确立了,但如何体现在艺术作品中呢?人物、情节基于主题的规定,对他们便不能不提出相应的要求。人物要“立主脑”,情节也要“立主脑”,即李渔的“一人一事”的要求。人物设计集中,情节安排适当,这才能使“立言本意”变成艺术作品的现实。

李渔还说:“后人作传奇,但知为一人而作,不知为一事而作,尽此一人所行之事,逐节铺陈,有如散金碎玉。以作零出则可,谓之全本,则为断线之珠,无梁之屋,作者茫然无绪,观者寂然无声,无怪乎有识梨园望之而却走也。……”情节没有主脑,即成为“断线之珠”“无梁之屋”,这里可以看出,李渔的“一人一事”,是要对情节做高度的、合乎艺术创作规律的锤炼,同时也还有要求情节的单纯化、要求突出主要情节的意思。这些要求都是合理的。

三

在《戒讽刺》一节里,李渔强调了戏剧创作的社会意义,要戏剧创作反映社会现实生活。但反映怎样的社会现实生活?《戒荒唐》《脱窠臼》二节做了答复。在创作过程中,能否注意“戒荒唐”“脱窠臼”这两个问题,也关系到“立主脑”的问题。

《脱窠臼》一节,李渔要求作家创新,脱离旧的窠臼,这是艺术的规律。一个角色几个演员去扮演,同一题材几个作家去描写,而结果却不一样,这说明艺术家都各自投进了艺术劳动,进行了艺术的创作。正像别林斯基说的:“在真正艺术作品中,所有的形象都是新颖的,独到的,没有任何形象重复其他的形象,而是每个形象都有其各自的生命。一个艺术家的作品尽管如何多样性，他在任何一部作品或任何一笔线条上都不会重复自己的。”①

“脱窠臼”是“立言本意”的“脱窠臼”，是主题思想的创新。李渔说：“窠臼不脱，难语填词。凡我同心，急宜参酌。”还说：“古人呼剧本为‘传奇’者，因其事甚奇特，未经人见而传之，是以得名。可见非奇不传。新，即奇之别名也。若此等情节，业已见之戏场，则千人共见，万人共见，绝无奇矣，焉用传之！是以堪词之家，务解‘传奇’二字……”李渔这里说的“奇”“新”，并不是脱离现实的奇奇怪怪的事情，而是对一种新鲜题材的采取，对一种新思想的探求。恰恰相反，李渔反对荒唐不经。《戒荒唐》一节说：“凡说人情、物理者，千古相传；凡涉荒唐、怪异者，当日即朽。”又说：“世间奇事无多，常事为多；物理易尽，人情难尽。……”有二点应当着重指出：

（一）李渔为了反对当时的如“老僧碎补之衲衣，医士合成之汤药”的不良倾向，提出了“脱窠臼”的要求，这不但富于现实意义，而且更符合艺术的普遍规律。

（二）李渔的“新奇”理论，并不是稀奇古怪的东西。这些“新奇”指的是社会生活中存在的可以用来作为艺术反映对象的事物，即“凡说人情、物理者，千古相传”“世间奇事无多，常事为多，物理易尽，人情难尽”者。艺术在于对社会生活进行概括，使之成为典型的东西，欲达到这样的目的，必须使艺术植根于现实生活之中，一时也不能脱离现实。“凡涉荒唐、怪异者，当日即朽”——说得深刻极了。李渔的这种现实主义理论，很有现实的战斗意义。

---

① 《别林斯基论文学》，第6页。

写到这里,使我们明白,对李渔的“立主脑”理论,并不能孤立地去看,并不能只当单纯技巧论去接受,而应当把李渔的全部理论当做一个整体加以研究。“立主脑”如不与“脱窠臼”“戒荒唐”联系起来看,我们非但不能深刻了解“立主脑”的意义,而且连“脱窠臼”“戒荒唐”也没有了着落。“主脑”要立得牢实可靠,具有“新奇”的价值,那么必得“脱窠臼”和“戒荒唐”。

四

前面说过,“立主脑”并非单指主题思想而言,情节上李渔也要“立主脑”的。因此,他又提出《减头绪》《密针线》两条。

李渔总结了前代作家创作经验时说:“《荆》、《刘》、《拜》、《杀》(《荆钗记》、《刘知远》、《拜月记》、《杀狗记》)之得传于后,止为一线到底,并无旁见、侧出之情。”还说:“作传奇者,能以‘头绪忌繁’四字刻刻关心,则思路不分,文情专一,其为词也,如孤桐劲竹,直上无枝,虽难保其必传,然已有《荆》、《刘》、《拜》、《杀》之势矣。”

《减头绪》,说的是情节提炼问题。

李渔强调一人一事,并指出这是创作规律。从艺术上看,情节单纯、凝练、经济,是一种比较高的要求。但李渔的意见未免偏颇。一人一事,有“主脑”,这固然好,使三尺童子看了也能“了了与心,便便于口”。生活本身是极为丰富的,人与人之间的关系也极为复杂,有时一人一事并不足以反映这样复杂的现实生活。生活的无限丰富性,是戏剧情节复杂化的基础。中外戏剧史上这样的例子很多。单纯化、明朗化当然好,但却不要排斥情节的错综复杂性。否则都成为“孤桐劲竹、直上无枝”,看去也不免产生贫乏单调之感。情节的提炼原则,应以作品的主题思想为基准,而去增删变幻。

李渔既然主张戏剧创作要反映社会现实生活，于是提出在情节上，甚或在细节描写上都要以生活作为依靠而合于艺术的真实。《密针线》一节主要讲的是细节描写问题。李渔说传奇写作义理有三:曲也,白也,穿插联络之关目也。李渔对“穿插联络之关目”这个道理有深切的理解,所以写了《结构》这一章,并占了他的理论的重要位置。《密针线》的主要内容是,写作传奇要做到前后照应,不自生矛盾,想的要周到,最好是“宁使想到而不用,勿使有用而忽之”。再者,传奇的情节安排符合生活的真实,合情合理,哪怕一个小节也不放松严格的要求。在这个意义上,李渔批评了《琵琶记》情节上的许多疏漏之处。

五

最后,再看看《审虚实》里谈了什么。这里涉及两个问题,一个是题材问题,一个是创作方法问题。对这些问题的阐发,更见李渔的真知灼见。

李渔说:“传奇所用之事,或古,或今,或虚,或实,随人拈取。古者,古籍所载,古人现成之事也;今者,耳目传闻,当时仅见之事也;实者就事敷陈,不假造作,有根有据之谓也。”说的是传奇所用之事有古、今、虚、实各项;其实传奇所用事只在古、今二字,虚、实二字讲的是创作方法问题。

文学创作的题材，可以写当今的社会，也可以写过去的历史,古今皆然。李渔的“古”,也是指历史题材。《戒荒唐》一节也谈过历史题材运用问题:“……即前人已见之事，尽有摹写未尽之情,描画不全之态。”说得更进了一层。别人写过的题材也可以写,只要你有艺术家的思想和手段。李渔的“今”,指现实中发

生的事情，即“只当求于耳目之前，不当索诸闻见之外。”（《戒荒唐》）

李渔谈的“实”与“虚”，是对艺术创作的一种认识。意思是艺术（戏曲）创作可以由现实中实在有的事情出发，也可以“空中阁楼”，去想象，去进行艺术的虚构。李渔还说：“传奇无实，大半皆寓言耳。”这进一步表明了李渔对艺术本质的认识——传奇从“实”（生活）中来，而又无“实”（生活的“实”已变成了艺术的“实”），——艺术有着概括地反映生活的作用。因而李渔尖锐地批评了那种把传奇中的事件与生活中的事件加以牵强比附的观点。李渔对艺术概括反映生活问题的理解，是新鲜而聪颖的，据我所读《中国古典戏曲论著集成》所收唐以来的戏曲论家的著作，还没有过这样的见解。把小说戏曲与经史古籍等量齐观，不惟不是文学观点的一大进步，但在许多戏曲理论家津津有味地考证传奇故事的时候，而李渔在理论上指出了艺术的概括作用，不能不说这又是文学观点的一大进步。

六

上面，我们大致叙述了李渔结构论的中心内容。但是李渔为什么如此重视结构呢？

李渔在《结构》序言里说：“至于‘结构’二字，则在引商刻羽之先，拈韵抽毫之始，如造物之赋形，当其精血初凝，胞胎未就，先为制定全形，使点血而具五官百骸之势。倘若无成局，而由顶及踵，逐段滋生，则人之一身，当有无数断续之痕，而血气为之中阻矣。……”又接着说：“故作传奇者，不宜卒急拈毫。袖手于前，始能疾书于后。”“未有命题不佳，而能出其锦心，扬为绣口者也。”话说得很明白：

（一）结构是在“引商刻羽之先，拈韻抽毫之始”对艺术创作的总构思，总设计；

（二）“未有命题不佳”——结构包括从主题思想开始以及题材运用、情节安排等内容，这里是结构的灵魂。

（三）作家于动笔之前一定进行较好的设计、较好的结构，即“不宜卒急拈毫”。当然，关于构思的理论是很复杂的，李渔不过指出几个要点罢了。李渔时代的一些理论家，在捧着旧的衣钵做着曲调音韻、轶事考证的时候，李渔却在总结了先代创作经验的基础上，又结合着自身的实践经验，开拓了戏曲理论研究的新疆域。单从《结构》一章上看，李渔也实在可以称为卓有见地的戏曲理论家。

（手稿，1962 年）

在绿色的屏幕下

——论潘青的创作

1946 年，对于中国革命是关键的一年，对于潘青同志来说，也是极为重要的一年。

这时的她，以 17 岁的青春年华，冲破种种陈旧思想的束缚，毅然投身革命斗争的洪流，走上了光明的革命道路。她热爱文学事业，开始写作戏剧、散文等文学作品，反映伟大的革命时代，表达她的社会理想、人生目的，沿着革命现实主义的方向走上了文学的征程。

从 1947 年发表处女作散文作品《薅草》起，潘青同志的创作道路已经走过了 45 个春秋，可以分为三个时期。第一时期，从 1947 年至 1951 年。主要写作戏剧、散文以及小说，小说《爷爷的心愿》发表后，引起人们的注意。题材多与土改、支援解放战争的历史发展相一致。通过这些作品，表达了一个青年人对革命的热烈追求，以文学献身革命事业的真挚情怀。这是潘青文学道路的初始阶段。第二时期，从 1952 年至 1979 年，这是潘青深入生活，创作丰富时期。这时期潘青创作了大量的小说、散文、诗歌，特别是发表了电影文学剧本《万木春》(合作者胡苏)，标志着作家文学创作上的重要收获。1980年以后，作家视野更为广阔，注意现实生活发生的巨大变化，努力发掘生活沃土，陆续发表了《民事庭长》、《山城夜》等作品，在创作上出现了明显的突破，形成了鲜明的艺术特色，充分地体现了作家的艺术追求和美学理想。

与其说潘青选择了革命的文学道路，毋宁说伟大的革命时代选择了潘青。

一

潘青刚刚踏上文学创作的道路，就接受了毛泽东文艺思想的指导。毛泽东文艺思想对潘青的文学道路起到了决定的作用。

哈尔滨解放之后，潘青就读于党所创办的东北大学。这所大学的教员、干部都是从延安来东北的文学家、艺术家、革命家。大批有志于为中国革命事业奋斗的东北青年在这所革命大学里，学习马克思主义理论，学习为人民服务的本领。歌剧《白毛女》在东北解放区到处演出，它鼓舞着群众的革命激情，受到群众热爱。潘青看了《白毛女》之后，热泪盈眶。她认识到文艺为工农兵、为最广大人民服务的道路。她参加轰轰烈烈的土地改革运动，在革命的实践中增长才干，体验和认识如火如荼的现实斗争生活，寻求革命文艺的源泉，写出散文《薅草》，大型活报剧《打到南京去，解放全中国》等一批作品。之后，又写出了反映东北根据地人民支援解放战争的剧本《添牲口》、《枪》等。这些作品多是配合政治运动和中心工作的，有较强的政治性、鼓动性，在动员群众参加革命斗争方面起到了不可忽视的历史作用。这些所谓“配合”政治斗争的作品，是斗争的需要，是中国革命的需要，是革命青年理想的天然流露，其价值只能作如是观。对这些作品，作者来不及精心雕琢，来不及做艺术上的加工，因为这是“雪中送炭”，满足了革命形势的需要和读者的要求。

潘青创作伊始，便表现出多方面的艺术才能。她不但写短剧、散文，还写鼓词、评剧、小说等。1951 年发表了小说《爷爷的心愿》。这篇小说写翻了身的农民、军属老李头送孙子参军的动人事迹。小说表现了作家结构故事、刻画人物的才能。老李头在旧社会受了一辈子苦，共产党把他从水深火热之中解救出来。他认识到，个人的、家庭的幸福和革命事业是联系在一起的，所以，1946 年毅然决然送儿子参军打蒋介石。这一次，美国鬼子又要侵略中国，他义愤填膺，又坚决支持大孙子参军打美国鬼子。作者从多方面描绘老李头的形象。老李头平时安详地烤火盆，在动员参军的会场上，慷慨陈词，坚决鼓励孙子报名参军。当孙子告诉老人，吃了晌午饭就要集合出发的时候，老人“心里一急，不觉眼里流下泪来”。骨肉至情，难免有离别之苦，但是，老人擦掉了眼泪，勉励孙子到了前方勇敢杀敌，表现了老人大义凛然的崇高气节。老李头这个形象具有一定的典型性，概括了中华民族的美德，即在亲人、家国之间发生矛盾的时候，能够顾全大局，割舍血肉亲情，而勇于为国家、民族的利益献身。老李头又是一个翻了身的农民形象，它向人们揭示，人民的力量是决定革命成败的根本，这就是人民解放战争为什么能够取得迅速胜利的真谛。《爷爷的心愿》是一种以歌颂为主的短篇小说，作品中的爷爷是主要描写对象，不见矛盾冲突出现，基本上按人物行动时间顺序来叙述，间或也运用心理描写。作家还写了话剧《红旗之歌》,反映工业战线的生活。

毛泽东同志在《讲话》中说:“中国的革命的文学家艺术家,有出息的文学家艺术家,必须到群众中去,必须长期地无条件地全心全意地到工农兵群众中去,到火热的斗争中去,到唯一的最广大最丰富的源泉中去,观察、体验、研究、分析一切人,一切阶级,一切群众,一切生动的生活形式和斗争形式,一切文学艺术的原始材料,然后才有可能进入创作过程。”这段话犹如照亮创作道路的火炬指引了一代文艺家的方向。潘青在创作的初始阶段,接受了毛泽东同志的革命功利主义的美学思想,以高昂的革命激情,紧紧追随革命潮流,写下了那些与社会政治历史发展脉搏相与共振的作品。

二

迎着 1955 年金色的秋天,潘青来到了小兴安岭脚下的林城伊春工作。之后,又到黑河地区、大兴安岭地区工作。在大、小兴安岭绿色的海洋里,处处留下了潘青艰苦跋涉的足迹。生活场景的变换,使潘青的文学创作进入了一个新的境界。

潘青克服种种困难,深入火热的斗争生活。她和林业工人、干部以及他们的家属交朋友,相濡以沫,了解林业工人苦难的过去,也与当家做主的林业工人同享新生活的欢乐。绿色森林的博大胸襟,崇山峻岭的伟岸凝重,五花山的绚烂色彩,林业工人响彻云天的声声吆号,莫不震撼着作家的心灵,陶冶着作家的性情,激发着创作灵感。潘青在《彩莲·后记》中写道:“我爱祖国的大森林,虽然她并不是我出生的地方。可是,森林里的一条潺潺清流,一点翠绿的草木,以及春风秋雨,我都寄予无限的热爱,无限的深情,我从内心里呼唤她:我的母亲!”潘青长时期在大、小兴安岭林区生活和工作,她的大部分的美好时光都献给了大森林,这种林区生活经历对其生活观、文学观以及艺术特色发生了重要的影响。

《彩莲》是潘青的第一个短篇小说集,共收入10篇作品,除了《爷爷的心愿》之外,都是反映林区生活的。1959年作家发表了电影文学剧本《万木春》,以其雄浑的笔触描写了东北林区在共产党领导下发生的巨大变化,成为这一时期潘青的代表作品。

《彩莲》收录了作家从1951年至1964年间的主要短篇小说。这10篇作品分为几种情形:《爷爷的心愿》写翻身农民提高了革命觉悟,支援抗美援朝的伟大斗争;《老犟哥》、《“木把”范家》、《巧木匠的心》3篇,写林业工人解放后生活上和精神上的变化,表现了50年代至60年代林业工人热爱新的生活、热爱集体、一心为公的思想品质;《林班线上》、《兄弟之间》、《九月的山谷》、《融雪之前》、《峦河边上》一组作品,主要写林业工人及其家属在生产中结成的新的关系,以及对生产竞赛跃进等事物的心态;《彩莲》属于另外一类作品,即从延安革命根据地成长起来的农村革命妇女,在新中国成立后,继续发扬革命传统,而呈现出自主自强的形象。

这时期潘青的文学创作都是在绿色大森林的屏幕下展开的,林业工人干部在林业生产战线上的艰苦斗争、生产活动以及人际关系构成了潘青文学创作的主要画面。潘青与绿色的大森林相厮守,她的执着的追求,成功的喜悦,都与绿色的大森林结合为一个整体,从而形成了富有个性的艺术特色,即所谓“森林文学”。从小说和电影文学内容上看,作者主要探索了两个方面的问题，一是从历史的深度和林业生产的特殊方式，探索翻身当家做主了的林业工人所表现出来的生产热情；一是探索了60年代前期林业生产中形成的新的人际关系，这种关系是如何促进了生产的发展。潘青是森林文学成就较突出的作家，从她的创作中可以窥视森林文学的一些特色。

《老犟哥》、《“木把”范家》和《巧木匠的心》以及电影文学剧本《万木春》可以归结为写人物命运一类。通过这些林业老“木把”性格命运的描写，使人们看到历史的深处，看到林业工人这些绿色宝库开发者过去的苦难生活，了解到每天每日和大自然打交道的林业工人，在与大自然的和社会的斗争中，所形成的独特的倔犟的性格。《老犟哥》中的老姜头，在山上做木头30多年，已经60多岁了，没有结婚。养老院来接他三次，他也不肯去。老姜头倔强、刚烈、讲义气，富有反抗精神，在旧社会曾经造了把头田大下巴的反，岁数大了，仍然住在山上，为工人们种蔬菜，他是一位和大森林浑然一体的人。《“木把”范家》里的老范，从一名工人成长为林业局的领导干部，摆弄木头40多年了。他的父亲和哥哥在旧社会被大森林这个“活地狱”吞噬了。在新社会，侄子范金听从了老范的意见，也当了林业工人，在生产中砸伤了脚，老范也不利用职权，把侄子调到山下去。《巧木匠的心》内容也似平常，描写韩木匠用桃核制作一对精美小桌，送给人民领袖毛主席。共产党的阳光照亮了大森林，使黑暗的大森林重见天日。在旧社会，大森林成了林业工人的“活地狱”，而到了新社会，大森林不仅是林业工人的劳动对象，同时也是可亲的对象、审美的对象。这篇小说向人们指出，人们在同大森林斗争的同时，大森林也把大美无私地馈赠给人们。作品描写韩木匠时时欣赏大自然的美,他用拣来的翠绿的野核桃,削开,用360多个核桃的横断面联结起来拼成桌面,精心制作出时时散发出清香的精美小桌作为礼物送给毛主席,以表达林业工人的心意,构思别致、新颖。

作家在电影文学《万木春》里,让读者更为深刻地理解森林文学的一些特征。实际上,《万木春》成为潘青的奠基性作品。《万木春》之所以取得成功,主要是作品内涵丰富,人物形象生动,今天读来,仍然耐人品味。这部作品以林业生产为焦点,以林业工人罗寿堂等的命运为线索,揭示了人与自然、人与社会的种种复杂关系,比较集中地体现了森林文学的一些美学特征。首先,作品描写了共产党刚刚接管林区还来不及改善林业工人生活的时候,他们吃的是又臭又烂连牲口都不吃的窝窝头,身上披着麻袋片,住的是破残不堪的非常原始的马架子。强制性的重体力劳动把人变成了非人。有的青年工人累倒在楞垛上,口吐鲜血。其次,作品塑造了林业工人罗寿堂的丰满形象,他个子高大,目光炯炯,左边额角上的疤痕记录着他与敌人的斗争事迹。他具有山一样巨大的力量。林业工人终年生产和生活在崇山密林中,风霜雨雪,虎狼出没,劳动繁重,加之反动阶级的剥削压榨,于是造就了如罗寿堂这样的敢于同巨大的自然力量和社会恶势力斗争的铮铮硬汉性格。第三,作品提出人工造红松林问题,极富科学性。人工造红松林成功,可以使青山永驻。森林环境,关系到人类生存问题。从艺术方面看,《万木春》能够抓住林区现实生活处于重大历史变化的瞬间,塑造了秦培德、罗寿堂、周大婶等比较富有个性的人物形象,情节曲折紧张,牵动人心,产生了强烈的艺术感染力量。但作品把抓业务的技术干部秦毅文置于保守的一方，这种构思未能跳出建国以来文学创作把知识分子写成保守派的窠臼。

《彩莲》集中的《林班线上》等几篇小说，主要是写林业生产，写林业工人、干部在生产竞赛、高速建设等一些问题上先进与后进之间的矛盾，从而促进了生产。如《林班线上》、《兄弟间》都是写生产中虚报生产数量，夺取了所谓的先进，后来受到批评教育，从而进一步提高了生产。这两篇作品在主题或一些细节描写上都有些相似之处，《林班线上》似乎在《兄弟间》的基础上发展而来。作品谴责了生产竞赛中弄虚作假的不道德行为，提倡用诚实的积极的劳动参加竞赛。《林班线上》批评了那种只为追求生产数量，而进行野蛮的掠夺性的采伐行为，具有深刻的思想意义。《九月的山谷》写用土法炼松脂油，立意在歌颂社会主义的“高速度”，其实缺少科学精神。当时，社会上受传统观念和主观偏见的影响，要求生产关系公而又公，纯而又纯，如果不是如此，便不是社会主义。而事实是，如果这样去对待生产关系（即人际关系），而忽视科学技术在生产中的作用，忽视物质利益原则，中国的社会主义经济发展便会遇到问题。当然，在全社会都流行这种观点的时候，作家也无可奈何。

《彩莲》是作者用力写作的一篇小说，于此显示出作者刻画人物的圆熟技巧。作品中的主要人物彩莲是从陕北老革命根据地走出来的农村妇女，在全国解放后的新形势下，进城而不吃革命闲饭，自立自强，养猪送给公家食堂，表现了很高的革命觉悟。她渴望与自己的丈夫团聚，细心地照料自己的丈夫，但是，丈夫工作忙，常常离开家去深入基层，于是也心生怨恨，于怨恨中搅和着强烈的爱。作者调动多种手段刻画彩莲，使之形象饱满，活灵活现。彩莲的丈夫章世德，公而忘私，进城后，未回陕北老家探望自己的父亲，长期不接妻子进城吃革命闲饭，这些都表现了他的难能可贵的高尚的革命精神。但是，他借故工作忙，冷落妻子，无缘无故地批评妻子“脑子里生着钱疮”之类，则有些过分。章世德把共产党和发财对立起来，把劳动致富混同于所谓的资本主义，这显然留下了历史性的偏颇。

从50年代末到60年代中期，潘青在文学创作上取得了长足的进步，主要是她写了大森林。《“木把”范家》几篇小说和电影文学《万木春》的成功，令人们体味到森林文学的一些风韵和性质。由于林业生产的特殊方式，即人与大自然直接接触而形成一种严峻的对立，这种对立的统一是林业工人伐下千万树木，贡献给社会。林业工人的整个生产过程，无论是严寒冬季，伐木坎坎；桃花春汛，流送木排；抑或贮木场上，归楞上垛，都具有一种原始蛮荒的悲壮精神。头顶蓝天，脚踏大地，栉风沐雨，环境虽然险恶，但是，林业工人并不向命运低头。林业工人吃苦耐劳，不怕困难，顽强乐观，不断地与命运抗争，表现出大气磅礴的阳刚之美。如《“木把”范家》中的老范，即使父兄都被大森林“吃掉”，也不退缩，仍然坚持让侄子范金在大森林里干林业。人类的祖先与大森林构成一个不可分割的整体，从大森林里走出来，开创了他们拓荒的生活道路。进入文明社会以后，林业与社会发展，与人类的生存环境休戚相关，所以，以大森林为中介，可以写出许多撼动人心的作品。如果世间有森林文学的话，这些就是森林文学的重要美学特征。从这个意义上去看，潘青对我国的森林文学做出了重要的贡献。

十一届三中全会以后，潘青沿着革命现实主义文学道路，视野广阔,深入思索生活,主要是以小说和散文的艺术形式,表达对生活的切身感受和热情呼唤。她的作品,没有象征,不写荒谬;而是直面改革变化的现实生活,洋溢着一种积极的进取的时代精神,显示出现实主义文学的艺术力量。

1985 年潘青出版了第二个短篇小说集《山城夜》,共收 14 篇作品。这些作品大部分仍是在大森林绿色屏幕下展开的,有的也变换了生活场景,如以瀚海油田为背景的《柴达木油丫子》、《晨风爽人》则以城市为背景。作者笔下的人物,无论是老干部新干部,还是普通的林业工人、采油工、司机等等,都显示出一种生意盎然的活力,使人们感受到不可阻止的前进的生活步伐。大森林的美仍然在吸引着作家。时间磨砺着人们的智慧,作家在这个领域里做了更多的思索。革命现实主义要求作家,既要歌颂积极的、前进的革命事物,也要揭示生活中消极的、阻碍生活前进的事物。新时期以来,潘青的小说创作,既保持了单纯明快、不枝不蔓的风格特色,又增添了一些生活的鲜丽,出现了一种抒情性的色调。

《山城夜》里的主要人物副市长兼林业局长魏庆泊,廉洁奉公,在人民利益面前不让分毫,令人肃然起敬。魏庆泊经常深入基层,联系群众,解决实际问题。他谦恭向下,敢于只身黑夜如约到北街口会见人民群众。魏庆泊一旦发现自己的儿子触犯刑律,毫不犹豫地支持五位小青年向坏事做斗争。小说描写魏庆泊和老铁匠的关系,魏庆泊心潮波澜起伏,发人深思。老铁匠在昏睡中,还叨念魏庆泊是个好人,魏庆泊的儿子怎么会做出那种撞倒他扬长而去的坏事。共产党人魏庆泊怎么能忘记与自己生死与共的老铁匠?“他内疚,他痛苦,他羞惭。”小说还歌颂了以松林为主的五位青年人具有公民意识，不畏权势，敢于同损害国家利益的人进行不屈斗争的精神。作家把故事安排在一个夜晚，一方面写魏庆泊下山，赴约，追查截堵盗窃；一方面写五位年轻人顶住装车，偷乘运木材车下山，躲过场长董士长的监视，巧妙交上揭发信。情节紧张，扣人心弦。小说立意深远，它告诉人们，人民群众的力量是极为重要的，他们会制止一切腐败行为，使政治归于清明。

作家在《青春的山林》里为我们塑造了一个可爱的青年干部形象。锯材车间主任梁晨晨在值夜班时，发现了一汽车红松板，经验告诉她，这车红松板以少取多，是为私人拉的。她果断地扣住汽车，不准出厂。事情的真相是这车红松板是厂长郑明礼儿子郑小明结婚用材，在郑小明默认的情形下，检尺员慷国家之慨，多检了尺。厂长深明大义，当众做了检讨，表扬了小梁主任敢于维护国家利益的可贵精神。

《云》是一篇以木材为背景的谴责性小说。其深刻的批判性，表现出现实主义文学在中国这块土地上的存在价值。小说的主要人物是镇长季夏的女人，她依恃镇长的权势，颐指气使，娇纵儿子季志才，终于使儿子走上了犯罪的道路。为了收到批判性的效果，作者把季夏女人放在全镇公审季东才的特定环境里，描写她的一系列的心理状态，以展示其丑陋的灵魂。季夏女人是个十分迷醉权力的人，儿子在全镇公审是不可更易的事实，这不仅不能使她悔悟自责，却依然幻想靠着权力在习惯的道路上走下去，欲去一家家找到握有权柄的人，为其儿子开脱罪责。她的感情逻辑是“儿子是镇长的，理应别开生面，予以照顾”。小说的最后写“她的脚下是拆毁旧房后的一片废墟，双脚在这块废墟上踟蹰着……”可见特权思想这种历史痼疾在季夏女人身上已经深入骨髓。小说注重心理分析,这对揭示季夏女人的丑恶灵魂起了重要作用。镇长季夏在儿子犯罪问题上进行了检讨,但是,平时放松了对儿子的教育。这两个人物很有现实性。

《山城夜》短篇集中写林业题材的,还有两篇,即《报春的桃花水》和《第一次较量》。前一篇作品塑造了一个重视产品质量、不居功、默默献身的厂长形象。后一篇作品写的是 1946 年,共产党进入东北林区,发动群众,恢复生产,与盘踞在林区的封建于把头等展开殊死的斗争,并且取得了胜利。民主的阳光照亮了林区。人物故事与电影剧本《万木春》相似,显现了林业工人具有山一般的力量和不屈不挠的斗争精神。

党风问题为潘青所关心,因此,她在作品中塑造了一些正面的干部形象,以增强人们战胜腐败作风的信念。《晨风爽人》里的市长伍纯一发扬艰苦奋斗的革命传统,时时把人民群众摆在头等地位,以他人为重,两次让房给最需要的同志。在伍纯一身上,体现了共产党人的远大理想。伍纯一劝他的妻子:“咱们是特殊的行当,干革命的,肩上的担子不是为咱们一家一户丰衣足食,而是担着子孙万代大富大贵的担子。”伍纯一关心郊区的水灾,对朱玉的宽宏大度,两次让房,对妻子晓之以情,在忠实于生活基础上的客观描写,使伍纯一这个干部形象更为亲切感人。《民事庭长》刻画了一个自尊自信的女干部形象。魏子杏在“文革”中被丈夫杨洛絮一纸假证言定为叛徒,投入监狱。杨洛絮靠着出卖妻子的卑鄙行为,爬上了市革委副主任的宝座,之后又与魏子杏离婚,另与造反派结婚。魏子杏平反了,出任民事庭长。杨洛絮这个寡廉鲜耻的虚伪之徒,竟舌巧如簧,提出与魏子杏复婚。魏子杏的道德操守高于儿女情长，断然予以拒绝。魏子杏在势利小人面前，高度自尊而不可凌辱的形象，给人们留下了深刻的记忆。《民事庭长》也是篇极富批判性的作品。

从 50 年代到 80 年代，潘青同志还写了大量的散文，1985 年出版了散文集《多彩的世界》（与王钊合作）。读潘青的散文，扑面而来的，是壮丽的飞雪，郁郁苍苍的莽林，绚烂多姿的五花山，热气腾腾的伐木大战……。或托物言志，或记事抒情，作家的个人感受都能化为一种普遍的人生体验，给人带来美的享受。如《积石小记》、《红叶壮秋》都能从一叶一石写起，升发开去，抒写情性，议论纵横，使人感受到一种积极进取的人生力量。

潘青同志走过了漫长的创作道路，在文学创作上孜孜不倦，严肃认真，特别是开创了我国森林文学园地，为森林文学做出了拓荒者的贡献。

（收入《黑龙江作家论》）

不尽的乡情　浓郁的诗意

——喜读门瑞瑜的《漠河白夜》

读罢门瑞瑜的《漠河白夜》(黑龙江人民出版社出版),在我的眼前出现了一幅幅色彩斑斓的图画:奇幻的漠河白夜,火红的兴安杜鹃,银色的玛瑙之乡,宁静的林区小镇,丰饶的乌苏里渔村,飞腾的镜泊瀑布,玉宇琼楼般的冰城冰雕……浓郁的诗意,不尽的乡情,构成了这本散文集的重要艺术特色。

散文若离去了诗情画意,也便失去了动人之处。作者的笔触细腻生动,黑龙江的一山一水,一草一木,一个小站或一个小镇,读来都楚楚动人。比如,作者描写的高寒地区的小站可爱极了,即使是严寒的冬天,小站也是万树梨花,千枝冰凌,银粉漫天,生机勃勃。那里为社会主义事业英勇劳动的人们,热爱生活,热爱一切美好的事物,在冬天创造出繁花似锦的春光,让生活充满了战斗的诗情。乌苏里江,更是一首诗。高远的天穹,悠悠的江水,朦胧的月色,醉人的泥土芳香,大马哈鱼堆积如山,多么令人神往。诗情的贯注,是散文的生命,散文的力量所在。散文与时代同脉搏。时代的风云变幻,借助散文更好地展现它的姿影。《酸楚的感念》、《小兴安岭冰雕祭》表现了人民对“四人帮”丑类的斗争；《林海早雾》描写林业机械化林业工人甩掉“蘑菇头”的动人事迹；《在芬芳的土地上》记录了农业机械化的绚丽场景，等等。人民向“四化”前进的宏大足音萦绕耳际。

干净利落，语言凝练，对于散文艺术是不可缺少的。“河开了，河水在欢唱；燕来了，燕子在高飞；杜鹃红了，红似火”(《林区小镇》)。这样的语言是凝练而富于表现力的。热爱或欲了解黑龙江者，对《漠河白夜》确应一读。

(《黑龙江日报》1983 年 7 月 17 日)

猎人·猎狗·守林人及其他

——读《猎人和猎狗》

《林苑》1983 年第4 期有一篇题目叫《坚持现实主义的朴素性反映变革时期的新生活》的文章，对《林苑》近年来所发表的小说做了一个大略分析。肯定了成绩，指出了不足，其中，很多分析颇有见地。只是其中提到一篇叫《猎人和猎狗》[①]的小说，作者认为这篇小说“带有明显存在主义色彩”，我觉得这样的评断是不确切的。

我曾经在林区生活过。那莽莽苍苍的大森林，那千山万壑，在我的记忆中留下了永不磨灭的印象。人和山，人和林的关系太密切了。人类的祖先从森林里刚刚走出来的时候，还没有学会种植业，只能从森林里采集一些野果，从山里捕获一些禽兽，这是他们的唯一生产活动。他们也不会造屋，碰上一个山洞，便成了他们防风避雨的最好住室。人们忘不了大森林，忘不了大森林对人们不可离异的关系。随着人类社会的向前发展，人们对山、对

① 《林苑》，1982 年，第 3 期。

林的知识越来越丰富了,人们更多地利用山与林为自己服务。丰富的木材,不尽的矿藏,多样的山珍,以及没有污染过的清新的空气,都是现代人类不可缺少的。狩猎的时代已经过去了。但是还有猎人。山林要合理利用,它需要保护,于是有守林人在日夜地为它站岗放哨。

大山和森林一方面无私地为人们服务，一方面也铸造着人的刚毅性格。《猎人和猎狗》讲的是一个平常的故事。一个老猎人叫麻山大叔,风餐露宿,常年生活在山里。他的性格,他的身上所显现出的力量,似一尊钢铁的巨人。“一张方脸,酷似粗糙的松树皮或者风化岩,颜色也很相近,确切点说,更像后者那古铜色”,“他的脸左侧从鼻洼到眉梢有一道凸起的紫色月牙伤痕：右侧从太阳穴到嘴角更有一条引人注目的同样的疤痕……短的伤疤是一年前凶猛的黑熊给人留下的报复性的纪念。”老猎人受到黑熊的突然袭击,那利爪像钢钩子一样搭在他的脸上,鲜血便顺着胡须淌进嘴里。这只黑熊坐在老猎人的身上,它每晃动一次,都使老猎人有断筋折骨的危险。但是,老猎人是不会屈服的,他竭力反抗,奋力抽出被压在身下的猎刀,对了,猎狗灰虎在这千钧一发之际帮了他的忙,于是把熊置于死地。这是惊心动魄的一刹那,老猎人是胜利了,代价是脸上的一个大疤痕。在这个斗争中,老猎人显示了他钢铁般的力量。

那只猎狗灰虎是老猎人的忠诚伙伴，或者可以说是老猎人生命的一部分。只剩下一点点干粮了，老猎人宁可自己忍饥挨饿，差不多把干粮都给了灰虎。迷路的青年人把猎狗当成了猎物,打了它一枪,差一点把猎狗给打死。老猎人因此动怒了,斥骂那个青年人,是理所当然的事情。老猎人盛怒之下,理智与感情失去了平衡,对于青年人的哀哀求救,也置之不理,是有些过分的。但老人的理智终于恢复了，他认识到把青年人和教授扔下不管是不对的，于是他回过头来，给教授治好了错环的脚脖子，又吃力地背起他，奋力前行……三个人都没有东西吃，教授又不能走，饿死冻死的危险时时在等待着他们。经过一番痛苦的情感波动，老猎人不得不用自己的手打死了猎狗，救活了三个人。老猎人打死猎狗是很动情的，忍受了较大的痛苦，不但流了热泪，双臂抽搐，为过分激动咬破了舌头或嘴唇，甚至昏倒了过去。猎狗死了以后，“麻山大叔好些天都是眼皮红肿，目光呆滞，沉默不语，并且足足有两个月没有睡好觉”。

老猎人的行为是可以理解的。他很倔，或者说很严厉，那是大山和大森林给他的性格，是终年的狩猎生活所铸造成的。严酷的性格中也不乏对人的同情心，对人的援助，以至在必要时牺牲掉自己的心爱之物。他毕竟生活在社会主义的社会里，懂得青年人和老教授他们的森林考察队对于他和对于我们人民的重要价值。他懂得社会主义社会人们之间的关系需要相互帮助，支援，而冰冷的利己主义自然不会是他生活的准则。所以，在教授和猎狗前面，他选择了教授。这难道有什么不可以理解的吗？怎么能说老猎人的思想没有依据呢？

《猎人和猎狗》主要写的是老猎人因为杀死心爱的猎狗而引起的一种痛惜感情，这是应当肯定的。战士对战马的爱护，牧人对牛羊的爱护，较之一般人为强烈，那不是什么奇怪的事情。世间确无什么无缘无故的爱。猎人与猎狗，战士与战马以及牧人与牛羊的关系，带有一种社会性，即对人来说，意味着对敌人的胜利以及财富的增多等等，否则，那将是不可理解的。

但是，老猎人终于把他心爱的猎狗杀掉了。清醒的理智告诉老猎人，年轻人和老教授的安危比之猎狗的存亡对于他更为重要。小说在这里并没有说老猎人为什么救人,为什么要杀猎狗,只是写了他一系列的动作:帮助教授把错了环的关节归了位,冷静而果断地背起老教授,累得上气不接下气,头晕目眩,眼睛昏花,打猎不准,又用令人难以置信的极大耐力背起生命垂危的老教授,一寸一寸地向前挪,以至于脸色铁青地对猎狗扣动了扳机。通过这些动作的描写,一个舍弃爱狗而救人的老猎人的形象生动地展现在读者面前,人们洞悉了他的美的心灵和高尚的品质。见死不救吗?那实在卑鄙;杀掉了爱犬吗?又令人痛心。然而,毕竟救助那两位在深山老林里,为了社会主义现代化而艰苦劳动的年轻人和老教授是最重要的。这就是《猎人和猎狗》贡献给读者的。

应当指出,关心他人,舍己为人,即人与人之间是同志式的互助友爱的关系,社会主义的本质特征,老猎人麻山大叔杀狗救人就是体现了社会主义人与人之间的这种关系。冷冰冰的利己主义的人与人之间的关系是资本主义世界的本质方面的特征,利己主义是那里的人们一切动机的出发点与归宿,利己主义就是一切。那里的一些人们养狗,爱狗,社会上给了狗相当重要的地位,什么狗饭店、狗服装店之类,应有尽有。在那里,大概杀狗救人是不可思议的。所以,闪光者并非都是金子,但是,闪光者毕竟和金子相连,或者具有和金子相通的地方。老猎人麻山大叔当然不一定是金子,但杀了爱狗救了教授与年轻人走出大森林,这种行为却是高尚的,无可指责的。

由老猎人麻山大叔的故事,使我记起了另一篇小说《穿过大森林》①。那是讲的一个守林人的故事。这位守林人三十多年如

① 《江城》,1984 年第 2 期。

一日与大山、大森林为伴，忠于职守，把青春和宝贵的年华都献给了大森林。工作出色，年年都当劳模。他感到冷清，寂寞。但是，森林总是要有人守，于是他积三十年之经验，得出了“冷冷清清也是一个人的事业”的结论。这句话，就是这位护林人的高尚的人生哲学。这不是很感动人的吗？难道这位护林人不需要一个平常人所需要的那种生活，那种感情吗？回答是需要的，只是为了大森林，才舍掉了那些东西。他甘于寂寞，正是为了更多的人不寂寞。这和老猎人的杀狗救人是相通的，他们把关心他人放在前边，甚至为了大多数人的幸福而牺牲了自己的一些宝贵的东西。这都是一种社会主义人道主义的精神，是应当得到肯定，得到提倡的。

老猎人的价值，守林人的价值，都是把关心他人，关心人民放在更重要的地位上，这些又是在社会主义条件下发生的。如果有什么“选择”的话，这就是他们的选择。他们的行为不是随意性的，不是无意识的，如前所述，而是和社会主义建设这样的历史事实相联系在一起的。对《猎人和猎狗》、《穿过大森林》这样的作品只能这样看。前者对于老猎人的行动描写多于心理分析，对狗的爱惜之情又多所渲染，但只要细心读下去，自然会把握住老猎人性格发展的来龙去脉。后者也写了守林人的行为、动作，但又作了恰当的心理剖析，“冷冷清清也是一个人的事业”则具有画龙点睛的妙用。我以为，经过适当的处理，老猎人的形象似乎可以更鲜明一些。

存在主义作为一种哲学、文学以及生活方式的运动，在西方是在两次世界大战的背景下发生并广泛流传开来。在帝国主义战争空前残酷的炮火中，资产阶级宣扬的自由、平等、博爱之类，以及什么人类的尊严，人类的理想等等，都不可避免地化为灰烬。人生是什么,人的本质是什么,是社会各个阶层普遍关心的问题。存在主义这种人生哲学便应运而生。存在主义认为世界是冷漠的、荒诞的,没有意义的,人生充满了绝望、空虚、畏惧、悲观、烦恼,生活就是“黏黏糊糊的烂泥”,人是多么可怜!诚然,老猎人和守林人也有他们的烦恼和寂寞,但这与存在主义相比,却是两种背景、两种不同本质的烦恼和寂寞。存在主义文学思潮近年来在中国有所传播,对它要采取严肃的历史的批判态度,但是,在确定什么作品属于存在主义,则要坚持具体作品具体分析的方法,切忌概念的滥用。鱼目与珍珠极易混同,对于珍珠以下而又非鱼目的东西,则更应采取极其认真细致的态度。

(《林苑》1984 年,第 3 期)

不仅是家务事

——《家务事》读后

读了独幕剧《家务事》之后，作为一个普通的读者，我应说出我的感受：这是一篇好的作品。

建设社会主义社会，这是一场多么辉煌壮丽，惊心动魄的斗争啊！这个事业的完成跟每一个人是息息相关的，职工家属当然不能例外。教育职工家属，使他们提高社会主义觉悟，提高文化，相互团结友爱，做好家务工作，用新的观点教育子女，保证职工的出勤率，支持职工完成生产任务——这一切就是职工家属工作的重大意义。所以，忽视职工家属工作是错误的。许多的事实也生动地说明了职工的完成生产任务是与家属的努力分不开的。《家务事》这样的主题是有着很深刻的现实意义的。

作者对于人物的刻画是有力的，是活生生的，读起来很自然，没有一点做作的感觉，这说明了作者是熟悉生活的。剧中主要人物孙玉林，吴玉珍和冯大嫂等形象给人留下深刻印象。孙玉林是工会主席，共产党员，领导生产是呱呱叫的，但是他却把家属工作同社会主义建设对立起来，轻视家务事，以致造成家庭不和睦,在一定程度上影响了他的工作情绪。由于对家属工作认识不足,所以对家属工作开展不大,写不出家属工作总结来。

由于孙玉林不关心家庭,不体贴,不关怀,不帮助自己的爱人,使得爱人落后,对他产生很多猜疑,中间造成隔膜。我们社会主义的家庭应该是新的家庭关系的,做丈夫的在工余应担负一定的家务劳动,使爱人有一定的时间参加学习,以取得共同的进步。同时女方在男方的关怀下,努力提高自己的觉悟,一同前进。

像孙王林、吴玉珍这样的人物不是普遍地存在着吗?往往有这样的情形:男的很进步,或是模范,而家庭(尤其是爱人)却很落后,这主要是因为职工光顾生产(这是极应当的!),而忽略了家庭,存在着家属是否进步无关重要的思想。我们应当改变这种“职工进步、家属落后”的现象。

事实教育了孙玉林,决不可以把家属工作简单地理解为家务事,这是关系着工人生产情绪,完成生产任务的大事。从事家务劳动,和一切有任何社会职业妇女的工作是有着同等重要意义的。

冯大嫂这个人物与孙、吴同样是有着典型意义的。冯大嫂有着较多的旧社会的习气,看不惯新事物,她说她自己很厌恶说张家道李家那样的人,而她自己正是如此。这对她自己就是一个绝大的讽刺。

这个剧的矛盾是强烈的,是鲜明的。作者不但描写了孙、吴的主要矛盾,同时也描写了吴玉珍和冯大嫂以及孙母间的次要矛盾;通过这些矛盾的描写,显示了生活本身是复杂的、曲折的。整个的情节也是紧张而集中的。作者一开始就把人物放在矛盾中,抓住了读者的心。因孩子哭而突现出孙、吴的矛盾,进而写炉子掉砖碰脚，冯大嫂的出现，孙母的哭诉等，矛盾一直发展着，到吴玉珍出走矛盾发展到了顶点；吴玉珍的出场，则矛盾开始缓和，并趋于解决。

当我读完了这篇作品之后很受感动，我认为应该肯定它成功的地方，至于缺点或不足的地方，却是很次要的，我就不在这里多谈了。

很希望在春节间能看到《家务事》的演出。

（《黑龙江文艺》1956年，第4期）

《注射员》是怎样的一篇小说

从抽象概念出发，不是以生活的真实感为起点，单凭着几个公式和很少进行具体的艺术分析是当前文艺批评的一般通病。我认为，《黑龙江文艺》十五号杨尘同志的《朝气蓬勃的青春活力》一文就是这种类型的文章。

《朝气蓬勃的青春活力》是一篇短小的文艺评论，问题也就出现在这里。本来，这种短文就应该对作品进行扼要、精细、深入的分析，来及时地指出作品的优点和缺点，借以鼓励文艺创作和提高读者对于美的欣赏能力。但这篇短文给我的印象却是：故事梗概的叙述，对于主人公的鉴定方式分析，对于次要人物和缺点的简单介绍。近来文艺批评似乎有这样一种风气：在评论文章中对作品若不进行面面俱到的(其实是不深入的)分析，就好像既对不起作者也对不住读者似的。

杨尘同志说：《注射员》在一定程度上可说是一篇成功的小说，其原因是在“这样的短小篇幅内，用概括集中的笔调生动的描写了一个青年的成长过程”和“这篇小说的主题有着鼓动人心的现实意义”。毋庸置疑，文学作品是否成功的重要因素之一是它的主题是否为广大读者所欢迎。我们来看看这篇小说吧。

小说《注射员》的作者企图通过对丽英这一人物的描写,塑造我们时代的一个普通人的形象,来向人们揭示一个真理:在我们的社会里,任何工作都是没有尊卑贵贱之分的。无论什么工作,只要是有利于人民,这工作就有意义,就会受到人民的尊重和赞扬。高小毕业生,尤其是没有考上中学的高小毕业生,是很普通的。作者描写了丽英和她的母亲在性格上的矛盾冲突,这是社会主义思想意识和落后的思想意识的斗争,这是新与旧的斗争。前者的胜利,就是新人新事物的胜利,这是读者所迫切关心的。无疑地,作者所描述的矛盾冲突是有着广泛的现实基础和深切的现实意义的。

然而,从整个看来,这篇小说不过是由几个雷同的故事所构成罢了,这些对丽英的描写的故事是独立的、互不相关的,其最大差异是给不同姓氏家里的小孩子注射。读者读起来感到乏味,感到啰唆重复,所以对丽英的描写是软弱无力的。

小说中的几个故事是生活的表面现象,是任何人都能看见的。作者没有给予艺术的提炼与加工,就宛如在服装店里摆着各色各样的布料,还未经有着高妙手艺的匠师制成美丽的衣服。虽然读了这篇小说读者脑子里也会产生这样的感觉:丽英有社会主义的觉悟和崇高的责任感,她服从人民的需要,冲破重重困难,半夜为家属小孩注射。这些是新中国青年在社会主义建设中的共同特征,然而丽英的鲜明个性呢,类似丽英这样的人物内心的美好的,炫耀夺目的东西是需要作家花费很大的劳动才能探索得到的。显然《注射员》的作者的创作并没有摆脱公式主义的影响,这样的作品也就是概念化的。社会主义现实主义典型形象的创造和人物性格的鲜明个性是分不开的，那么没有强烈个性的人物性格便没有典型形象的创造。不然这篇作品的丽英和那篇作品的桂兰不是一个模样了吗？

丽英与其母的矛盾一开头就提了出来，应该承认，这是简洁的，并且富于诱惑力。可是往后如何呢？由于作者只注意矛盾的一个方面——对丽英的描写，使人看不到矛盾的发展，这不能不是一个重大的缺点。文学作品里面的人物（社会一切的人）是相互联系，互相影响的。情节，是人物性格的矛盾发展的结果，而这矛盾发展要依靠矛盾双方的相互作用，缺少任何一方矛盾就不能发展。丽英母亲不同意她做注射员，要她学文化，升大学，将来做个女工程师；丽英却偏偏违背了母亲的意志，要坚决做个注射员。这就是矛盾的基础。最初母亲对女儿没考上中学的怨言，我们是应该也能够理解的。当这种情感发展成为丽英前进的阻力时，就形成了尖锐的矛盾。可是以后一下子变了——矛盾简单化了——从战胜人为的苦难（母亲等的落后势力）变为战胜自然苦难（黑夜、暴风雨），这样就冲淡了色彩斑斓的生活中的尖锐斗争，使人物性格没有放射出强烈的光辉。刘杰等家属不信任丽英，表面看来好像是合情合理的。在这不信任的后面，却显现了她们对新鲜事物的态度。所以刘杰与母亲是一类人物，是落后的思想代表，但也没有得到很好的描写。

此外，因为小说是几个独立的故事组成的，它的情节就不是有机的，不是作品的内在因素促使它自然地向前发展，所以小说内出现了过多的“人为”的过渡段。丽英碰了刘杰的钉子，爸爸就出来“教育”了一番，又想起了入团的誓词，她“心里好像敞开了两扇门一样亮堂起来了”，这样的描写是很勉强的。虽然艺术的真实不等于生活的真实，但前者必须建筑在后者的基础上。丽英给王玉孩子注射“强心剂”一段是带有很大的巧合性的。通常在那样的情况下，只有听了医生的指示才能注射“强心剂”，然而没有一点医学知识和又很少经验的丽英却盲目自作主张地给注射了“强心剂”，读者真为她捏一把汗，不仅要想：“病情严重了咋办？——责任事故呀！”当王玉孩子好了时，读者也产生一种侥幸心理：“谢天谢地！”这样的描写就失去了生活的真实感，削弱了艺术的感染力量。

照上面的分析来看，丽英这一人物形象就不是“栩栩如生”“跃然纸上”的先进青年的形象了。自然这小说也失去了成功的基本条件。

不难看出，造成小说缺点的原因是作者的艺术技巧决定的。作者对他所描写的对象充满了热爱，同时也是熟悉生活的，对生活也进行了观察、分析、研究，但是并不深刻，并没有透过复杂的生活现象把握住生活中最本质的东西，给予艺术的创造。照相式地写了一系列现象，然而却舍不得割爱一点点。作家充满了政治热情，他的作品往往大多数是苍白无力的，这是因为缺少艺术技巧的缘故。学习马克思列宁主义，提高艺术技巧对作家重要，那么对我们青年作者就显得特别重要。

当我们反对了大杀大砍的刀斧手式的文学批评之后，我们更要反对那些四平八稳的温水式的文学批评。不管作品本身如何，拿来就向主观的框里一放，再草草地评论或下断语，这总比拿老实认真的态度有一说一，有二说二要容易得多，可是，如果批评者都是这样的话，那批评还有什么意义呢？——对谁都是无益的。

一句题外话。眼下很多的批评的，反批评的文章的开头都有：我的愚见，提出与某某“商榷”，结尾都有上述仅供参考，其实这是套子，我想，倒大可不必这样的。在“百家争鸣”的方针照耀下，读者未必认定你一家的意见是定论的呀！（况且好多人还没成“家”）因此我这篇文章去掉了那些“套套”。

（《北方》1956 年，创刊号）

追求自身解放的娜拉

一个年轻的女人对她的丈夫说："我好像忽然从梦里醒过来，我简直跟一个生人同居了八年，给他生了三个孩子。"砰的一声门响，她走了。她终于和丈夫分手了。这就是十九世纪挪威作家易卜生的名剧《玩偶之家》的最后场面。

女主人公娜拉年轻，貌美，聪明，活泼。出嫁前，父亲宠爱她，是父亲的玩偶，父亲的意志就是她的意志；出嫁后，丈夫宠爱她，什么"小鸟儿"、"小松鼠"之类的称呼常常挂在丈夫的口上，于是又成为丈夫的玩偶——消遣品。

娜拉热爱生活，热爱孩子，热爱丈夫，而又得到丈夫的不尽的疼爱，生活不能不说是幸福。

娜拉肯于牺牲，当丈夫得了重病的时候，出于对丈夫无私的爱，她背着丈夫用父亲的名字签了一张借据，用这笔钱同丈夫去南方疗养，从而救了丈夫的命，使丈夫绝处逢生。

娜拉以为她应该有独立的思想，独立的性格，然而冲突正在这里发生。她的债主是丈夫将要担任经理的银行职员，品行恶劣，丈夫决心辞掉他。债主要保住自己的位置，于是以假借据要挟娜拉，要娜拉运用妻子的力量在丈夫面前说情。丈夫不同意留下债主。而娜拉的行为是高尚的:她准备自己承担一切罪名,不连累丈夫,去一死了事。但是,娜拉的丈夫海尔茂却是一个货真价实的资产阶级伪君子,十足的自私自利之徒。当他知道借债的真相之后,不是劝慰妻子,感激妻子,帮助妻子分担责任,却反而大骂妻子是"坏东西","伪君子"、"下贱的女人"、"撒谎的人","不信宗教,不讲道德,没有责任心","把他的一生幸福都葬送了"。之后,债主在娜拉女友的帮助下,送回了那张可怕的借据。并向海尔茂致歉意。危机过去了。这是惊心动魄的一幕。海尔茂以为自己的名誉、地位保住了,心安理得了。他像没发生过什么事似的,又对娜拉亲热起来,甜言蜜语,曲意逢迎。但是,海尔茂得到的,只是娜拉的醒悟,拒绝,出走。

娜拉在海尔茂身上,看到了资产阶级的所谓法律、宗教、道德是些什么东西。她也认识到了丈夫对自己的所谓爱,只是占有和支配,只是靠给丈夫"耍把戏过日子"罢了。女人在有钱有势的丈夫的眼里,只是可怜的玩偶,男人的附属品。然而,娜拉要做一个有独立思考能力的人,能够独立行动的人。正如她在最后表白的:"现在我只信,首先我是一个人,跟你(指丈夫)一样的一个人——至少我要做一个人。……什么事情我都要用自己脑子想一想,把事情的道理弄明白。"

娜拉走出家庭,与丈夫分手,分明是一个独立的勇敢的行动。她要自己找事情做,靠自己的力量过活,而决心不要丈夫的接济。那前途怎么样呢?鲁迅写过一篇著名的杂文《娜拉走后怎样》。他深刻地指出,娜拉即使有了钱,有了经济权,也还是不行的,重要的是社会制度的改革。"因为在现在的社会里,不但女人常做男人的傀儡。就是男人和男人,女人和女人相互地做傀儡,男人也常做女人的傀儡,这绝不是几个女人取得经济权所能救的。”娜拉是在夜里出走的，等待她的只是漆黑的夜。但是，娜拉毕竟勇敢地向前走了一步，这个形象的意义正在于鼓舞妇女为争取自由的权利、平等的社会地位而斗争。《玩偶之家》告诉人们，资本主义社会在经济上虽然发展繁荣，但是在它的内部却存在着深刻的危机，是不可克服的。

《玩偶之家》作为一部勇于触及妇女问题的杰出作品，娜拉作为一个大胆追求自身解放的光辉形象，在今天无疑仍然具有深刻的现实意义的。

（《妇女之友》1983 年，第 3 期）

美与道德

孔子曾说过:“里仁为美。择不处仁,焉得知?”他的意思是,居住的地方，要与有仁德的人在一起，才算是美好的。否则的话,那就不是明智的。在这里,孔子把“仁德”与“美”联系在一起了,说明在孔子的审美意识中,他是把“仁德”作为美的一种对象来考察,来研究的。这给了我们启示,即我们的美学也应当研究道德问题。道德作为审美的对象，就是要研究什么样的精神现象和道德品质是美的，并能够引起人们的审美感情，从而使人们从美学方面把握和认识道德的价值，在道德实践上，要让人们对高尚道德的景仰，犹如对一切美好事物的追求与景仰一样。

人类对于现实呈现出种种关系,其中的一种就是审美关系。而审美关系的出发点和归宿是美。道德有高下之分，我们中华民族向来把高尚的道德与美联结在一起,称作“美德”。在长期的生产斗争与阶级斗争中，我国劳动人民形成了极为高尚的道德亦即美德,这是一种精神力量,一笔宝贵的精神财富,同时也是一种美学遗产。在共产党领导下的人民革命斗争中，又造成了与一切旧的道德有质的区别的一种崭新的道德。雷锋的助人为乐的共产主义精神，张志新烈士的不畏强暴的追求真理的“独立不迁”的坚贞品质，科学家们不怕险阻，苦战攻关的创造精神，当代经济学家马寅初的“我年已80，明知寡不敌众，自当单身匹马，出来应战，直至战死为止”的“虽九死其犹未悔”的气概，……所有这些好的品德和高尚情操，都作为一种美的事物，深深地打动着人们的心，滋养丰富着人们的审美感情。有人谈到列宁时说，“列宁是新人的完美典型，他是我们未来的榜样。”而周总理在长期革命斗争中形成的不朽美德，是中华民族的传统美德和中国无产阶级的高尚道德的集大成，更是值得我们的子孙学习和效仿。

据报载，某省有的中学坚持向学生进行“三美”的教育，这“三美”是“纯正、诚实、坦率的思想美；整洁、朴素、大方的仪表美；文明、礼貌、谦虚的语言美”。对青少年进行美的教育，这是新鲜的创造，同时也是社会的必需。我以为，美学家对于这样的从社会实践中提出来的课题也值得进行研究，使青少年都讲究美，从而使美也成为他们生活中的一个原则，这对于移风易俗，对于清除旧社会留下的精神垃圾，对于培养一代具有共产主义精神的新人，都有着极为重要的现实意义和历史意义。

“四人帮”横行的十年，为人类所固有的美德也同一切美好的事物一样，遭到了空前的凌辱，资产阶级的并且混杂着封建地主阶级的沉渣泛起，不但美丑不分，而且以丑代美，真是“黄钟毁弃，瓦釜雷鸣，谗人高张，贤士无名”！什么赤裸裸的个人主义，尔虞我诈，帮派朋党，金钱暴力，封妻荫子，卖友求荣都出现了，道德的沦丧达到了惊人的程度。粉碎“四人帮”以后，这样的局面得到了改变，社会主义的美德开始发扬。现在的问题是，不但伦理学家要研究道德，而且美学家的一个任务也要研究道德，即研究怎样的道德是美好的，怎样的道德是丑恶的，认识此中的规律，从而在社会上使人明白道德也是审美的对象，让人们从美学观点去看重道德。

（《黑龙江日报》1980 年 7 月 23 日）

冰灯、冰雪及其他

春天来了，冰雪开始消融，大地萌发着一派生机勃勃的美，然而，哈尔滨人却依稀保留着对冰雪、冰灯的动人回忆。

冰灯是美的，哺育它们的冰雪也是美的。古往今来，诗人们对它唱出了各种各样的歌。“北风卷地白草折，胡天八月即飞雪”，道尽了塞外的荒凉与奇寒；“孤舟蓑笠翁，独钓寒江雪”，可谓冷寂孤绝之至；“落了片白茫茫大地真干净”，荒江雪野里的贾宝玉只能看见冰雪的虚无；“朔方的雪花在纷飞之后，却永远如粉，如沙，他们永不粘连……在晴天之下，旋风忽来，便蓬勃地奋飞，在日光中灿灿地生光，如包藏火焰的大雾，旋转而且升腾，弥漫太空，使太空旋转而且升腾地闪烁。”鲁迅笔下北方的雪，如此深邃有力，奋飞向上。同样的冰雪，有人看到荒寒，有人看到孤寂，有人看到虚无，有人看到壮美。对于冰雪的美，人们为什么会产生如此迥异的看法呢？美是客观存在的，并不因为人们认识不认识，而存在或不存在。对于美的感受，不能企图用一种简单的模式说明白，同时，也应该看到，对于美的存在，确实和人们的主观意识有直接关联。

冰雪的美，冰灯的美固然需要研究，但是人们对冰雪、冰灯的美的追求、热爱更值得研究。马克思讲“人也是按照美的规律来塑造物体”。美在生产劳动之中，美与人类的生活过程相共存。人们在与世界发生关系的时候,也包含着审美的关系。人类在很早以前,就产生了审美观念,有美的追求,并创造着美。社会的物质文明是精神文明的基础，而物质文明与精神文明越是向前发展,人们对美的追求就会越来越丰富多彩,美学对社会发展的作用与影响也越来越显得广泛、深刻。研究与发展美学,使人们懂得美的价值，养成健康的美学趣味，增进分辨美丑的能力,用美陶冶人们的精神,对社会的发展,对美好人性的形成都是非常需要的。粉碎“四人帮”以后,美学引起了人们的广泛重视。当前,全国正在开展“四美五讲”教育就是突出的证明。

作为一个城市,或一个地区,在一个比较集中的时期里,有数以万计或几十万计的人去欣赏冰灯艺术，使人们受到美的教育,真是值得人们注目的一个壮举。由此,我又想到了哈尔滨的夏天,松花江畔的浴场,太岛的游人,以至引动全国关注的“哈尔滨之夏音乐会”,还有其他的绘画,舞蹈、戏剧、体育活动,都吸引着人们去欣赏美,去追求美。这些有益活动的普及和提高,对于社会风气的改造和精神文明的建设都具有十分重要的意义,都需要人们付出巨大的劳动来研究这些课题。

那些璀璨夺目、千姿百态的冰灯被温暖的春风吹化了,不存在了,然而,那陶情冶志的印象却存储在人们的记忆中,不会静止的大自然又呈现出另一种婀娜姿容,“不知细叶谁裁出，二月春风似剪刀”。谁会说此时的美不如彼时的美呢？人们对美的欣赏、追求是永无止境的,随着物质文明的向前发展,人们在不断地去发现,创造新的美。

（《黑龙江日报》1981 年 4 月 1 日）

邓小平文化思想初探

邓小平同志的建设有中国特色社会主义理论是一个严整的科学体系,其中包括着极为丰富的文化思想,结合中国社会主义现代化实际,对其进行研究和开发,具有重要的理论意义和现实意义。

一

文化是什么?文化有否独立的品格?在市场经济条件下,文化和经济之间关系如何?是否要在经济建设之后,才进行文化建设?对这些问题,邓小平同志都有过明确的论述。邓小平同志观察问题和研究问题的方法是从实际出发,而不注重先给出抽象的定义。因此,邓小平所论的文化是具体的,具有可操作性。

邓小平关于文化的内涵可以分为三个层次:一是属于人类理性的科学文化,如科学、教育;一是属于人伦道德的人文文化,如文学艺术、道德理想;一是属于理论思维的哲学文化,如哲学,等等。科学文化能为现代化提供智慧力量,人文文化能为现代化提供精神动力,哲学文化能够保证一个民族具有富于时代精神的理论思维能力,即思想力量。

邓小平同志对当代世界社会经济发展，对西方发达国家的现代化持有清醒的头脑，有着科学的分析与评价。现代科学技术日益广泛地渗透于社会、经济各个领域，科技经济化成为当今世界经济发展的重要方向。科学文化对于当代发达国家的现代化显示出巨大的力量。基于这种认识，新时期以来，邓小平反复强调科学技术对于中国现代化的重要作用。1978 年，邓小平在全国科技大会上，阐述了马克思的科学是生产力的论断。过了 10 年，邓小平进一步论证“科学技术是第一生产力”。①在 1992 年的《在武昌、深圳、珠海、上海等地的谈话要点》里，邓小平再一次论述了科学技术是第一生产力的观点：“经济发展得快一点，必须依靠科技和教育。我说科学技术是第一生产力。近一二十年来，世界科学技术发展得多快啊！高科技领域的一个突破，带动一批产业的发展。我们自己这几年，离开科学技术能增长得这么快吗？要提倡科学、靠科学才有希望。”邓小平运用马克思主义的观点和方法，分析和总结了科学技术在当代经济发展中的历史性变化，发展了马克思主义关于生产力的理论，为中国社会主义现代化事业制订了战略思想。科学技术作为一种智能要素，一种知识形态的生产力，使生产力发展不断智能化，从而推动现代经济迅速发展。中国的现代化，一是要把促进科技进步置于战略地位上；一是要借他山之石，引进当代发达国家的先进科学技术。否则，实现现代化是难以想象的。科学作为一种文化，是人类的伟大的独特的创造，是推动经济与社会协调发展的巨大力量。

邓小平对于教育在现代化中的作用也极为重视。他常常把教育和科技并举。1985 年邓小平指出：“一个地区，一个部门，

① 《邓小平文选》第 3 卷，第 274 页。

如果只抓经济,不抓教育,那里的工作重点就是没有转移好,或者说转移得不完全。忽视教育的领导者,是缺乏远见的不成熟的领导者,就领导不了现代化建设,各级领导要像抓好经济工作那样抓好教育工作。”[①]1988 年,邓小平再一次指出抓好教育的重要性:“从长远看,要注意教育和科学技术。否则,我们已经耽误了二十年,影响了发展,还要再耽误二十年,后果不堪设想。”“我们要千方百计。在别的方面忍耐一些,甚至牺牲一点速度,把教育问题解决好。”[②]言辞剀切,令人深长思之。在邓小平看来,教育能提高全民族的文化素质,能够培养具有现代科学技术的劳动者,使生产力系统中人这个主体性要素具有现代意义,这和“科学技术是第一生产力”的论断是一致的,相互联系的。教育是经济发展的内在需求和动力,它和科学技术一样,都是参与生产力、发展生产力的重要因素。

邓小平还把文化理解为一种精神力量,即精神动力。所谓精神动力,是一个国家或一个民族在一定的历史时期形成的促进社会发展的时代精神,民族精神。因此,这种精神动力形成一种道义力量。中国人民建设具有中同特色的社会主义当然也要有自己的精神动力。

中国革命为什么能够取得成功?成功之后,又为什么能够解决为世人视为畏途的粮食匮乏,恶性通货膨胀等,并在这个基础上进行了大规模的经济建设呢?邓小平对此进行总结:“对马克思主义的信仰,是中国革命胜利的一种精神动力。”事实证明,马克思主义为中国现代化规定了性质和方向,并且成为鼓舞亿万人民为实现四个现代化事业而奋斗的精神力量。

① 《邓小平文选》第 3 卷,第 121 页。

② 《邓小平文选》第 3 卷,第 274 页 ~275 页。

邓小平善于从历史的角度看待问题，指出精神动力是中华民族团结奋斗，反对外侮所形成的伟大民族精神。他说:“我是一个中国人,懂得外国侵略中国的历史。当我听到西方七国首脑会议决定要制裁中国，马上就联想到一九〇〇年八国联军侵略中国的历史。七国中除加拿大外,其他六国再加上沙俄和奥地利就是当年组织联军的八个国家。要懂得些中国历史,这是中国发展的一个精神动力。”这里讲的“要懂得些中国历史”,主要是指发扬中华民族的优秀传统文化,特别是近代以来,中国人民同仇敌忾,英勇反抗外国侵略,誓死保卫民族尊严,争取国家独立富强的一种宝贵的民族精神。这是促进民族进步、社会发展的强大凝聚力和驱动力。这种民族精神渗透、贯彻在民族历史发展中，形成民族情感、意志、道德的规范,即精神动力。

中国现代化也应当有自己的人文文化，由这种人文文化造成一种精神动力。它的主要内容就是邓小平同志反复强调的“有理想、有道德、有文化、有纪律”的精神,就是江泽民概括的创业精神,即解放思想、实事求是、积极探索、勇于创新、艰苦奋斗、知难而进、学习外国、自强不息、谦虚谨慎、不骄不躁、同心同德、顾全大局、勤俭节约、清正廉洁、励精图治、无私奉献。[①]这些精神既体现了共产党人的优秀作风，又继承了我们民族精神的精华。以这种高尚的精神塑造全国人民,中国的现代化事业将获得不竭的精神力量。

哲学文化在社会变革中所起的作用是不可替代的。思维着的精神能够使人们把握时代之精华。邓小平这位中国现代化的总设计师具有健康的、富于创造性的理论思维能力,离开了这种

① 《人民日报》,1994年2月5日第1版,评论员文章《以高尚的精神塑造人》。

理论思维能力，他设计的一切改革开放的蓝图、方案都是不可想象的。1978 年，邓小平在《解放思想，实事求是，团结一致向前看》一文中提出："一个党，一个国家，一个民族，如果一切从本本出发，思想僵化，迷信盛行，那它就不能前进，它的生机就停止了，就要亡党亡国。这是毛泽东同志在整风运动中反复讲过的。只有解放思想，坚持实事求是，一切从实际出发，理论联系实际，我们的社会主义现代化建设才能顺利进行，我们的马列主义、毛泽东思想的理论才能顺利发展。"[①]邓小平倡导的"解放思想"已经成为当代中国人民从事伟大的现代化事业的富有时代精神的思维方式，成为改造现实的巨大思想力量。

为了叙述方便，把邓小平的文化思想分成了三个层次，其实三者是相互联系的，浑然一体，成为一种推动经济建设、社会发展的伟大力量。

二

光靠物质条件，社会主义革命和社会主义建设都不能取得成功。这个极为深刻的思想，是邓小平同志总结中国革命历史经验，在新时期对马克思主义唯物史观的重要发展。根据这个理论，我们党制定了社会主义物质文明和社会主义精神文明两手抓的战略思想，而文化建设是精神文明建设的重要组成部分。

1985 年邓小平在一次重要的讲话里指出："光靠物质条件，我们的革命和建设都不可能胜利。过去我们党无论怎样弱，无论遇到什么困难，一直有强大的战斗力，因为我们有马克思主义和共产主义的信念。有了共同的理想，也就有了铁的纪律。无论过

① 《邓小平文选》(1975—1982)第 3 卷，第 133 页。

去、现在和将来,这都是我们真正的优势。”[①]1986年邓小平在中央政治局常委会上指出:“经济建设这一手我们搞得相当有成绩,形势喜人,这是我们国家的成功。但风气如果坏下去,经济搞成功又有什么意义?会在另一方面变质,发展下去会形成贪污、盗窃、贿赂横行的世界。”[②]1992年又明确指出:“广东二十年赶上亚洲‘四小龙’,不仅经济要上去,社会秩序、社会风气也要搞好。两个文明建设都要超过他们,这才是有中国特色的社会主义。”[③]这些论述,使我们理解到,第一,邓小平肯定了精神文化理想信念在革命和建设中不容忽视的历史作用;第二,邓小平指出,经济建设对中国社会主义现代化来说,并不是唯一的工作,而法治建设、伦理道德建设、文化建设都是不可忽视的工作。在社会发展过程中,经济决定文化,文化服务经济,只说明了经济和文化关系的一个方面。换一个视角观察,文化是社会经济发展的内在条件和需求,没有相应的文化便不会有相应经济的发展。文化在社会发展中的地位不是消极的被动的,它具有独立的品格和性质,有相对的独立性,在推动社会历史发展的合力中成为一种独特的力量,不可或缺的力量。那种把文化只当成手段,而不视为目的,有意无意地忽视文化建设的做法,都不是在本质上理解和把握邓小平的建设具有中国特色社会主义理论。

文化决定论是错误的,而经济决定论也要加以反对。恩格斯说过:“根据唯物史观,历史过程中的决定性因素归根到底是现实生活的生产和再生产。无论马克思和我都从来没有肯定过比这更多的东西,如果有人在这里加以歪曲,说经济因素是唯一决

① 《邓小平文选》第3卷,第144页。
② 《邓小平文选》第3卷,第154页。
③ 《邓小平文选》第3卷,第378页。

定性的因素,那么他就是把这个命题变成毫无内容的、抽象的、荒诞无稽的空话。”①资产阶级学者对于唯物史观一窍不通,一直把唯物史观歪曲为“经济唯物主义”,即经济决定论。第二国际的理论家如伯恩斯坦,以及俄国的“合法马克思主义者”、经济派等,也把马克思的唯物史观曲解为经济唯物主义,认为经济是唯一的社会发展动力,社会发展只是经济发展的自然结果,否认政治、思想、理论等文化因素在社会历史发展中的作用。历史学家肯定了拿破仑·拿巴的认识,即假如从来没有过卢梭,也就不会有法国革命。思想革命,科学家和哲学家们的工作,在别处和在法国一样,自然地导致政治的和社会的革命,从而构成推动社会历史发展合力中的一种。②

改革开放 16 年来的历史实践,也向人们有力地证明,新时期能够来到神州大地, 是哲学作为先导, 开辟了伟大的历史航程。1977 年 2 月 7 日《人民日报》、《红旗》杂志、《解放军报》的社论提出所谓“两个凡是”:“凡是毛主席作出的决策,我们都要坚决拥护,凡是毛主席的指示,我们都始终不渝地遵循。”对此,邓小平于 1977 年 4 月 10 日写信给党中央,提出应该用准确的、完整的毛泽东思想指导党的工作。随后,他多次同党内同志谈话,说明“两个凡是”是不符合马克思主义的。《光明日报》于 1978 年 5 月 11 日发表《实践是检验真理的唯一标准》的文章,实际上批评了“两个凡是”的错误方针。这篇文章的发表引发了关于真理标准问题的讨论。这场讨论受到邓小平等多数中央领导人的积极领导和支持,冲破了长期以来“左倾”错误思想的束缚,为党的

① 《马克思恩格斯选集》第 4 卷,人民出版社,1972 年第 1 版,第 477 页。
② 海斯等著《世界史》中册,生活·读书·新知三联书店,1975 年第 1 版,第 800 页。

十届三中全会的召开做了理论上和思想上的准备。[①]解放思想的潮流汹涌澎湃，其势不可阻挡。可以说，没有真理标准问题的全国性讨论，就不会有党的十一届三中全会以来的符合中国实际的马克思主义的政治路线思想路线和组织路线，就不会有16年来改革开放的伟大历史实践，中国也就不会在现代化的大道上迅跑飞驰。悬浮于空中的哲学作为一种文化在推动中国社会现代化历史进程中成为一种独特的力量。邓小平还积极倡导科学文化、人文文化的建设。所有这些都昭示人们，邓小平在思考和解决中国社会主义现代化问题时，不是光靠物质条件，光靠抓物质生产力，光靠抓经济，而是同时抓住精神文明建设，发挥哲学、科学、教育、伦理道德、理想信仰、优秀的民族文化等推动社会历史发展的力量，这样才能做到经济与社会的协调发展。

建设社会主义，光靠物质条件，光抓经济，而将精神文化条件置于可有可无的位置，便是违背了历史唯物论。深刻领会邓小平同志反对光靠物质条件建设社会主义的观点，就要在实践中把文化建设放到适当的位置上，尊重精神文化推动社会历史发展作用的独立品格，不要为了经济而挤掉了文化，这是很重要的。既然如此，在制订经济发展战略的同时，也应制订文化发展战略，不能随意贬低精神文化价值，用经济效益掩盖社会效益。总之，在中国现代化的过程中，要切实克服轻视文化建设的弊端。

三

社会主义精神文明重在建设，重要的是要抓住文化建设这一环。马克思和恩格斯说："精神生产是随物质生产的改造而改

---

① 《邓小平文选》第3卷，第386页。

造。”的，要进行文化建设，离不开社会主义市场经济这个前提，离不开市场经济的制约。但是，经济建设和文化建设，物质文明与精神文明毕竟是有区别的，是社会发展总体过程中的不同方面，二者既相互联系，又以各自的特点和规律而存在。当前，积极探讨和认识文化建设自身的发展规律，增强文化建设的自觉性，减少盲目性，具有现实的迫切的意义；按照文化建设的规律，把文化建设搞好，做到物质文明与精神文明两手抓，使社会和谐发展，健康发展，这样才能使具有中国特色的社会主义优越于资本主义制度。

那么，在社会主义市场经济条件下，文化建设有些什么规律性的问题值得注意呢？

第一，不同社会的文化成就或精神生产表现出不同的水平和特征。而人类社会发展到社会主义时代，则应自觉地进行文化建设，以促进社会和谐发展。

原始社会的精神生产以神话、宗教为主要形式，科学与智慧往往包含在神话与宗教之中。此期间的精神生产的构成因素呈现出综合性的特征，如音乐、舞蹈、诗歌的一体化、种族、宗教的相互包容，等等。原始先民的神话如嫦娥奔月，看似荒诞不经，其实含孕着合理性的成分，今日已经变成现实。古代社会（奴隶制和封建制）的精神生产得到了进一步发展，在哲学、科学、文学、艺术各方面都取得了高度的成就，“而且就某方面还是一种规范和高不可及的范本”（恩格斯语），如古代希腊文化和中国春秋战国时代诸子文化等。西方中世纪，宗教处于统治时期，它造成了西方社会发展的一个黑暗时代，对文化发展起了障碍的作用。但是，精神生产的发展是不可阻挡的，在极为艰难曲折的情形下，科学和文学继续得到发展。精神生产作为社会发展的重要组成部分,越来越显示出其巨大作用。弗兰西斯·培根的名言“知识就是力量”表明知识在社会发展中显示出不可取代的重要地位,“借助科学发现与发明使人类能制驭自然力量”[1]。人类冲破了中世纪的精神枷锁,在哲学、文学、科学等方面表现出空前的创造力。进入现代社会,人类在继承前一时期精神生产的合理的、有用的因素同时,积极地、自觉地发展精神生产,尽力做到精神生产与物质生产相协调,从而创造出前一时期不可比拟的文化成就。这种精神生产为社会发展提供强大的精神动力和无穷智慧,为人们提供了丰富的精神产品,使“人离开狭义的动物愈远”[2],使人迈向全面的、自由的发展道路。

一定的物质生产方式,物质生产条件,固然对精神生产的发展具有制约和决定的作用,但是,此二者的关系并不是直接发生的,其中往往存在着复杂的情形。马克思说:“关于艺术,大家知道,它的一定的繁盛时期绝不是同社会的一般发展成正比例的,因而也绝不是同仿佛是社会组织的骨骼的物质基础的一般发展成比例的。”[3]这是马克思著名的物质生产发展与艺术生产发展不平衡关系的理论。18 世纪末 19 世纪初的德国与欧洲其他国家相比,经济落后得多,但“在哲学上仍然能够演奏第一提琴”(恩格斯语),出现了如歌德、席勒、康德、费希特、黑格尔等一大批哲学家、思想家。古希腊的神话、史诗,德国的唯心主义哲学、先秦时期的诸子文化……,都不能说是经济繁荣的直接产物。对管子的“仓廪实则知礼节,衣食足则知荣辱”不能机械地理解为,只有物质条件上去了,才能有精神文明的建设。其实管子还

---

① 罗素《西方哲学史》下册,第 62 页。

② 恩格斯《自然辩证法》《马克思恩格斯选集》第 3 卷,第 457 页。

③ 《马克思恩格斯全集》第 46 卷上册,第 48 页。

强调“国有四维(即礼、义、廉、耻),一维绝则倾,二维绝则危,三维绝则覆,四维绝则灭。”(《管子·牧民》)“四维”属精神文化方面,如果它们绝断,将会使国家“倾危覆灭”。很显然,管子的本意,并不是只有满足了“衣食足”的物质条件,才来讲“礼、义、廉、耻”的“四维”建设。文化制约于物质生产的发展,但是二者的发展具有不平衡性,即使经济不是繁荣时期,也可能有文化的高度发展。因此,我们不能在只有物质生产力为精神生产发展准备了丰富的条件之后,再去发展文化,进行精神文明建设。文化建设的关键,在于文化及其内部矛盾的运动。如果不顾文化发展的矛盾及规律,对精神文明建设的发展是极为不利的。

第二,积极发展文化,精神文明从较低的水平向更高水平发展,使人趋向真善美,最终实现全面的、自由的发展。只有同时发展物质生产和精神生产,使人在物质上和精神上都得到满足,“才能在社会关系方面把人从其余的动物中提升出来”①。因此,文化建设,精神文明建设的直接目的就是升华人,造就富有时代精神的新人。而社会主义时期,新人的特征就是邓小平提出的“有理想、有道德、有文化、有纪律”的四有标准。就总体上看,社会主义时代的新人应该更显示出人的自由本质,更高尚,更为远离动物界。一部分人先富起来与共同富裕共生,追求个人利益和实现社会普遍利益同步,这是四有新人的基本精神特征,体现了社会主义的本质。

为实现文化建设升华人的目的,必须发展精英文化,而精英文化是一种理性文化,道德文化、智慧文化,审美文化。只有这种文化才能培养一代中国现代化所需要的“有革命理想和科学

① 恩格斯《自然辩证法·导言》,《马克思恩格斯选集》第3卷,人民出版社,1972年第1版,第458页。

态度，有高尚情操和创造能力、有宽阔眼界和求实精神”①的新人。商业性的大众文化毫无节制地发展，实际上对精英文化的发展构成侵蚀、排斥。坚持文化建设升华人的终极目的，社会对大众文化的肆意泛滥则应给予适当的规范。这对全社会的协调发展和人的进步是极为必要的。

第三，市场经济的一条基本规律是价值规律，一切生产都讲求经济效益。这条规律也影响着文化事业的发展。文化事业的发展受市场经济的影响，有其合理性，即要求文化支持经济，精神生产发展与物质生产发展相一致。建立市场经济要求改造传统文化，塑造现代的国民文化心态，使之与市场经济相适应，促进物质生产力的发展。传统文化并不全都表现为惰性，如对其改造革新，注入时代精神，它会形成一种现代功能，有利于经济的发展。众所周知，如儒家的文化之于东南亚一些国家经济发展所起的作用。文化建设或精神生产把担负着引导国民建立起新的思维方式、价值观念、心理倾向、道德目标的责任，形成现代意义的文化心态，以适应市场经济的需要。这样看，市场经济确实为精神生产的发展提供了宽阔的舞台与前景。但是，事情并不是这样简单。在市场经济为精神生产提供所谓广阔的舞台与前景的同时，市场经济也为精神生产的发展形成了一种限制，或带来了消极的影响。商业性的大众文化为金钱所驱动，蓬勃兴起，似乎已成为一些地区国民经济的重要部门，即文化产业。再如，文人下海对文化发展，对社会发展的利与弊，还需要历史去做结论。总之，文化发展，精神生产，不能简单地服从于市场经济，屈服于效益原则。马克思曾有过“资本主义就同某些精神生产部门如艺术

① 《邓小平文选》(1975—1982)，第182页。

和诗歌相敌对”[1]的论断，对于人们认识市场经济条件下的精神生产及其发展规律具有深刻的理论意义。市场经济的过程就是全面物化的过程，物是有极大的权力，精神生产面对具有极大权力的物，放弃精神生产的目的，而把自己沦落为追逐利益的手段，便是精神生产的萎缩。邓小平同志在 1983 年即指出：“这种一切向钱看，把精神产品商品化的倾向，在精神生产的其他方面也有表现。有些混迹于艺术界，出版界，文物界的人简直成了唯利是图的商人。”[2]文化建设的发展必须服从自己的固有的规律，即有益于人类和社会进步，有益于有时代精神新人的成长。文化建设必须永远高扬自己的旗帜——社会效益原则，已为人类的文明史所证明。对市场经济为精神生产的发展带来的正负面效应，我们应保持清醒的认识。

（《学术交流》1995 年，第 4 期）

① 《马克思恩格斯全集》第 26 卷，人民出版社，1972 年第 1 版，第 296 页。

② 《邓小平文选》第 3 卷，第 43 页。

市场经济与文化体制改革

党的十四大明确提出，我国经济体制改革的目标是建立社会主义市场经济体制，以利于进一步解放和发展生产力。实践证明，邓小平同志南巡讲话发表以后，特别是党的十四大的召开，使市场经济以其巨大的活力，推动着中国的社会主义现代化事业迅猛发展。

由计划经济体制转向市场经济体制是一场深刻的革命，它必然会影响社会的各个领域，引起社会各个方面的变化。在市场经济汹涌大潮面前，文化艺术的大海也动荡不已。在市场经济条件下，文化艺术工作如何运作，文化艺术体制如何深化改革，解放艺术生产力，使文化艺术取得更大的繁荣，满足广大人民群众日益增长的文化生活的需要，这是关系到社会主义精神文明建设，关系到有中国特色社会主义建设的重要问题。适应市场经济体制的要求，坚持文化艺术固有的独特的规律，深化文化艺术体制改革，文化艺术将为经济建设和改革开放提供强大的精神动力和智力支持。

江泽民同志在党的十四大的报告中指出："坚持'为人民服务、为社会主义服务'的方向和'百花齐放、百家争鸣'的方针。

积极推进文化体制改革，完善文化事业的有关经济政策，繁荣社会主义文化。要重视社会效益，鼓励创作内容健康向上特别是讴歌改革开放和现代化建设的具有艺术魅力的精神产品。”这是对市场经济体制下深化文化体制改革的方向和内容的明确规定。直面市场经济的强烈冲击，文化艺术工作只有做出积极的反应，加速体制改革，才能走上繁荣昌盛的道路。

（一）市场经济条件下，我国文化领域的重大变化

建立和完善社会主义市场经济体制是一次深刻的革命，它必然涉及从经济基础到上层建筑的各个领域，在社会上产生广泛而深远的影响。在市场经济的冲击下，中国的文化艺术（文学艺术）领域也发生了重要变化。这种变化集中到一点，即在市场经济条件下，文学艺术如何运作，做出什么样的改革，才能找到自己生存的道路，发展的道路。

第一，一些文学家艺术家、文化工作者，虽然长期在计划经济背景下生活，但是，他们很敏感，首先“觉醒”，认识到文化与经商并不矛盾，率先下海经商。在他们看来，只要不是懒汉，总会找到谋生之路。著名作家、宁夏文联主席张贤亮要当“红色买办”，担任宁夏艺海实业发展有限公司的董事长。他说，我不仅有文学才能，也有商业才能。一些歌手、琴师竞相走向歌舞厅、夜总会，献歌献艺，其中青年人居多数，但也不乏声名显赫的专职演唱家、演奏家以及在国内外各种大赛中获过奖的艺术界知名人士。文人下海的心境并不相同，有的潇洒自如，有的无可奈何，有的带有几分苍凉。国家划拨给文艺单位的经费将逐渐减少，甚至有断奶一天到来，那么，这些下海弄潮的文学家艺术家将会在生意场上获得新的生路，有了生路，或者是否还会从事文学艺术活动，人们不得而知。

第二，通俗文艺兴起，严肃文艺危机四伏。多年来，文艺强调教育作用，哲学的、历史的、伦理道德的等方面的教育任务，文艺都要去承担。新时期以来，文艺的娱乐功用，为人们特别是为年轻人所认同。港台流行歌曲，武打、言情、侦探等通俗小说、影视作品在市场经济规律作用下应运而生。改革开放以来，社会发展的速度加快了，生活节奏也加快了，时间紧迫，精神常常处于紧张状态，人们需要轻松、短小、生动有趣的作品，使身心放松，这就形成了通俗文艺的强大市场。没有这通俗文艺的市场机制作用，近年来的通俗文艺是不会如此兴盛发达的。有了通俗文艺市场的要求，于是很多文艺工作者转向通俗文艺创造，消费者和生产者交互作用，造成了通俗文艺空前的膨胀态势。由此使人们认识到，市场经济对文学艺术领域的调节、支配作用是实实在在的，不容人们忽视。人们对此不管有着怎样的议论，主观评价上有多少分歧，有一点是不容置疑的，即市场经济对中国文学艺术的发展产生了巨大的影响与作用。

与通俗文艺兴盛发达相反，严肃文艺却遭到了空前的冷落，甚至危机四伏。严肃的文学作品很难出版，出了也很少有人问津。交响乐团的演出卖座率很低，似在孤芳自赏。在年轻一代人的记忆中，在中国文学史和世界文学史上，似乎未出现过《诗经》、《楚辞》、李白、杜甫、莎士比亚、塞万提斯、歌德、海涅、托尔斯泰这些个伟大作品和作家。一些专家认为精美文化，包括严肃文艺在内，是一个民族的灵魂，是人类文化的历史积累。严肃文艺在市场经济条件下，如何定位，找到自己的发展道路，人们不无忧虑。

第三，文化市场的出现。商品经济，有卖有买，等价交换，文化市场成了社会主义市场经济的组成部分。社会主义市场经济的进一步确立与完善为文化市场的兴旺繁荣展示了可观的前景。文化市场经营多元化，有国家、集体、个体、中外合资等所有制形式，它们并存互补。国家、集体经营的文化事业具有人才、场地优势，经济实力比较雄厚。个体经营者已达 30 万户，在文化市场起到不可或缺的作用。合资企业在文化市场中所占比例已达到 22%。文化消费形式门类众多、多层次的主体消费结构，其特点为趋新求异。总之，我国文化市场从小到大，颇具规模，已经发展成为多种经济成分的混合体，多项经营项目的竞争、多种消费层次的选择。[①]作为文艺产品产销的中介——文化经纪人与文化市场同时出现，成为文化界关注的热点问题之一。文化经纪人在文化市场中扮演着重要的角色，对活跃文化市场，促进文化市场的正常发育，将起到其他人不可替代的作用。它的趋势是向着职业化、规范化、类型化发展。

第四，市场经济体制的运行促进了文化理论的更新。过去的文学理论忽视了文学商品属性的研究。现在看来，只研究文学的思想性、艺术性、美感特征是不够的，因为谁也无法逃避文学商品性的事实。文学的商品性与文学的思想性、艺术性、美感特征的关系如何理解，都是摆在艺术理论工作者面前的重要课题。通俗文学问题，过去一直被冷落，似乎不屑一顾。近年来通俗文学（文艺）兴起的事实，进一步提醒人们，对通俗文学（文艺）的研究要给予重视，放在一定的地位上。再如，文艺的功能，过去只是强调教育功能、认识功能、审美功能，强调文学是“生活的教科书”。那么，文艺有没有娱乐功能？通俗文艺何以征服众多的读者听众？读者、听众（受众）在艺术生产、消费过程中处于何种地位？文学家艺术家和读者（受众）的关系是怎样的？这些都是文艺理论应当研究的重要课题。总之，从文学的商品属性着眼，引出

---

① 孟晓驷:《我国文化市场发展现状扫描》,《人民日报》,1993 年 4 月 1 日第 5 版。

了许多新的思路,新的问题,文学理论、美学理论的研究者对这些新问题都不可以取轻易视之的态度。要从中国文学艺术的实践出发,出新或者丰富文学理论、美学理论。

第五,在市场经济的刺激下,文艺作品可否实行议价,这个问题引起人们的关注。北京、上海已经有人在尝试了。在计划经济背景下,实行稿费制度,一千字多少钱。既然文化已经形成市场,经济规律作为必然性在制约着参与艺术生产的人,那么文艺作品可否随行就市,讨价还价? 确属新问题。

在市场经济制约下的文化艺术领域,出现了许多新现象,新问题,这些问题的解决,对于满足人民日益增长的精神文化需要,对于精神文明建设,至为重要。解决的办法——只有走文化体制改革的道路。

(二)在市场经济条件下,我国文化体制改革取向

邓小平同志南巡讲活指出:“革命是解放生产力,改革也是解放生产力。”要承认,当前的文化艺术工作在很多方面还不适应社会主义经济发展,不适应改革开放,不适应人民群众对精神文化的新要求。就是说,当前的文化体制是与计划经济相一致的,是计划经济的产物,有许多僵化的东西,实际上束缚了艺术生产力的发展。要使文化艺术服从于经济发展的大环境,取得繁荣发展,就必须加速推行文化体制改革。

文化体制改革是一项复杂而艰巨的系统工程,要解放思想,进行充分的调查研究,考虑到中国的国情,抓住典型,推动一般,努力推进改革的进程。

文化体制改革要注意市场规律和艺术规律的结合。讲市场规律,就是竞争机制引入文化艺术领域,使文化艺术工作获得勃勃生机。利益是市场规律的驱动力,市场规律重视经济效益。经

济上有了保证，能够改善和提高文化艺术工作者的生活水平，更可以用来改善和完备艺术生产的物质条件，多投入，增强艺术生产能力。市场规律要求艺术生产面向市场，创作出雅俗共赏，群众喜闻乐见的作品，反对那种不顾群众是否爱看或迎合部分观众低级趣味的做法。但是，艺术生产不是一般物质生产，它的发展又要遵循自己固有的规律。艺术生产的出发点和归宿是改革现实中的人，要出精品，不但能够娱悦现实中的人，还要在娱悦中受到教益，以全面提高人的素质。艺术规律重视社会效益。艺术规律重视个性化，重视艺术性的完美，重视创作主体的能动作用。艺术产品没法规范化，不能批量生产。因此，文化体制改革要尽量做到市场规律和艺术规律的结合，否则，便会走上歧路。

文化体制改革要坚持政事分开的原则，转换机制，形成以国家办文化为主，社会各界共同办文化的新体制，积极促进、扶植多种办文化模式的形成。政事分开，才能放开手脚，造成全社会办文化的新局面。

完善文化事业的有关经济政策是文化体制改革的重要内容。研究、制订、落实各项文化经济政策，借助于财政、税收、价格等经济杠杆，对社会主义文化艺术事业的繁荣发展越来越显示出重要作用。如上海市实行相关的文化经济政策收到了可喜的效果：通过“零承包”优惠政策，电影局用退还资金建成了上海影城，《文汇报》、《新民晚报》、《解放日报》分别建成了新闻大厦。上海文化发展专项资金每年拨出100万元资助优秀文艺节目的创作和演出。文化经济政策的制订和落实，需要财政、税收、工商、物价等政府部门的理解、支持和配合。文化经济政策的制订和实施的目的在于繁荣和发展社会主义文化艺术事业，通过经济手段牢固确立社会主义文化的主导作用。

把文化事业逐步纳入法制的轨道，“以法治文，依法治文”，为文化事业发展创造良好的法律环境，是文化体制改革的迫切要求，也是实现政府职能转变的关键。如音像市场，假冒伪劣、侵权现象十分普遍，应当依法加以治理。由于没有严格的法规，无法可依，个别文化管理部门时有侵权事件发生。对艺术家个人侵权行为，更是时有发生。凡此种种，说明在文化市场日渐繁荣的时刻，必须制订和完善相关的文化法规，对文化事业的管理，要逐步从行政管理向法制管理过渡。据报载，一批文化法规正在起草或待批，如《社会赞助文化事业管理办法》、《美术市场管理办法》、《歌厅、舞厅、卡拉OK厅管理办法》、《关于专业和业余文艺评奖、比赛、展览活动的规定》等。有法可依，文化艺术事业在法制轨道上进行活动，文化市场秩序化，公平竞争，这样会造成文化事业的有序发展，促进文化事业的繁荣

文化体制改革的本质在于建立一套生机勃勃、有活力、促进每一个人都参与竞争的运行机制。至于群众性文艺团体的改革、专业作家体制的改革，都要显示出蓬勃的生机与活力，有利于文学艺术事业的繁荣。这些体制改革，涉及稿酬制度的改革，出版体制的改革，要谨慎行事，不可草率为之。如一律地把专业文学家艺术家都赶下海，就未必妥当。属于精美文化，著名的文学家艺术家，国家还要出钱养一些，因为这关系到一个国家或一个民族的文化发展水平问题。因此，对于精美文化，国家或社会应集中一些财力给予扶植，使其顺利发展壮大。

文化体制改革的关键在于解放思想，破除旧的观念，大胆探索，不在姓社姓资问题上空发抽象议论，真抓实干。只要有利于解放艺术生产力，有利于满足人民日益增长的文化生活的需要，有利于社会主义精神文明建设，都是可以进行改革的。犹疑，彷徨，不能使伟大的事业获得成功。

（三）文化体制改革过程中应注意的问题

为了更好地加强社会主义文化建设，推进文化体制改革，必须注意一些问题。

第一，提高对文化体制改革重要性、迫切性的认识。文化建设是社会主义精神文明的重要组成部分，对于社会主义来说是不可缺少的。物质文明为精神文明提供生存条件，精神文明反转来为物质文明生产精神动力，它们是相互促进的。古今皆然，中外皆然。精神文明对社会发展来说，不只是手段，同时也是目的。精神文明建设，文化建设，是社会主义本质的体现。时下的一个说法：文化搭台，经济唱戏，似乎文化只是经济的手段，其实是不对的。对于人类社会发展来说，文化与社会同时生长，文化构成社会发展的内在因素，即精神动力和智力支持。没有了精神动力和智力支持，物质文明，社会发展都是不可以想象的。因此，从这个意义上看，推进文化体制改革，形成社会主义文化事业的繁荣发展，对于建设有中国特色的社会主义事业，显得极为重要。想想看，每个社会都有相应的思想家、科学家出现，这些思想家、科学家所代表的先进思想和科技进步，对人类社会是多么重要。实践证明，中国的社会主义现代化事业，如果没有先进的科学教育、繁荣的艺术文化，是不会取得今天这样辉煌的成就的。

第二，文化体制改革的出发点和落脚点，要放在创作出具有艺术魅力的精神产品上，形成艺术繁荣的局面。通俗文化，卡拉OK，并不代表文化艺术繁荣的全部。文化市场向来是分层次的，很难有一个统一的文化市场出现。严肃文艺的市场和通俗文艺的市场在将来也很难统一起来。通过文化体制改革，不但要使通俗文艺进一步繁荣昌盛，也要创造条件，使严肃文艺有较好的生成条件，以促进具有艺术魅力的精神产品产生出来。这更有战略意义。

第三，文化体制改革，应当坚持“百花齐放、百家争鸣”的方针。艺术创造，从主观来看，是创作主体个性的高扬；从客观来看，则要有一个宽松和谐环境，成为个性高扬的保证。艺术创造是一种精神活动，它从现实世界出发，经过理想世界的创造性过程，而形成艺术世界。马克思说过：“生命活动的性质包含着一个物种的全部特性，它的类的特性，而自由自觉的活动恰恰就是人的美的特性。生活本身仅仅表现为生活的手段。”马克思把人的本质特性规定为“自由自觉的活动”，只有这“自由自觉的活动”才是真正人的活动，才是真正的历史活动的目的。艺术生产的过程就是“自由自觉的活动”，也就是创作自由或艺术自由。这是人的本质特征的体现。“百花齐放、百家争鸣”是“自由自觉的活动”的中国式表述方式。这是一个重要的艺术规律，舍此，文化体制改革当达不到预期的目的。

第四，文化体制改革，要把弘扬民族优秀文化当作一项重要的内容。有中国特色的社会主义，即是说是有中华民族特点，是在中国历史文化背景下搞社会主义建设。我国的优秀文化传统，都具有积极意义。东亚一些国家，乃至一些西方学者都在挖掘、借鉴中国优秀文化传统，以指导他们的经济生活与思想生活。拒绝接受优秀的文化传统是一种愚昧无知，但是，拘泥于古代文化而不能创新，也应当反对。在继承民族优秀文化的基础上，大胆创新，是社会主义文化建设的规律。学习祖先，创造出全新的社会主义文化是今天中国人的重要使命。那种一切都是外国好，言必称外国，是一种民族文化的历史虚无主义表现，为我们所不足取。

第五，文化体制改革，要坚持开放性，吸收人类文明发展的一切优秀成果，为我所用。马克思、恩格斯145年前在《共产党宣言》中说过："过去那种地方的和民族的自给自足和闭关自守状态，被各民族的各方面的互相往来和各方面的互相依赖所代替了。物质的生产是如此，精神的生产也是如此。"世界历史是统一的，各民族的文化也是相互联系的。文化的交流、融汇是一种世界现象。我国改革开放取得了伟大成就的一个重要原因，就是以博大的胸襟，吸收了西方发达国家包括资本主义在内的一切优秀文化成果。当代世界文化发展具有国际化趋势，即各国文化发展呈现出一种相互联系，相互吸收、相互融合的态势。中国改革开放的十四年，外国的思想方式、生活方式不断地涌入中国，而中国的种种文化也传播到外国去，显现出一种双向交流的特点。艺术文化也是如此，中国与外国之间，都是双向交流。因此，对待外国的优秀文化成果，要采取积极进取的态度，吸收融汇，为建设具有中国特色的社会主义文化所取用。

文化体制改革有其复杂性，艰巨性，是一项系统工程，既要坚定方向，积极推进，又要不断总结经验，实事求是；既要服从市场规律，又要坚持文化艺术固有的规律。这样去进行文化体制改革，一定会取得预期的效果，达到繁荣社会主义文化的目的。

（收入《改革开放大典》）

时代呼唤儒商

——一个提纲

中国现代化需要儒商吗？儒商有可能性吗？我想，答案是肯定的。这是因为：

一　全球化问题逼向我们，这是中外学者不可回避的问题。儒商问题的提出，正是全球化的一种回应

中国的改革开放，实行市场经济，即整个现代化过程都是在和世界的广泛联系中发生的，即中国的经济发展、社会发展、文化发展是在全球化的背景下实现的。中国的发展离不开世界，而全球的经济的进一步增长也在很大程度上依靠中国这个巨大的市场。经济全球化，金融全球化，信息传播全球化……，当今世界，你中有我，我中有你，孤立的存在或发展永远不会有了。这就是全球化问题。儒商问题离不开这个国际背景。

所谓全球化，是谁化谁呢？这是人们极为关心的问题。第一，全球化不等于西方化，不等于发达国家化不发达国家。所谓"化"，是一种互动，互相吸收，互相影响。如日本、东亚现代化，

既吸取了西方先进的、科学的东西，又以自己的产品行销世界，占领世界市场，即以自己的经济文化去影响世界。“化”是双向的，不是单向的。第二，全球化不是民族的消亡、国家的消亡。中国现代化，要向西方发达国家学习，吸收西方发达国家一切于我有用的东西，如市场经济，股份制等等，这是说西方在化我。但是，中国要坚持中国特色，坚持中国传统文化，坚持中国对世界做出更大的贡献。即中国要两手抓，既抓物质文明建设又抓精神文明建设，抓社会主义文化建设。这些可以称作中国化西方（世界）。所以，在全球化的趋势下，中国仍然是中国，中华民族仍然是中华民族。那种把全球化理解为民族差异的消亡，国家的消亡，是非常不现实的。

儒商问题的实质就是把中华民族优秀的传统文化引向中国现代化，从中吸取精神力量，使中国现代化既吸取西方发达国家的长处为我所用，又具有中华民族特征。儒商的提出就是全球化问题的理性回应。

二　市场经济的实践，使人们提出了儒商问题

世人知道，中国实行了市场经济体制，生产力得到了迅速发展。市场经济带来了竞争，带来了利润，带来了效率。无尽的致富欲，最肮脏的贪欲，穷奢极欲，极端个人主义，等等，都成了历史的进步，成了通行的道德伦理法则。假冒伪劣，有如春天原野上的青草，斩不尽杀不绝，春风吹又生。肮脏的贪欲，卑劣的享受欲，又造成权、钱交易，共和国出现了一个又一个空前的贪官污吏。无穷的贪欲，纵使人们犯罪作恶，社会治安问题逐渐增多。所有这些，都在警醒人们，对市场经济的正面、负面影响都要注意到。辩证法的原则还是适用的，绝对化使人吃亏。

这里是不是说，我们不要发展生产力，要实行禁欲主义呢？

当然不是。解救的办法就是，弘扬民族文化的优良传统，挖掘、阐释、改造儒家文化可以利用于现代化的思想，如“己所不欲勿施于人”、“仁者爱人”、“天下为公”等，以之代替动物性竞争原则，形成具有中国特点的与经济发展相一致的伦理道德原则。这是一种理想，但不是空想。如果不是如此，现代化还有什么意义呢？

三　现代化的过程即新人的生成过程

中国现代化也是新人的建设过程。人是现代化的核心，目的，而不是手段。这就呼唤富有时代精神的新人出现，包括儒商在内。

马克思主义一直关注人的发展问题，关注历史向前推移的新人建设问题。马克思讲，共产主义是使人以一种全面的方式，即作为一个完整的人，占有自己的全面本质。（《手稿》）又说，每个人的全面而自由的发展是共产主义的基本原则。（《资本论》）恩格斯也讲，用整个的社会力量来共同经营生产和由此而引起的生产的新发展，也需要一种全新的人，并将创造出这种新人来。（《共产主义原理》）邓小平讲培养“四有”新人。

中国现代化要创造出自己的时代新人来。人性要越来越完美。人要升华，要不断除去动物性。这就要造就时代的新人、儒商。

儒家的乐观奋发精神，自强不息精神，重视精神生活的义以为上的精神，富于自我牺牲的精神，等等，都是时代新人所必需的。儒商更是需要。

时代需要儒商，儒商是可能的。这是中国现代化的内在需求，是新时期历史发展的必然。

（手稿，1998 年）

人吃了牛肉不会变成牛

粉碎“四人帮”，打破了他们推行的闭关锁国的反动政策，我国和外国的正常往来恢复并发展了。我们在自力更生的基础上，有计划地引进了一些外国的先进科学技术，解放了曾经被“四人帮”封禁的外国优秀文艺作品，同时还进口了一些比较好的外国电影。这确是一件好事，对实现四化也实属必要。但是，随着外国科学技术、文艺作品的引进，资产阶级的生活方式、思想方式也不可避免地带了进来，这些东西又是我们不赞成的。这就是一个事物的两个方面，有一利又有一弊。

这是一种正常的现象，只要我们坚持马克思主义的科学态度，有分析，有鉴别，分清主流、支流，取其精华，弃其糟粕，问题并不难解决。然而我们有的同志却不分青红皂白，视外国的一切东西为洪水猛兽，认为这么下去不仅伤风败俗，世风日下，而且还得亡党亡国，怎么得了？他们在惊恐之余，便主张袭用祖宗老法——筑起一道现代的“万里长城”，推行坚壁清野主义，使人与世界隔绝开来。因此，对这个中国与外国的关系问题，即如何看待向外国学习问题，确有讨论清楚的必要。

翻开鸦片战争所揭幕的中国近代史，帝国主义者给中国送来了什么呢？鲁迅先生说过："先有英国的鸦片，德国的废枪炮，后有法国的香粉，美国的电影，日本的印着'完全国货'的各种小东西。"中国的封建地主阶级和软弱的资产阶级为这些外国东西吓怕了，对付的办法只有两条，一是举手投降，"全盘西化"。如胡适之流宣扬的"美国的月亮比中国的月亮圆"之类就是。一是闭关锁国，坚壁清野，固守"国粹"。只是到了五四运动之后，人们才以马克思主义的科学态度对待外国文化，即吸收外国的进步文化，作为自己文化食粮的原料，经过咀嚼、吸收的过程，排泄其糟粕，吸取其精华，并赋予其民族形式，从而为创造我们的社会主义文化准备了条件。伟大的共产主义者鲁迅，为介绍外国的进步文化，毕生孜孜不倦，翻译了近十四个国家105位作家的作品，总计300万字之多，占了他全集的一半。这种工作对于中国革命的伟大意义，正如他自己指出的，犹如普罗米修斯偷火给人类，私运军火给造反的奴隶一样。一九三四年，他以辩证唯物主义和历史唯物主义的观点，写成了著名的杂文《拿来主义》，指出：对待中国的和外国的文化遗产，要占有，要挑选，"或使用，或存放，或毁灭"。这些意见完全符合马克思主义关于批判地继承人类文化遗产的思想。

稍有一点常识的人都知道，各国之间在历史长河中进行文化经济交流是一种必然的、普遍的现象，是什么高大坚固的"长城"也阻隔不了的。秦汉以来，中国与邻邦各国的经济往来、文化交流从来没有停止过，著名的"丝绸之路"便是有力的见证。日本、朝鲜、印度以及中亚各国，商旅使臣、文人学士、佛教僧侣来到中国，不绝如缕；中国的学者、佛徒也去邻邦各国访问，东晋的法显、唐的玄奘就是其中著名的人物。然而，日本、朝鲜等向中国学习的国家,并没有因为学习中国而亡国;同样,中国也不是因为吸收了邻国的文化与科学,而变成邻国的殖民地。为了搞好四化,有选择地引进外国的科学技术和具有人民性的文艺作品,与我们一向坚持的自力更生相结合,大有好处。把这样有选择的、从我国的实际需要出发的引进,与"全盘西化"等同起来,惊呼不止,实与杞人忧天别无二致。

我们上映的外国电影,新出的和重印的外国文艺作品,都具有一定的人民性。看了这些作品能增加人们对人类社会进程的知识,特别是对资本主义世界的了解,对于我们建设社会主义文化,有一定的借鉴作用。但是,这其中的许多作品毕竟是资产阶级的文学艺术,打着明显的资产阶级的印记,比如凶杀、色情、崇拜金钱与权势、表达绝望、颓废的感情等等腐败的东西都可能有不同程度的表现,我们毫无疑问地应当进行批判,这种批判并不是简单地指责作品诲淫诲盗,而是以马克思主义的观点和方法对作品做具体的、历史的分析,指出好的方面和坏的方面。我们的评论工作应该是及时的、有分析的、充分说理的,以引导观众和读者,特别是青少年正确理解这些作品所反映的社会生活。有些青少年缺乏马克思主义基本理论,缺少社会经验,盲目地去模仿和追求西方文艺中那些落后的甚至腐朽的东西,我们应该积极加以教育和引导;对于那些腐蚀青少年、教唆犯罪的坏人,对于那些败坏社会风气的严重现象,则必须坚决打击。如同自力更生是引进国外先进科学技术的基础一样,战斗的文艺评论和健全的社会风气,是学习国外进步文化必不可少的条件。

无产阶级对人类创造的全部文化,敢于批判地继承,正显示了自己的伟大力量和自信心。毛泽东同志一九五六年即指出,"我们提出向外国学习的口号,我想是提得对的。现在有些国家的领导人就不愿意提,甚至不敢提这个口号。这是要有一点勇气的,就是要把戏台上的那个架子放下来。"党的十一届三中全会总结历史经验，决定在自力更生的基础上加强同各国平等互利的经济合作,这一决策是完全正确的,我们应该全面理解,坚定执行。那种在外国东西面前战战兢兢、瑟瑟发抖,像要做了俘虏的样子,那种竖壁清野的消极态度,都是思想僵化、神经衰弱的表现。正如鲁迅说的,人吃了牛肉会健康身体(条件是要有好胃口),但决不会因此变成牛。

(《黑龙江日报》1979 年 6 月 13 日)

不要制造假古董

——论哈尔滨喇嘛台无需重建

一些先生们在鼓吹重建30多年前“文革”中被年幼无知的红卫兵毁掉了的为中国人俗称作喇嘛台的东正教教堂 (雅名称圣尼古拉大教堂)。人们不禁要问,哈尔滨喇嘛台值得重建吗?我的回答是:否。理由如次:

第一,历史是具体的,不能把历史抽象化,把历史抽象为一个蛋壳。蛋壳及其内部的生命物质是一个完整的有机体,世上根本没有把二者截然分开的事实。西方殖民侵略者强迫中国签订了许多不平等条约,其内容都包括传教特权,其实就是对中国实行文化侵略。沙俄在北京设立东正教传道团, 中日甲午战争之后,俄国以干涉还辽有功,胁迫中国订立密约,攫取了中东路及其支线筑路权。于是与中东路修筑同时,在中东路沿线修建了大量东正教堂,仅哈尔滨至20世纪30年代初,就修筑了24座之多。沙皇非常重视东正教在中国的传布,显露出极明显的政治目的。彼得一世要求俄罗斯东正教会要研究汉语和蒙语,要调查中国情况,把这些提到“国家利益的高度”。实际上,东正教传教团并不热心于传教,而是千方百计地搜集中国的政治军事情报,为穆拉维约夫夺取中国黑龙江以北,外兴安岭以南,以及乌苏里江以东的近100万平方公里的土地起到了无可估量的作用。1900年,中国大地上爆发了轰轰烈烈的反帝爱国的义和团运动。八国联军直接出兵,企图镇压义和团运动,其中的沙俄更是急先锋,一举出兵十几万,制造了骇人听闻的“海兰泡大屠杀”和“江东六十四屯惨案”,至10月,迅速占领东北全境。清政府开始与帝国主义“议和”,要求俄国退兵,沙俄军队却赖着不走。尽人皆知,中东路沿线(如哈尔滨的道里、南岗)成了沙俄的殖民地,什么护路权、治安权、司法权都是沙俄说了算,中国主权丧失殆尽。沙俄以武装占领了东北,还拟订了在满洲(应称中国东北)建立“黄俄罗斯”的计划。即阴谋把东北变成沙俄的永久殖民地。19世纪30年代出版的《联共(布)党史简明教程》提及这事,而1960年出版的《苏联共产党历史》却讳言此事。沙俄在远东的扩张遇上了对手日本强盗,于是不可避免地发生了为争夺中国这块肥肉在中国土地上进行的狗咬狗的战争,沙俄惨败,势力范围被迫划定在中国东北北部。俄国国内革命不断高涨。历史并不按着沙俄的意愿发展,肢解中国的“黄俄罗斯”计划归于破产。中东路的修筑使沙俄在政治、军事、经济等方面牢牢地控制着中国东北地区,并通过支线,进一步伸向中国内地。因此,中东路、哈尔滨喇嘛台以及众多的东正教堂、“黄俄罗斯”计划等,是浑然的历史整体。如果把喇嘛台只抽象为一个蛋壳,而置历史隧道深处埋藏的极为丰富的历史信息于不顾,实在有点自欺欺人。列宁当年曾经深刻地揭露过沙俄侵略者的嘴脸:“几年以前,它(指沙俄政府)毫无私心地侵占了旅顺口,现在又毫无私心地侵占满洲，毫无私心地把大批包工头、工程师和军官集结在与中国接壤的地区，不得不引起以温顺出名的中国人的愤怒。在修筑中东铁路时，每天只付给中国人十戈比的生活费，这难道还不是俄国毫无私心的表现吗？”[①]以上都是作为中国人，尤其作为东北的哈尔滨人的极普通常识。我们的专家学者不讲这些鲜活的历史事实，而只津津乐道东正教堂的建筑艺术美，不能避开误导青年之嫌。复建这样的喇嘛台令人匪夷所思。

第二，鸦片战争之后，西方殖民主义者拼命在中国传播基督教，就是企图以基督教文明取代中华民族的古老文明，甚至消灭中华民族文明。卡尔·马克思在《不列颠在印度统治的未来结果》一文中指出：“野蛮的征服者总是被那些他们所征服的民族的较高文明所征服，这是一条永恒的历史规律。不列颠人是第一批发展程度高于印度的征服者，因此印度的文明就影响不了他们。他们破坏了本地的公社，摧毁了本地的工业，夷平了本地社会中伟大和突出的一切，从而消灭了印度的文明。英国人在印度进行统治的历史，除了破坏以外恐怕就没有什么别的内容了。”[②]沙俄又何尝不想消灭中华民族文明？1900年前后，一些“向政府和大财主摇尾乞怜的记者们，拼命在人民中间煽风点火，挑起对中国的仇恨”[③]。他们“在报刊上大肆攻击中国人，叫嚣黄种人野蛮，仇视文明，俄国负有开导的使命”[④]。彼得一世明令指示东正教要“逐步地使中国和西伯利亚那些愚昧无知、执迷不悟的生灵，皈依天主”，使“中国皇帝及其臣民从罪恶的黑暗中走向正教

① 《列宁选集》第一卷上，人民出版社，1960年第1版，第215页。
② 《马克思恩格斯全集》第九卷，人民出版社，1961年第1版，第247页。
③ 《中国的战争》《列宁选集》第一卷上，人民出版社，1960年第1版，第217页。
④ 同上，第216页。

信仰的光明”[1]。很明显，沙俄帝国主义就是要中华民族“同自己的全部古代传统，同自己的全部历史，断绝了联系”[2]，借以消灭中华文明。日本占据台湾时代，东北沦陷14年，日本实行皇民化教育，强迫学日本语，甚至改汉姓为日本姓，目的在于消除民族意识，消灭中华文明。其影响至为深远，以至于如今的台湾头面人物承认自己是日本人而不是中国人了。但是，中国人不是英国治下的印度人，东正教文明和天照大神的王道精神都不能消灭中华文明。中东铁路修筑二十多年之后，东正教和天主教、基督教等教堂在哈尔滨已是星罗棋布。此时中国一些有识之士已感到文化危机的迫近，并举起中华文明旗帜与之冲撞(不是碰撞)。有史为证。1921年由中东铁路护路军总司令兼东省特别行政区行政长官朱庆澜发起，筹建极乐寺。北方名僧倓虚到哈尔滨主持修建极乐寺，相继建立了镇江寺、常青寺、净土寺、滨江宣讲堂等佛教寺庙。又过了几年，1926年开始，由东省特别行政区行政长官张焕相、张景惠先后倡导，修起了一座典型的华夏建筑——哈尔滨文庙，年仅28岁的东北保安总司令张学良为之撰写了《哈尔滨文庙碑记》。张学良在碑文中指出：“哈尔滨据松花江上游，东省铁路横贯其间，欧亚商旅麕集而鹑居，列肆连廛，言庞俗杂。”这是说，中东铁路修筑之后，哈尔滨地区经济贸易迅速发展，欧亚商人众多，随之而来的是如基督教、天主教、东正教之类西方文明的浸渗，致使“言庞俗杂”，用张景惠的话说就是“礼俗纷庞，不承夏风”[3]，相形之下，中华文明却显得薄弱。这样的结果，张学良认为可能导致“民德即漓，家邦陵替”的严重局

① 见张绥著《东正教和东正教在中国》，学林出版社，1986年第1版，第185页。
② 《马克思恩格斯全集》第九卷，人民出版社，1961年第1版，第145页。
③ 《东省特别区创建哈尔滨文庙碑志》。

面，于是大声疾呼“此文庙之建所为不可缓也”。辛亥革命之后，尊孔读经，定孔教为国教，以烦琐的宗教仪式祭祀孔圣，以维护封建秩序，是新老军阀通行的做法。但是，面对当时哈尔滨“言庞俗杂”、“不承夏风”的社会现实，张学良、朱庆澜、张焕相这些东北地区的头面人物牵头修建极乐寺与文庙，应当说具有以中华固有之儒释文化对抗东正教、基督教、天主教西方文化的积极意义，这是应当肯定的。所以，哈尔滨的极乐寺与文庙之出现，不是空穴来风。特别指出的是，张学良易帜，国恨家仇集于一身，对空前的民族危机与文化危机尤为敏感与强烈。当初，张学良等人当然还不会认识到，传统的中华儒释文化是不会拯救祖国民族于危亡的。马克思主义已传入中国，只有马克思主义能指明中国前进的道路，使中华民族得到独立与解放而立于世界民族之林。因此，谈及哈尔滨的东正教及众多的东正教堂，而不论及东正教企图改造被沙皇诬蔑的中国人的“愚昧无知、执迷不悟的生灵”、借以消灭中华文明的事实，就是未把握住历史的本质。

第三，关于东正教堂的建筑艺术美。一个索菲亚教堂，综合治理之后，挂上了建筑艺术博物馆的牌子，空前靓丽，招徕众多游客与之合影留念。一些学者、专家、记者不吝笔墨，对其极尽赞美之能事。索菲亚教堂的图影，又频频出现在电视屏幕、报刊书籍上，一时间它似乎成了哈尔滨的徽章。其实，它没有担当哈尔滨城徽的资格。它顶多是一个沙俄殖民者在其殖民地内建的一个东正教堂而已。那些与索菲亚教堂合影的青年与穿上日本军服、挎上日本战刀在长春伪皇宫照相留影的心态又有何异？麻木之至。旅游经济胜了，而精神文明却失败了。那么，教堂建筑美不应该令人欣赏吗？在教堂建筑艺术美的后面是上帝、社会、人的统一与联结。罗马教堂的高大穹庐，宏伟壮观，在人与神的对比中，人是显得多么渺小！哥特式教堂的高耸，冲天的尖拱，把人的视线引向高空，引向神秘的天国。教堂里有数不清的绘画、浮雕、镶嵌画等，无非是耶稣诞生、亚当与夏娃、基督受难、圣母圣婴之类的圣经故事。从教堂建筑到它的内部外部的装饰形象，都在努力向人们展示一个神的世界，企图让人顶礼膜拜上帝，弘扬神的伟大，人的渺小无助。所以，教堂的建筑艺术美是神的宣传工具，教堂艺术更使神的力量显得伟大，令人畏惧，只有匍匐在神的脚下才行。教堂建筑艺术美服务于神的存在与需要，这是事实。黑格尔指出："建筑已把庙宇建立起来了，雕刻家的手把神像摆到庙里去，于是第三步就是这个显现于感官的神在他庙里宽广的大厅里面对着他的信士群众。"[①]对于宗教的建筑艺术美要有一个科学的认识。笔者过去在一篇文章中写过："宗教的产生与发展，伴随着艺术的发展，宗教借助艺术达到弘扬自己的目的，而艺术也利用宗教表现自己，这就是宗教艺术。所谓宗教艺术，就是宗教的艺术，即以宗教内容为题材，表现神、上帝、佛陀的力量与存在。"[②]于此，我们对东正教堂的建筑艺术美的欣赏不是清醒与理智些了吗？

第四，不要制造假古董，假古董是骗人的。19 世纪末 20 世纪初，沙俄强迫修筑中东路，随之建立了哈尔滨喇嘛台。这是历史。而到了 20 世纪 60 年代，中国发生了文化大革命，幼稚的红卫兵们以为可以用暴力摧毁唯心主义的宗教，于是推翻了喇嘛台，而以"大冰棍"取代之，这也是历史。人们又推倒"大冰棍"，修上花包。花包又变成玻璃盒子，这又是历史。如果 90 年代的中

① 《美学》第一卷，第 107 页。
② 《北方民族文化论稿》，第 187 页。

国人(或许要请俄国建筑师)重建喇嘛台，与当年俄国工程师设计、用俄国材料建筑的喇嘛台及其历史背景判然有别，不可同日而语。这和北京人要重建圆明园还不同，圆明园究竟是中国人的创造。前些年有人提倡重建圆明园，遭到了人们的反对，已销声匿迹了。现在的哈尔滨把已被推翻了的喇嘛台当作宝贝重建起来，算什么呢？不是有伤中国人民感情吗！哈尔滨需要美的建筑艺术，难道我们已走向世界一流大学的哈尔滨工业大学的建筑师们的能力低于当年设计喇嘛台的旧俄建筑师吗！如果不行，可以招标，建筑一些标志性的可以传之久远的建筑精品。至于波兰重建二战毁坏的建筑，更与哈尔滨人重建喇嘛台性质不同，不能相提并论。重建的喇嘛台是一假古董，它掩盖了历史。所谓的建筑艺术美对我们还有什么意义呢？

哈尔滨回归到人民手中已经半个多世纪了。我们哈尔滨人建筑了几座可以与之所谓喇嘛台相媲美或超越了它的纪念性或其他建筑呢？哈尔滨人没有创造力吗？值得人们深长思之。

如果哈尔滨喇嘛台还矗立依然，我想，90 年代的哈尔滨人是不会如红卫兵那样愚蠢地将其推翻。哈尔滨人，如同开放的一切中国人一样，是极为宽容的，不会无缘无故地仇视白种人，仇视西方文明，不会把西方文明一股脑地撕成一条条碎片。

距今 80 多年前，杭州西湖有一座雷峰塔倒掉了。鲁迅听到这消息后，心中快活，并为此写了两篇著名的杂文，即《雷峰塔的倒掉》和《再论雷峰塔的倒掉》。雷峰塔的倒掉，使西湖十景少了一景——雷峰夕照。鲁迅借有人提倡重修雷峰塔之事，批判了维护现状的保守倾向，指出“无破坏即无新建设”，召唤人们“大呼猛进，将碍脚的旧轨道不论整条或碎片，一扫而空”！为了社会的发展与进步，除掉了中国人害的十景病，才会产生如卢梭那样的疯子。对于雷峰塔的倒掉,鲁迅的结论是:“活该。”这种犀利的见解,至今读来,仍保有一种振聋发聩的撼动人心的力量。

哈尔滨要快速现代化,建筑需要精品,有价值的旧建筑需要保护,但是,要创新,要具有时代特色。重建喇嘛台,以至保存几座沙俄旧式民宅,却不足称道。我们哈尔滨还不算物阜民康,即使聚敛了几千万或上亿元的款项,建一些科技馆之类的文化设施,比什么都强。

模仿鲁迅的话,哈尔滨喇嘛台倒掉了,活该。

不要制造假古董,况且那古董并不是中国人建造的。

2000 年 12 月 13 日

草原人和草原文化精神

一

秦汉之后，长城的存在，见证了草原文化的存在。

草原人创造了草原文化。草原人就是历代生活在我国现今东起白山黑水，中经内蒙古草原，西至新疆一带的北方各族人民。草原人经过万苦千辛，不屈不挠，一代又一代，以其独特的生产方式和生活方式铸造了自身极富个性的特色文化，与中原的黄河流域文化和南方的长江流域文化比翼齐飞，为中华民族文化的形成与发展贡献着应有的力量。孔子说："夷狄之有君，不如诸夏之亡也。"是带有偏见的。其实，历代北方民族在进入长城，挺进中原之前，都有了相当的文化准备，否则是不会占据半壁河山或统一全国的。

草原文化的内容极其丰富，需要我们去认真研究。我们研究草原文化，就是要挖掘出草原文化的精神，寻找草原人的主体意识，就是说，要弄明白，我是谁，从哪里来，去向何方。特别是在21世纪，在全球化已经成为时髦用语的时候，我们来研究草原文化更具有显著的现实意义。

二

说到草原文化，首先令我们想到的是草原人的似乎永不停息的移动或迁徙，自北向南，在这种民族迁徙中，实现了一种进取精神。这就是马克思讲的那种“野蛮的征服者”的精神。

草原人过着狩猎或游牧生活，大多处于氏族社会末期或军事奴隶制时期。从森林草原地带向农耕地带迁徙是他们的生存状态。为生存与发展，他们一往直前，视死如归。

匈奴是游牧民族，秦汉时期势力强大，向南迁徙，入寇中原，对中原形成极大威胁。从战国至东汉，匈奴在大漠南北活跃了约三百年。发展到东汉光武帝建武二十四年(48年)，匈奴人发生分裂，南部附汉，北部留在漠北，后西迁。北匈奴西走康居至顿河，多瑙河，推动欧洲民族大迁徙。继北匈奴西迁，活动在大兴安岭山脉中部与北部的鲜卑人，不顾“山谷高深，九难八阻”，也大规模南迁，西迁至匈奴故地。另有辽东鲜卑慕容氏之吐谷浑西迁上陇。契丹兴起，也是举部南下。耶律阿保机统一契丹八部，907年即可汗位，916年称皇帝。902年(唐昭宗天复二年)率40万大军，进入长城，抢掠汉人9万多人，马牛羊不计其数。938年，契丹割占燕云十六州，改幽州(今北京)为南京，成为辽在华北的政治中心。947年(会同十八年)，灭后晋，辽太宗用中原皇帝仪仗进入后晋都城大梁(今河南省开封市)，穿汉族皇帝服装接受百官朝贺。1004年(统和二十二年)，承天后和辽圣宗率军大举南下，11月至澶州北城，于是有“澶渊之盟”。天祚帝覆亡前夕，又有耶律大石率部西迁，自立为王，是为西辽，历90余年。辽、宋对峙，此后120多年多和平，未发生大的战争。辽——契丹自称北朝，成为北部中国的统治者。11世纪中叶，女真族完颜部逐步强大起来，形成了以完颜部为中心的部落联盟，阿骨打成为杰出领袖，举兵反辽，并于 1115 年称帝建国，国号大金。1125 年辽亡后，女真人继续南侵，攻打北宋，1126 年攻破开封，俘虏徽、钦二帝，北宋灭亡。 1129 年(建炎三年)金兀术率军进逼杭州，先后攻打了杭州、越州和明州，把南宋皇帝逼向大海。金统治了北中国。 1153 年 3 月完颜亮夺取帝位后，更把都城从遥远的东北阿什河迁往燕京，改燕京为中都。完颜亮迁都，使金更便于控制广大的中原和华北地区，以及继续对南宋进行军事进犯。12 世纪，蒙古族兴起。成吉思汗统一各部落，成立蒙古汗国。蒙古族更长于迁徙，他们的民族移动，就是军事征服，扩张领土，灭西夏，灭金，三次西侵，灭南宋，出现了一个以蒙古地区以及和林为中心横跨欧亚的大汗国。16~17 世纪，满族在白山黑水间崛起。努尔哈赤顺应历史趋势，统一了女真各部。 1616 年，努尔哈赤建立政权，称金，1636 年改国号大清。1644 年率清军入关，定都北京。满族统治者在全国人民支持下，平定三藩，摧毁准噶尔贵族分裂集团，收复台湾，反击外国侵略边疆，实现了全国的统一。历经长时期的斗争，显示了满族的空前活力。

我们无意肯定上述诸北方民族的侵略、杀掠的暴力行为。抢财产，抢人民，如蔡文姬被掠 12 年，破坏生产力，当然不足称道。但是，对此应当做历史的分析与理解。司马迁对匈奴的民族性格做过恰当的叙述："儿能骑羊，引弓射鸟鼠；少长，则射狐兔：用为食。士力能毌弓，尽为甲骑。其俗，宽则随畜，因射猎禽兽为生业，急则人习战攻以侵伐，其天性也。其长兵则弓矢，短兵则刀铤。利则进,不进则退,不羞遁走。苟利所在,不知礼义。"①

司马迁告诉我们,匈奴人过着随畜转移,逐水草而居的游牧生活,都具有战士性格。如遇天灾,则"人习战攻以侵伐",只是为了生存("苟利所在"),尽去抢掠,不管礼义是什么。匈奴之后,草原出现的各北方民族,时常发动掠夺战争,与匈奴大同小异。如蒙古族在部落战争时期也是"列国相攻","不入寝处而相劫"。满族在明、清战争中流行"抢西边"口号,即深入明内地,抢掠财物,以抢掠多寡为人伦道德标准。因为地理、气候原因,草原先后出现的各民族都是南下长城,寇边中原。在这种杀伐抢掠中,北方草原民族表现了一种强烈的进取精神,成为一种空前的新兴力量,势如破竹,摧枯拉朽,震撼世界。这就是陈寅恪先生论定的"塞外野蛮精悍之血"吧。恩格斯对野蛮人的战争也有论述:"邻人的财物刺激了各民族的贪欲,在这些民族那里,获取财富已成为最重要的生活目的之一。他们是野蛮人:进行掠夺在他们看来是比进行创造的劳动更容易甚至更荣耀的事情。以前进行战争只是为了对侵犯进行报复,或者是为了扩大已经感到不够的领土;现在进行战争,则纯粹是为了掠夺,战争成为经常的职业了。"②不要怕"言利",这是一个民族的生存动力。

草原人在永不停息的迁徙、征战中,铸就了他们的骁勇善战、无坚不摧的民族性格。一位法国学者在评论成吉思汗时说:"他们中没有一个人厌倦战争,也没有一个人认为休息和安逸是人生的目的和动机。他们的'天的化身'成吉思汗,教给了他们在战场上的战士的真正生活。"③

其次,讲草原文化,还要讲到草原人的开放精神。在征战杀

① 《史记·匈奴列传》。

② 《家庭、私有制和国家的起源》,《马克思恩格斯选集》四,人民出版社,1972年第1版,第160页。

③ [法]布鲁丁著《大统帅成吉思汗兵略》,内蒙古人民出版社,1989年第1版,第129~130页。

伐中,草原人吸取了中原汉人的先进文化,为改造和提高本民族的生存能力,推动本民族的发展准备条件,是民族意识一种可贵的主动性。

人往高处走,水往低处流。北方各族人民南下中原,与文化相对发达的中原人民接触,从而积极吸取先进文化,滋补自身,壮大自己,顺理成章,不足为怪。用马克思的话说,就是“野蛮的征服者总是被那些他们所征服的民族的较高文明所征服”。因此,历代北方诸草原民族南下中原,迁徙转移,一路抢掠,在这个历史进程中,接触了中原的先进文化,扩大了视野,看到了一个新鲜的世界,而弃旧图新,这是个规律性现象。

历史上草原人的一些有识之士以积极态度,向中原人学习,那种面对先进文化的开放心态,令人刮目相看。

我们首先提到的是北魏孝文帝拓拔宏的锐意革新。他掀起了一场向中原人学习的运动。他不顾守旧贵族的反对,从平城迁都洛阳。这就摆脱了旧贵族的影响,更好地实行改革。他亲自到曲阜祭祀孔子庙,封孔氏宗子为崇圣侯。改汉姓,禁胡服胡语,只有学好汉语才能更好地学习汉人的经籍典册。禁止鲜卑同姓结婚,推行鲜卑贵族与汉族大姓通婚。礼乐等制度也改变旧习,采用汉制。在官职和爵位方面,也进行改革。拓拔宏的改革,使鲜卑族发展更臻完善,缓和民族矛盾,促进民族融合,起到了积极的历史作用。拓拔宏向中原人学习很坚决,遇有“旧人怀土,多所不愿”[①],即使他自己儿子拓拔恂出来反抗,也要把他杀掉。

契丹族也积极向中原汉族学习。辽太祖与群臣探讨如何“事天敬神”何先时,诸侍臣“皆以佛对”,为太祖否定。皇太子耶律

---

① 《魏书·李冲传》。

倍说:“孔子大圣,万世所尊,宜先。”于是辽即建孔子庙,在上京置国子监,在南京设立太学。辽圣宗时,下令诸州修缮孔子庙。译《贞观政要》为契丹文,供兴宗和群臣阅读学习。耶律倍一直想往中原汉族文化,自幼聪敏好学,擅长辽汉文章。这个耶律倍在激烈的皇位斗争中败北,浮海去后唐。他深受汉文化熏陶,寓居后唐时,尝译《阴符经》为契丹文。他所作《海上诗》,情词凄婉,言短意长。契丹皇帝,贵族都有深厚的汉文化修养,如萧观音(道宗宣懿皇后)所作诗词佳妙,大有唐人遗意,被道宗誉为女中才子。

金海陵王完颜亮坚持向中原学习,也是值得一说的人物。1153年(贞元元年),完颜亮即位不久,即把都城从“肇基”之地会宁迁到燕京,金谓之中都。金灭辽之后,拥有北方广大地区,金能否向前顺利发展是摆在面前的大问题。完颜亮清楚地认识到“燕京地广土坚,人物蕃息,乃礼仪之邦”,即燕都是一片新世界,社会上充溢汉文化,不改变金上都偏于一隅的情况,是不利于金政权的巩固和发展的。燕都地区,生产、文化水平较高,地控南北,又便于向中原人学习,完颜亮把政治重心放在燕都是顺应历史趋势,是具有远见卓识之举。

公元9世纪末,西北出现了西夏王国,与辽、金先后与宋对峙,长达190年。其民族主体为党项羌。党项民族也很注意向中原汉民族学习。为发展西夏王国的需要,他们大力翻译儒家经典和汉文史籍,如《论语》、《孟子》、《孝经》以及《贞观政要》,兵书如《孙子兵法三注》、《六韬》等。西夏与南宋隔绝之后,党项人更派人去金国购买儒家书籍①,汉文典籍在西夏流行,对党项族的

① 《金史·交聘表》。

成长极为重要。

蒙古族更善于向其他民族学习。1271 年忽必烈建国“大元”，这国号大元即取《易经》“乾元”之义。忽必烈推行“汉法”，重新确立了中央集权的封建统治体系和相应的各种典章制度。忽必烈继位后，设立国子学，选蒙古贵族子弟入学，学习儒家文化，培养管理国家人才。入居中原的蒙古贵族，更聘请汉族知识分子做家庭教师，教授子女。对契丹人耶律楚材也十分重用。蒙古西征时，更把中亚、波斯等地的工匠和科学技术带回来，如吸取阿拉伯人的天文知识，有利于元代天文学的发展。元世祖忽必烈对意大利旅行家马可波罗“喜其远来，回赐金帛甚渥”[①]，说明忽必烈很重视马可波罗，很愿意与西方发展交往。而元代科学技术的高度成就与此关系密切。

满族兴起，东北各部落实行了统一，建立清王朝。继之，挺进中原，1644 年，定都北京，又统一全国。入关前，辽沈地区的满族与汉族接触极为密切，满族从中原汉人那里学到了先进的文化，为战胜明朝，统一全国准备了充足的条件。不可设想，如果满族没有充足的文化准备，积极吸取汉文化的有用之处，尤其是入关后，清朝皇帝如康熙强调满汉一体，尊崇孔子，倡导理学，利用汉族知识分子，满族贵族遂能建立起国势强大的清王朝，绵延近三百年。满族人民大力吸取汉族先进文化，引起一些人的警惕，即满族还要不要保持独立的民族文化。从皇太极开始，有清一代各个皇帝都注重满族要保持“骑射国语”，即保持满族的语言，保持满族马上起家、崇尚武力的文化传统。但是，满族向汉族先进文化学习，满族与汉族的融合已成为历史趋势。事实上，大有

① 《秋涧集》卷 81。

作为的清朝皇帝爱新觉罗·玄烨，很重视学习汉族文化。他标榜程朱理学，编写《性理精义》，命令编写《明史》、《康熙字典》、《佩文韵府》、《大清会典》等书，这些书籍至今仍发挥重要的作用。康熙、雍正时期，清朝政府编辑了《古今图书集成》，搜罗宏富，成为《永乐大典》之后又一部大型类书。乾隆时，又集中众多知识分子编辑《四库全书》，成为我国最大一部丛书，一部极为宝贵的文化遗产。满族的文化开放态度，极具吸收而又创新的特点。

草原人的开放性，就是兼收并蓄。如蒙古族对宗教的态度。蒙古族在与各民族的接触交往中，对于宗教则采取宽容自由政策。他们未走出蒙古草原时，多信仰原始的萨满教，后接触佛教，以及吐蕃佛教，忽必烈封八思巴为国师，后又封为帝师。成吉思汗征聘道教领袖人物丘处机。在萨尔马罕，成吉思汗利用闲暇时间，听伊斯兰教讲义。基督教聂斯脱里派也在蒙古族中流行。

总之，草原人在开放中吸取所接触到的他族人民的先进文化，使自己成熟，借以提高民族素质，不断向前发展。

第三，草原人即北方各族人民的独创精神，因而使他们生生不息，这也是极其重要的。这里只提几件事实：

在政治文化方面，草原人继承了中华民族的大一统的精神，努力实现中华大地的全国性的统一。中国历史，分分合合，分裂与统一交互进行。人们认为统一利于中华民族发展。汉孝文帝就希望匈、汉南北“两国之民若一家子”。蒙古族建立元朝，全国空前统一。历史证明，元朝的统一是一种历史进步，为历史发展的统一主流奠定了基础。满族为中华民族的统一大事做出杰出贡献。平定三藩，收复台湾，康、雍、乾三朝用了70年的时间，摧毁了准噶尔贵族的分裂集团。之后,又派遣八旗官兵和水师,驱逐沙俄侵略者。弘历派大军进藏,粉碎英国殖民主义的阴谋活动。所以,满族作为统治民族,为全国的统一做出的贡献不可磨灭。欧洲人现在还忙于统一,知道统一的欧洲有利于各国人民的生存与发展。清代皇帝似乎比他们聪明。

辽、金以后,定都北京,也是草原人的创造。陈述先生指出:"从辽金以后,北京作为京城建都。近一千年来,北京一直是全国的政治中心,代替了以前那些古老的都城:长安、洛阳、汴梁。"[①]可以说定都北京是草原历代北方民族的企盼。这是草原牧业文明和中原的农业文明最好的结合部,南北成为一家子。定都北京,便于经略长城以北广大草原地区,永不忘记草原,便于保护祖国北部边疆,凸显了北部对于祖国的重要地位。

在文化艺术方面,草原人也有辉煌创造。如著名的三大佛教石窟的创建。云冈石窟,拓跋鲜卑创建于和平初年(公元460年)。洛阳龙门石窟,创建于孝文帝迁都洛阳后。举世闻名的敦煌石窟,兴建于前秦建元二年(公元365年)。佛教石窟艺术,经过北方草原人民的借鉴、创造,终于形成了中国文化史上的一道亮丽的风景线,将永久闪烁着不朽的艺术光辉。文学上的《敕勒歌》粗犷豪放,是草原人民的千古绝唱。满族诗人纳兰性德,堪与唐宋大诗人媲美,与他们为伍,毫不逊色。更有曹雪芹创作不朽的长篇小说《红楼梦》。这是满、汉汉文化的融合,是中国古代文学的光辉终结,其艺术成就是难以企及的高峰。至于蒙古族创造的英雄史诗《格斯尔可汗传》更独具特色。这部史诗具有神奇特色,塑造了格斯尔可汗动人形象,表达了人民渴望和平和领土完整

① 《辽金史论集》,7页。

的理想和愿望。

综上所述，我们可以把草原文化精神概括为永不休止的进取性,兼收并蓄的开放性,和综合损益的创造性。

三

关于草原文化的几个问题:

(一)草原文化是地域文化,在中华民族文化的长河里的地位是不可置换的。对它进行科学研究,对丰富和创造中华民族文化显示出重要意义。但是,人们要认同草原文化。如果站在南宋人的立场，站在反清复明的立场看待草原文化，就不免泥古守旧。对岳飞不必捧上天,对秦桧也不要打进十八层地狱。金兀术也是一员战将。所以对待草原文化进行现代诠释,是我们重要的学术任务。

(二)研究草原文化不能避开对北方民族进行的掠夺性战争的评价。对战争的掠夺性,什么时候都不应予以肯定。但是,历史地看，对于野蛮人来说，掠夺性战争就是增加财富，就是生产,是他们的“天性”,是他们生存的需要。北方民族进行的一些征服性的战争,在客观上产生了全国意义,要重新审视。秦皇汉武,唐宗宋祖,一代天骄成吉思汗,也要加上爱新觉罗·玄烨大帝。不停地迁徙(入侵),迁徙中伴随着暴力,这是人类历史上重要的现象。欧洲也有草原民族自北向南迁徙的事实。这些草原民族在罗马人看来是“蛮族”,不懂得城市文明,没有国家观念,在长达500年的迁徙即入侵的过程中，使田园荒芜，城市夷为平地，造成“世界是一个残暴与淫乱的魔窟”(贝克罗齐《艺术哲学》,第50页),以至成为西罗马帝国覆灭的外部原因。新大陆发现后,欧洲人向美洲迁徙,于是殖民战争连绵不绝,印第安人的土地被占领，又遭到灭绝性的屠杀。罪恶的奴隶制度出现了，黑人被当成牲畜，可以被任意杀死或出卖。无论是“野蛮”的草原人或“文明”的非草原人，他们的迁徙都与暴力相共生。当人类学会用和平方式去迁徙，去扩大自己的生存空间，因而避免了血与火，那将是人类的又一大进步。

（三）科学地认识草原文化精神，激活它，使之为现代化服务。就是要使草原文化与市场经济相适应，学会商业智慧，学会计较利害，能文能武，去积极地迎接随之市场经济而来的文化战争。美国的亨廷顿还在念念不忘“黄色威胁”。草原人向南迁徙，与中国文化相遇，形成了多元一体的中华民族，互动前进，铸造了永具活力的中华文化。有铁马嘶鸣，更有王昭君这样的和平友好使者。相遇可以融合，不要什么“威胁”了。草原人要发扬自己文化的优秀部分，综合创造富有时代精神的文化，和全国人民一起在现代化道路上快速前进。

（草原文化高层论坛发言稿，2005 年 7 月 10 日）

评“权力真理”

家长制、“一言堂”、“长官意志”这些东西，都把真理问题与权力大小、职位高低联系起来，企图以主观意志代替客观规律，认为权力可以制造真理，其实是在搞一种“权力真理”论。这种“权力真理”论，认为在认识领域也有什么特权，否认真理面前人人平等，否认一般的人即处于无权地位的大多数人民群众具有认识和掌握真理的能力。人贵言显，人微言轻，“权力真理”盛行，必然是窒息真理，压抑人才，否定科学和知识的作用，墨守成规，压制生动的创造精神，对人的轻蔑，造成一种万马齐喑的文化专制主义局面。权力不能够制造真理，这似乎是常识性的问题，但是在我们现实生活中，如昔阳“西水东调”，渤海二号翻沉之类的惊心动魄的事实又非绝无仅有，这就说明了“权力真理”论的严重存在。所以对于“权力真理”论做一些剖析，无论在理论上还是在实践上，都是有意义的。

一

权力，即政治权力，属于政治范畴，真理属于认识范畴，它们之间并非决定与被决定的关系，并非种属关系。权力在社会发展中尽管有怎样重要的作用,也不涉及真理问题,或者能够制造真理。拥有政治权力并不等于占有真理,这是千真万确。“权力真理”论的错误,就在于把真理和政治权这两个不同范畴的概念搅在一起欺骗人们:权力可以产生真理。

但是,历史上一切拥有一定政治权力的人特别是最高统治者都把自己打扮成真理的化身,把权力当成真理,认为自己的意志就是客观规律。他们认为,自己拥有的权力,自己的意志参加了历史的进程,起着推进或阻碍历史前进的作用。在他们看来,“朕即国家”,“朕即法律”,“朕即真理”,权力就是一切,意志就是一切。比如,建立了中国第一个中央集权制封建国家的秦始皇,固然是一个伟大的历史人物,但是炫耀权力和意志,在中外历史上也是空前的。他搞“焚书坑儒”,就是要把一切反秦非秦的书籍烧光,把一切追求真理、能使人觉悟的知识分子杀光,禁止言论自由,迫使人们浑浑噩噩,以为这样秦的统治就会长治久安,传之万世了。秦始皇要做到“天下之事无大小皆决于上”,他的儿子秦二世则要实行“督则之术”,“所欲无不得”。现代的法西斯主义魁首希特勒推崇政治暴力,推行“强权就是真理”。他说:“心要狠!手要辣!……谁强谁就对……谁要是仔细想过这个世界的道理的话,谁就懂得它的意义就在于优胜劣败,弱肉强食。”①“我对于历史的基层有清楚的了解,对于做出无情的决定,有坚强的意志。……作为最终决定性的因素,我可以毫不夸大地说,我是不可代替的。……国家的命运全系在我一人身上。”②希特勒高度崇拜尼采,他的这些反动思想来自德国这个现代资产阶级唯心主义哲学家、法西斯“思想家”的先躯尼采。尼采推行“权力意志”。认为世界的本原是“权力意志”,当然“权

① 《第三帝国的兴亡》,第740页。
② 同上,第909~910页。

力意志”也是认识的来源。他说:“真理的标准就在于提高权力感。”[①]“认识是被当做权力的工具使用的。所以很明显,认识是随着权力的增长而增长的。”[②]在尼采看来,“权力意志”是根本的,认识与真理都是有用有利的就是真理,权力的增长就是真理的增长,结论是,权力决定真理。从秦始皇的“天下之事无大小皆决于上”,秦二世的“所欲无不得”,到希特勒的“弱肉强食”“谁强谁就对”,都是强调意志与权力对于认识、对于判断真理的作用,这些东西在尼采那里都得到了抽象的概括,蒙上了理论的色彩。然而这是不能不辩论清楚的。

权力与人们对真理的认识并没有必然的联系,换言之,人们对客观事物的真理性认识绝不依靠权力,他们二者是无法统一的。这有两个事实可以说明。第一,权力,即政治权力是一种暴力,是一个具体的、历史的概念,它不是人类社会与生俱有的,而是在一定历史条件下产生的。人类社会经过了长期的原始社会阶段,才有了私有财产的发生,才有了阶级的产生,有了国家的产生,这时候对于统治者来说才产生了政治权力的问题。原始人那里并没有政治权力,但是他们在长期的物质生产活动中,逐渐地了解自然的现象、自然的性质、自然的规律性,以及自然与人的关系,积累了初步的关于渔猎、农业、手工业、天文气象的知识,凭着这些初步的认识,更好地利用自然,改善了人同自然的关系,增强了人与自然界斗争的力量。原始人对自然界规律的探讨,不是依靠什么政治权力,而是依靠他们长期的、丰富的生产实践活动。第二,科学技术史的大量事实证明,在人类社会有了权力这种东西之后,一些大的发明创造,从蒸汽机的出现,直到原子能的利用、电子计算机、征服宇宙的航天事业,哪一项发

① 《现代资产阶级哲学论著选辑》,第15页。
② 同上,第16页。

明创造或科学原理的发现，是拥有政治权力的人做出的呢？全然不是的。人们对从宏观世界到微观世界的正确认识即真理性的认识，靠的是生产实践和科学实验，离开了生产实践与科学实验，人们是谈不上对客观世界的正确反映与掌握的。按照马克思主义观点，阶级、国家、政治权力之类的东西，只是与人类历史一定生产水平相联系而存在的，当人类社会进展到一定的历史阶段，这些东西都要消亡的，难道因为权力的消亡人类对客观世界规律的真理性认识就会停止吗？所以，尼采论证权力依赖于真理，是不符合人类认识历史的实际情况的，而是一种主观唯心主义的臆造。

但是，人类社会历史的发展与自然发展的历史是有不同的特点的，正如恩格斯指出的："反之，在社会历史领域内进行活动的，全是具有意识的，经过思虑或凭激情行动的、追求某种目的的人；任何事情的发生都不是没有自觉的意图，没有预期的目的的，尤其是对个别时代和个别事变的历史研究为何重要，它丝毫不能改变这样一个事实：历史进程是受内在的一般规律支配的。"①人类社会发展的"有自觉意图"、"有预期的目的"的这种特点，使帝王将相和一切历史唯心主义者认为人们的思想动机特别是个别杰出人物的思想动机，主观意志，政治权力是历史发展的决定力量。这样，他们就完全否定了社会发展的客观规律，把他们的权力意志当成了真理。

社会的发展决定于经济运动，决定于生产关系与生产力的矛盾运动，"经济发展总是毫无例外地和无情地为自己开辟道路"②。那么政治权力对经济的发展、对于社会规律性的认识的关系如何呢？政治权力，即统治阶级意志愿望、思想动机的体

---

① 《马克思恩格斯选集》第四卷，人民出版社，1972年第1版，第243页。

② 《反杜林论》，第181页。

现，如果与经济发展的统一方向起作用，则能促进经济比较快地发展；如果与经济发展的相反方向起作用，则能阻碍经济的发展，给经济发展造成巨大的损害。[①]在前一种情形下，政治权力适应经济的发展，为经济发展提供一定的有利条件，标明政治权力与社会发展的规律性有一致性，但并不说明政治权力产生真理。在后一种情形下，政治权力阻碍经济发展，为社会的经济发展造就了巨大的阻力与损害，标明政治权力完全违背了社会发展的客观规律性，更是与真理没有什么关系。这样看，秦始皇的“焚书坑儒”，秦二世的“所欲无不得”，希特勒的“谁强谁就对”，只是企图社会依照他们的“权力意志”发展，结果却适得其反，他们追求的预期目的并没有实现，这就说明了他们的政治权力、主观意志并不能代替客观规律，并不就是真理。所以，对于社会的发展，马克思主义一直强调“关于社会的发展规律的科学成果具有客观真理意义的、可靠的成果”[②]，推翻了那种认为社会是按“长官的意志”“随便改变的、偶尔产生和变化的、机械的个人结合体的观点”[③]，从而在社会发展问题上也就反对和批判了“权力真理”论。

二

客观世界是认识的唯一源泉，认识依赖实践，认识的过程也就是“通过实践而发现真理，又通过实践而证实真理和发展真理”，这似乎是唯物辩证法的常识，但是，“权力真理”论正在这常识性的问题上犯了错误。

讲到真理，我们首先要承认真理是客观的。真理的客观性

---

① 参看恩格斯1890致康·施莱特的信，见《马克思恩格斯选集》第四卷，人民出版社，1972年第1版，第483页。

② 《斯大林文选》，第188页。

③ 《什么是“人民之友”》，《列宁全集》第一卷，第122页。

质，说的是真理的内容来自于不依人们的意志为转移的客观存在,即“不依赖于主体,不依赖于人,不依赖于人的内容”[①]。承认真理的客观性质很重要，一个是它与一切主观真理论划清了界限,认定真理是从客观世界来的,这就避免了“公说公有理,婆说婆有理,谁说都有理”的发生;一个是,既然真理的内容是客观的,那么不管什么人(当然是身心健康的)只要不断地努力于社会实践,不断地对客观事物进行探索,终归都有获取真理的可能,而不单单是握有权柄的人能够独特具有认识真理的能力,从而占有真理。

“权力真理”论,不承认客观物质世界的存在,以为一切客观存在的事物和主体分不开，甚至以为客观存在就是他们的感觉或权力意志,实际上是一种主观唯心主义世界观。真理的内容来自不依人们的意志为转移的客观存在,“权力真理”论既不承认客观物质世界的存在，当然就不能获得正确地反映了客观世界规律性的认识即真理。

我们说真理是属于认识论范畴的，主要是说的是真理对实践依赖关系,即不管什么人,如果脱离了社会实践,则很难谈得上对事物的真理性认识。历史上一些杰出人物,如果能从事社会实践,或通过某种方式与社会实践活动保持密切的联系,就有了对事物做出真理性认识的基础。反之,则不可能对事物做出真理性的认识。特别是当他们掌握一定权力之后，往往脱离了丰富的、生动的社会实践,与社会生活隔绝起来,诸如腐朽的封建帝王不临朝听政,他们就从根本上丧失了获取真理的可能。搞“权力真理”的人,即没有深入的社会实践,在他们既定的地位上又要发号施令,对事物的真理性认识做出判断,这时他们只好诉诸

---

① 《列宁全集》第十四卷,第120页。

于自己手中的政治权力,而权力又不能神灵般地代替社会实践,归根到底,政治权力并不能给他们以真理。中国历史上那些有为的几个皇帝,在夺取政权时期,或开国初期,或亲自领兵打仗,或亲临政事,与社会实践还算没有断绝联系,还能办上几件事情。以后权力越大,越是脱离社会实践,越来越腐化昏聩,又兼之宦官当道,奸佞包围,对于他们,再也谈不上对客观事物的正确反映或做出真理性的认识了。他们既然丧失了对客观事物正确反映的基础和条件,就只好依势压人。靠家长制,靠"一言堂",靠"长官意志"来定是非,以此来维护他们的愚蠢而昏庸的尊严。

真理是人们对客观事物的正确认识,是主观与客观的结合。这是说,对于真理的认识人的主观能力应当具有一定的作用。真理来自客观存在,但真理又要通过主观的反映,所以,真理具有主观形式或真理具有主观的因素。主观因素之一,就是人都有功利,特别是处于一定阶级地位的人,他们看待事物,判断是非总离不开他们的地位与利益, 换言之, 如果认识真理的主体有私心,偏狭,妒忌,他们又怎么能认识事物的真理呢?所以,主观方面的私心私利,是影响人们正确反映客观事物本来面目的障碍。历史上拥有一定权力的人,维护的是他们既得的利益,在阶级社会中这是带有根本性的事物,它像一座高山,横在权力与真理之间,这也是"权力真理"论不能获得真理的又一重要原因。这就是为什么在人类社会里,对同一客观事物,有时人们的认识却截然相反的一个原因——指鹿为马, 颠倒黑白的事情便屡见不鲜了。正如列宁指出的,人的认识"曲线的任何一个片段,碎片、小段都能被变成(被片面地变成)独立的完整的直线","把人们引到泥坑里去,引到僧侣主义那里去(在那里统治阶级的利益就会把它巩固起来)"①,可见统治阶级囿于一己私利,常常是他们观

① 《谈谈辩证法问题》,《列宁选集》第二卷,1960年第1版,第711页。

察事物,判断是非的重要依据。无产阶级代表社会发展方向,以解放全人类为己任,与私有制能够彻底决裂,大公无私,对一切事物的认识不是从一己私利出发,所以,他们能够掌握真理。这是任何剥削阶级所不能比拟的。

"权力真理"论搞的是一套主观唯心主义,这就必然与神学联系在一起。列宁说:"唯心主义就是僧侣主义。这是对的。但("更确切些"和"除此而外")哲学唯心主义是经过人的无限复杂的(辩证的)认识的一个成分而通向僧侣主义的道路。"[①]。"权力真理"论穿上神学外衣,有了神的灵光的佑护,在人民群众中就更增加了它的虚伪性和欺骗性。它企图使人们相信,那些唯心主义的胡说,都是神的启示和意志。《大盂鼎》:"丕显文王,受天有(佑)大命。"这是说,周文王伟大而显赫,受上天的庇佑,获得取代殷人政权的使命。神权与君权的结合,套在人们精神上的枷锁更为牢固了—— 一般的人认识真理的权力被剥夺得净尽。神学对人,对人的理性是无限的排斥与敌视。神学,只有偏见与迷信,而没有真理。现代迷信把领袖奉若神明,把领袖的权力与人民的实践对立起来,推行"一句顶一万句"、"句句是真理"、"理解的要执行,不理解的也要执行"之类荒谬绝伦的主张,把权力奉为万古不变的、不可移易的真理。在这样的风气下,只有奴隶式的服从,而无探求真理可言。"人把自己奉献给上帝的越多,他保留给自身的越少"[②]。人们越是献身于现代迷信,万分虔诚地服从现代迷信的统治,人们自己则越来越愚昧无知。

① 《谈谈辩证法问题》,《列宁选集》第二卷,人民出版社,1960年第1版,第715页。

② 刘丕坤译马克思《1844年经济学——哲学手稿》,人民出版社,1979年第1版,第45页。

三

从人性方面看,"权力真理" 论是违反人性的, 不人道的。"只许州官放火,不许百姓点灯"描写的是政治领域里统治阶级的横行霸道和人民的无权情景。"权力真理"论在认识领域里坚持特权,否定在真理面前人人平等的规律,完全抹杀了作为人的认识真理的权力与能力。"劳动创造了智慧,却注定了劳动者的愚钝痴呆。"[①]这不应当引起人们为之深思吗？我们要从人的全面发展、人的解放、人的本性这些方面去考察。

法国雕塑家罗丹的《思想者》雕塑,他全身紧缩,思想专注,用全部力量在思想,思考。这是"人智"的代表,象征着人的理性、觉醒和精神力量。列宁曾建议俄共的两名青年同志一定要去看这《思想者》。罗丹还有一件著名的雕塑《思》。这是一名年轻、俊美、秀逸、聪慧的女像,沉浸在深深的内心思考之中,有人评论说,"这名女像是在倾听着自己灵魂深处的声音"。中国的美术家也用《思》作为标题刻画伟大的追求真理的战士张志新烈士。其中的一件是雕塑,面部表情极为庄严、静穆、美丽,富于思索,然而双手却被那象征暴力的铁块紧紧拷住！善于思索的,要求自由地发挥她的智力,所得到的却是无情的镣铐的压迫。在这深刻的描绘中, 不正揭示出了张志新烈士灵魂深处思想河流的急剧跳动和奔突吗？思想的河流及其伟大的不可遏止的力量是什么暴力的手铐能锁得住的吗?可见,这些艺术家的观察与探索的是,思想,自由的思想作为人性的一个重要方面的地位,即人的价值的问题。对于人性就是自由这样的观点,是应当注意研究的,是值得人们给予足够的重视的。[②]

① 刘丕坤译马克思《1844 年经济学——哲学手稿》,人民出版社,1979 年第 1 版,第 46 页。
② 《学术月刊》,1980 年,第 3 期,费震建同志的文章。

人类与动物分手的过程,就是一种自由自觉的活动的过程,就是要求自由地发挥体力和智力的过程。人的本质是与这种自由自觉的活动分不开的。在人的面前是自然界、人类社会的盲目的异己的力量,但人通过劳动实践,不断地认识与探索来自自然界的和社会的盲目的异己的力量,不断地从必然王国向自由王国前进,人的本质就是在这个过程之中形成与发展,这是一个永久的、与人类即人的本质的发展相始终的过程。人的自由自觉的生命活动把人与动物区别开。

马克思主义创始人对人的自由自觉活动有过重要的论述。这些论述使我们能够对人的本质问题进行科学的认识与探讨。

马克思在《1844年经济学——哲学手稿》里指出:"劳动本身、生命活动本身、生产生活本身对人说来不过成为满足他的一个需要、即维持肉体生存的需要的手段。而生产生活也就是类的生活。这是创造生命的生活。生命活动的性质包含着一个物种的全部特性、它的类的特性,而自由自觉的活动恰恰就是人类的特性。生活本身仅仅表现为生活的手段。""动物是和它的生命活动直接同一的。它没有自己和自己生命活动之间的区别。它就是这种生命活动。人则把自己的生命活动本身变成自己的意志和意识的对象。他的生命活动是有意识的。这不是人与人之直接融为一体的那种规定性。有意识的生命活动直接把人跟动物的生命活动区别开来。正是仅仅由于这个缘故,人是类的存在物。换言之,正是由于他是类的存在物,他才是有意识的存在物,也就是说,他本身的生活对他来说才是对象。只是由于这个缘故,他的活动才是自由的活动。异化劳动把这种关系颠倒过来:正是由于人是有意识的存在物,人才把自己的生命活动、自己的本质仅仅变成维持自己生存的手段。"①

马克思在1857年的《经济学手稿》里说:"建立在个人全面发展和他们共同的社会生产能力成为他们的社会财富这一基础上的自由个性,是第三个阶段。"②

1876年恩格斯在《劳动在从猿到人转变过程中的作用》里说:"但是人离开动物愈远,他们对自然界的作用就愈带有经过思考的、有计划的、向着一定的和事先知道的目标前进的特征。"③

马克思在《资本论》第三卷里说:"在这个范围内,自由不过能够在这一点上面形成:社会化的人,共同结合的生产者,会合理地控制着他们和自然间的物质变换,把它放在他们的共同管理下,不让它当做一种盲目的力量来统治他们,但用最小的力量的支出,并在最与人性适合也最光荣的条件下把它实行。"④

毛泽东同志也说过:"思想等等是主观的东西,做或行动是主观见之于客观的东西,都是人类特殊的能动性。这种能动性,我们名之曰'自觉的能动性',是人之所以区别于物的特点。"⑤

马克思主义经典作家上面的论述使我们明确地认识到:(一)人的生命活动本身是与人的自由自觉活动相联系的,这是人的本质。人因为有自由自觉活动的特征而与动物相区别。人的自由自觉活动就是人的思想及思想自由问题,是人的思想的能动性问题。(二)在人的生命过程中,生产生活过程中,人能将生命生活本身变成自己的意志和意识的对象。这是说,人在生活过程中,形成了知识,创造了智慧,不断地对客观存在的事物在主

① 刘丕坤译马克思《1844年经济学——哲学手稿》,人民出版社,1979年第1版,第50页。
② 《马克思恩格斯全集》第四十六卷上,人民出版社,1979年第1版,第104页。
③ 《马克思恩格斯全集》第三卷,第516页。
④ 《资本论》第三卷,人民出版社,1956年,第62页。
⑤ 《毛泽东选集》第二卷,第445页。

观上进行真理性的判断,不断地从必然王国走向自由王国,产生了人的巨大的创造能力。人在把生命活动本身变成自己的意志和意识的对象的过程中,实现了人的思想自由,实现了人的能动性。(三)人类越是向前发展,离开动物越远,人越能把自己的生命活动变成自己的意志和意识的对象,人的科学知识体系越来越庞大,人的精神生产能力越来越强,人的思想的作用范围与社会效果越来越明显。(四)人的思想自由,一向遭到自然的和社会的盲目的异己力量的压抑,不能够自由发挥他的肉体力量与精神力量。只有在未来的共产主义社会里,人的全面发展即自由个性的形成,在以他们创造的"社会生产能力成为他们的社会财富"的条件下,才能成为现实。生产力的高度发展,社会财富的极大增长,人把劳动不再看成沉重的负担而看作生活的第一需要,人的体力与智力才能得到自由的发挥。再没有什么异己的力量来统治和压抑人们。这与马克思早年在《1844年经济学——哲学手稿》里指出的"人向作为社会的人即合乎人的本性的人的自身的复归",这种人性的"复归"才能实现"人的本质的真正占有"的论述是一致的。

总之,人在他的生命过程中,在生产生活中,不断地从必然王国向自由王国发展,认识和运用自然的和社会的客观规律,不断地发展真理,自由地发挥自己的肉体力量和精神力量,从而在高度的生产力条件下,实现了人的全面发展,人的自由自觉活动的本性得到了"复归"。所以,人的自由自觉的活动,自由的思想,认识真理的能力,是人的本性的表现。"权力真理"论的根本错误就在于,他们违反了人性,泯灭了人认识真理的能力。人类社会的发展也是这样证明了的:钻木取火,架木为巢,仓颉造字,冶炼金属,蒸汽革命,原子能,电子计算机,机器人,奴隶暴动,农民起义,无产阶级革命,哲学,宗教,道德,艺术,等等,是那些有权力、地位高的人发明的吗？当然不是。对这些真理性的认识，应当归功于那些从事生产实践的劳动者，即构成人类社会成员的最大多数从事物质劳动和精神劳动的、不掌握什么权力的普通人。人类的智慧是属于他们的。人创造了知识、智慧，科学文化与文学艺术，而这些东西却成为一种异己的力量，压抑广大劳动者，使广大劳动者不能自由地去认识真理而变得更加愚昧，这是一种异化。在合理的社会条件下，在社会主义或未来的共产主义社会里，是应当消除这种异化现象的。关键的是，要把人当作人，承认普通的人即身心健康的人在劳动实践中有认识真理的能力。"渤海"二号事故的发生，就在于石油部、海洋局的个别领导人，用权力代替真理，用主观意志代替客观规律，泯灭人性，不承认广大工人、技术人员懂得驾船的规律，懂得在什么条件下可以翻船的真理，而一意孤行，胡干蛮干，瞎指挥的必然结果。所以，这个惨痛的用鲜血换来的教训再一次告诉人们，权力大，地位高，说话纵然可以口大气粗，动辄训人，而真理却不在他们手里。躬身劳动实践的石油工人、技术人员，他们懂得真理，富有聪明才智，而这聪明才智却成了异己的力量统治着他们，使他们遭到了那样悲惨的后果，这样血的教训还不值得我们汲取吗？

四

我们应当研究的是，为什么在社会主义制度下，"权力真理"论还能够存在？共产风、浮夸风的出现，连绵不断的政治运动，林彪、"四人帮"的猖獗及灭亡，对精神生产的粗暴干涉，学术问题政治化，对科学的轻视，对知识分子的无情迫害，概括起来就是，只讲权力，不讲真理，或者权力就是真理。"权力真理"论的害处很大，我们一定要努力克服它。

现在我们认识到了，权力过于集中，党政不分，政企不分，政治与学术不分，政治与科学不分，这是扩大了政治权力的作用，把国家在社会主义建设中的地位与作用强调到不适当的程度，这就势必压抑了人民群众在社会主义建设中的积极性，对人的尊重与相信轻于对权力的尊重与相信，使真理服从于权力。所以尊重人，相信人具有认识真理的能力，减少政治权力（即国家）在精神生产领域的横征暴敛，是克服“权力真理”论的重要一环。只有如此，人民创造历史的主动精神才能实现，人民创造历史才不是空谈。

不要把无产阶级的民主集中制混同于封建主义的等级制。民主集中制是党和国家的根本制度，它的本质是充分的人民民主。封建等级制的本质是压迫，是人民对统治者的服从，下级对上级的服从。民主能出真理，服从只有谬误。列宁曾谈到，要从民主的意义上来了解集中制，民主集中制同官僚主义、墨守成规混为一谈是荒谬的，民主集中制不排斥自治制和联邦制，不排斥各地区、甚至国家各社团制定各种国家生活方式、社会生活方式、经济生活方式的最充分自由，反而是以这种自由为前提的。他高度重视人民群众在资本主义制度下被压抑的巨大力量。他说：“我们备受资本主义制度的压抑，我们今天甚至不可能确切地想象到，究竟在劳动群众中，在一个大国的各种各样的劳动公社中，在那些过去像无声无息地执行着资本家的指示的死人那样工作过的知识分子的力量中，蕴藏着多么丰富的力量，我们甚至不可能确切地想像到，在社会主义制度之下，蕴藏着怎样的力量，和能够发挥出怎样的力量。我们的任务就是为这些力量扫清道路。”[①]列宁讲的多么好啊！“权力真理”论不是为人民巨大力

---

① 见《〈苏维埃政权的当前任务〉一文的初稿》，《列宁论工业化》，第26~27页。

量的发挥而扫清道路，而是设置障碍。不能一当了领导，有了权力便专断独行，把个人凌驾于组织之上，凌驾于人民之上，而要在充分发扬民主的基础上，做到吸收和发扬人民的智慧。

"权力真理"论和科学精神敌对，执行"权力真理"论必然窒息科学的创造精神，而导致愚民政策，蒙昧主义、信仰主义、奴隶主义的泛滥。思想领域里的阿谀奉承，驯顺服从，十足的奴性，是精神的堕落与腐朽。反对"权力真理"论，必须反对思想领域里的奴性，反对所谓的"思想专政"，反对愚昧无知，让人民聪明起来。

解放思想，在某种意义上说，就是要解放人民的智力，积极鼓励人民去探求真理。思想自由，科学研究自由，文学创作自由，都是应当提倡的。鼓励人民解放思想，独立思考，追求真理，是开发智力资源的重要内容。"权力真理"论，泯灭人才，阻碍智力的开发，造成智力的极大浪费，而这种浪费是难以计算的。所以，反对"权力真理"论是开发智力资源的需要。

泰洛为了资本家的利益，为榨出工人的所有筋力，曾反对工人思考，说："思考会延缓反射的律动；我禁止你们思考；雇着别的人来干思考的事。"[①]在社会主义制度下，理所当然地应当改变这种不合理的情况了，而要尽力创造条件，充分发扬人民的聪明才智，勇于探索真理，为社会主义建设贡献出全部力量。

（未刊稿，1980 年）

① 《马克思主义的人道主义》，第 21 页。

图书在版编目（CIP）数据

苇草集 / 董国尧著. — 哈尔滨：黑龙江人民出版社，2018.5（2020.6 重印）
ISBN 978-7-207-11354-2

Ⅰ. ①苇…　Ⅱ. ①董…　Ⅲ. ①文艺评论—文集　Ⅳ. ①I06-53

中国版本图书馆CIP数据核字（2018）第111584号

责任编辑：夏晓平
封面设计：赵　澳

苇草集
董国尧　著

出版发行　黑龙江人民出版社
地　　址　哈尔滨市南岗区宣庆小区1号楼
邮　　编　150008
网　　址　www.longpress.com
电子邮箱　hljrmcbs@yeah.net
印　　刷　北京一鑫印务有限责任公司
开　　本　787×1092毫米　1/16
印　　张　19.25
字　　数　240千字
版　　次　2018年5月第1版　2020年6月第2次印刷
书　　号　ISBN 978-7-207-11354-2
定　　价　38.00元